天使日記

寺尾紗穂

STAND BOOKS

目次

Ⅰ

子供でいること　8
北へ向かう　15
スーさんのこと　22
目に見えぬものたち　33
歌とジェンダー　43
遠くまで愛す　51
霧をぬけて　56
闇と引力　60
天使日記　63

Ⅱ

あくたれラルフ　120
馬ありて　122
タレンタイム　126
モンゴル民謡　130
それでも言葉は優しくひびいて　135
聞こえざる声に耳を澄まして　140
市子さんとモランのこと　149
おあずけの抒情　矢野顕子の童謡　155
異端者の言葉　162
ブラジル移民をめぐって
——水野龍からブラジル版五木の子守唄まで　169
パラオ再訪　183

III

山形　カブのわらべうた　220
吉野　大蔵神社　223
飯塚　炭鉱の光　225
足柄　金太郎の周辺　228
赤穂　海を眺めて　231
札幌　父の残像　234
福岡　降り止まぬ雨　237
今村　キリシタンの教会にて　239
本郷　アイヌと大神　242
滋賀　「売国」という言葉　245
会津　たよりないピアノを前に　248
名古屋　再会　251
私への旅　254
周防大島　尊厳と能動性　256
東京　ここには居ない誰かについて　259
ソウル　こんなところで子供を産めない　262
大阪　「あかるさ」へ向かう　265
阿賀　新潟水俣病　269
鎌倉　墓参り前後のこと　272
金沢　ローレンス　275
阿賀　富と貧しさ　278
パラオ　ひとまずおく　281
札幌　奥井理ギャラリー　284
モンゴル　シベリアマーモット　287
玉川上水　あるダンサーの話　290
長島　愛生園　293
東京　山谷ブルース　297
大阪　そのままを認める　300
東京　コロナ　303

あとがき　307

ブックデザイン　TAKAIYAMA inc.

I

子供でいること

高校の同級生が気づいたら霊能者になっていた。そのことに気づいたのは、私がもはや子供たちを連れて実家に帰ろうかと考えていた頃のことだ。私は迷わず見てもらうことにした。人生の節目、大事な決断を下すとき、八割心は決まっているけれど、最後のお墨つきが欲しいというような時がある。思えば、夫と一緒になるときも、きちんとそういう人に見てもらえばよかったのかもしれない。でもその頃は、そういう見えないものが見える知り合いが周囲にはいなかったのだ。元夫と一緒になると書いたが、これは正式な婚姻関係になるという意味ではない。私は三人の娘をいずれも未婚で産んでいるので、婚姻関係を結んだのは下の子が一歳を過ぎた頃のことだ。そして遅すぎる入籍が果たされ、婚姻関係が成立したとき、それはもはや私にとっては牢獄のようなものになっていた。

同級生は市ヶ谷駅に近いマンションの一室に鑑定場所を設けていた。彼女曰く、最初はタロットがやたらと当たるようになり、ある日気づくと「上のほうの人たちの声」が自然と聞こえるようになったという。人には誰でも十人ほど先祖霊や天使など守護についてくれている存在がいて、見守ってくれているらしい。

「彼らの声を私はそのまま伝えるから」

と言われ、話を始めた。

「離婚をしようかと思ってるんだけど」

と言うと、彼女は視線を少し上に上げて少しして、

「はーはーはーはー」

と、さもわかったという感じで言った。

「いいでしょうね。してしまって。今伝えたら、どよめきと拍手が起こってます」

やっぱり……。

「十人中九人は賛成です。一人だけまだやり直せるんではって言ってる人がいるんですが、まあ進んでいいと思います」

なるほど。守護霊によっても考え方の違いというのはあるようだ。絶対的な正解というものもこの世にはないんだろう。

「一人ね、最近亡くなった方だと思うんだけどすごい前に出てきて言ってるんです。遅すぎたくらいだって言ってます」

二年前父方の祖父が亡くなっていた。

「普通死んで数年ですぐこうやって守護に回るというのは珍しいんです」

不思議な気がした。格段に心の交流があったという祖父でもなかった。それでも私は、一度青梅《おうめ》のほうに祖父が入院していた頃に好物のすあまを持って訪ねたことがあった。むしろ、母が昔祖父から投げられた言葉についての話や、ふとした時に聞く父の物言いからもあまりいいイメージは持てない祖父だった。「両親を幼くして亡くしているからね」と母は何度か言うことがあった。どこかさみしさを抱えた人だった。たまに遊びにいけば大抵別室で一人でテレビを観ていた。それでも私が高校生くらいになり昭和史に興味を持つと、少し話がかみ合ってくる感じがあったが、それとてたいした会話はしていない。私もまた大勢の前で誰かと会話をし、それを他の人に聞かれることは得意ではなかったからだ。祖父は愛情表現も苦手な人だった。祖父のいる病院の個室に入って、三十分くらいだろうか、ぽつぽつと会話をした。ラジオが欲しいと祖父は言った。送ります、と答えた。なんとなく思い出せるのはそんな淡いことだけなのだけれど、帰りがけナースセンターの看護師さんから言われた。

「寺尾さんね、朝から楽しみにしてたんですよ」

言葉に詰まって、私は家に帰ってから、誰に見せることもない、今も誰にも見せたことのない祖父についての文章を書いた。時が過ぎて、人が変わっていくことについて感慨をもって書いた。私がほんの少し祖父を愛することができた瞬間だった。九人を差し置いて前に出てきた守護霊がその祖父だとするならば、祖父はあの私のひそやかな文章を、そこにこめられた気持ちを、あちら側に行ってから理解したのだろうと思った。死んだらそういうこともできるだろうと私は信じている。

「安心して別れなさいと言ってます。そのあとのことはしっかり道筋をつけるから。お金のことも。子供たちのことは、真ん中の子だけちょっと心配だけど注意しておくから大丈夫だと言っています」

二〇〇八年から二〇一一年で三人を産んだので、次女は甘えられた時期が少なかったかもしれない。コンビニで三女のトイレにつき合っている間などに、アイスを万引きしていて返しに行ったり、コンビニの店長から電話がかかってきて一緒に謝りに行き、それが何度目かの万引きだったために家に帰ってから私が泣きながら諭したこともあった。それがきいたのか、それ以後万引きはしなくなってほっとした。三人のなかではいちばんおさるさんみたいで大変な子だったけれど、小学生になった今ではいちばん社交性があり、現実的で、私が留守にするときのお願いなども彼女にすることが多い。

経済的にも、家を出て実家に戻り、二年後に実家の近くに借家を借りて住み始めると、支出は増えたわけだが、面白いもので収入も増えた。離婚調停に時間をかけて公正証書も作っただけあって、前夫も養育費をきちんと入れてくれるので、生活が安定した。離婚してよかったなあとしみじみと思った。子供たちも、月二回くらいは前夫に会って、ケーキ食べ放題やら、私は買わないペットボトルのジュースやらマックやら買ってもらえるので、楽しそうだ。こうした諸々が、祖父のおかげなのだとしたらすごい話だが、ともかく私にとって離婚は必要なことだった。

私はあのとき、同級生にもう少し聞きたかったことがあったので、祖父に質問してもらった。それは私のこの世での使命についてだった。それは歌なのか、書くことなのか、その両方なのか、あるいは表現と言われるのだろうか。

「表現ではない、と言っています」

これは私にとってはなかなかシビアな答えだった。ずっと取り組んでいるものが使命でないとしたら私は何をするために生まれてきたのだろうか。

「子供でいること、だそうです」

子供？　それはいったい何をどうしたら？　このときはその答えの意味をほとんど理解できなかった。王様は裸だと叫んだあの子供のように？　いまいちイメージしきれなかった。けれども、今ではとてもよくわかる。子供とは、子供でいるとは、その後私はいろんなタイミングで理解していくことになった。この答えを教えてくれた同級生と祖父に感謝している。

最近、小さい頃大好きだった『子猫物語』を見直した。驚いたのは映画のあちこちに谷川俊太郎が書き下ろした言葉がちりばめられていることだった。

子どもは　おそれる
子どもは　うたがう
子どもは　よろこぶ
子どもは　たたかう
大人よりも烈しく

大人は誰でも自分の中に子供を隠している。自分の中の子供とどれくらいの距離をもってつき合うか、というのは実は大事な問題だ。私のように音楽を生業にするような人は割合その子供を大事に守っていられるのではないかと思う。自分の予定やこれからやっていきたいこと、人間関係をある程度自分で決めていけるというのが大きいだろう。けれども、会社に勤め、厳しい上下関係や逃れられない人間関係のなかでいつのまにか、子供の自分を抹殺したり、置いてきぼりにしたり、無視したり、そうせざるを得なかったという人もいるのではないかと思う。多分彼らはこう自分に言い聞かせてきたんじゃないだろうか。

「だってもう大人だ」

「大人ってこういうものだ」

ありえないことだけど、もし私がこういう精神状態で生きていたら、離婚することもできなかったと思う。だから、ギリギリのところで離婚しようかと迷っている人にはこう伝えたい。

あなたの中の子供を大事にして。

離婚は終わりではなくただの始まりにすぎないのだから。

北へ向かう

「おい、なめくじに塩かけよう」と父は言った。幼い日のことだ。じっと見ていると、ナメクジは輪郭をなくしてオレンジ色になって、じわと流れた。父は面白そうに、ほれほれ、と言っていたような気がする。私は、それまで動いていたものが、そんなことになってしまうのは好きではなかったが、父はいたずら小僧に戻ったような気持ちになるのか、後年も何かで話題にのぼると「あれは、面白いよな」と言っていた気がする。

その父が死んだ。二年前のことだ。なめくじは私の住んでいる古い平屋の風呂場で今日も生きている。彼らはつくづく不思議な存在だ。この頃見かけないな、と思っているとたまに小さななめくじたちが生まれている。そして彼らは人々が想像する姿よりも、ずっと愛らしい。彼らがすごい勢いで増えたらさすがに困るのだが、そういうこともなく、昼間は一匹もいなかったり、夜になると数匹が戻っていたり、マイペースな感じで、彼らとの共存が続いてきた。

実はなめくじが出始めて最初の頃は、塩をかけたりしたこともあったのだが、さすがに気分が滅入った。それをすることで、すぐにみんながいなくなってくれるわけでもない。三年前くらいの話で、その頃、長女は四月から三ヶ月ほど「天使」に会っていた時期がある。近くの公園で出会い、家にも遊びに来たり、学校から一緒に帰って来たりした。私も彼女に通訳しても らい、少し会話をしたことがある。この頃困っていたなめくじについてどうしたらいいか、天使に聞いた。答えは、

「増えてきたら、一匹ずつとって外に出してあげて」

ということだった。天使としてなんと真っ当な回答だろう。

「そうよね」

と、私はその日からなめくじと和平の道を歩むことにした。ちょっと増えてきたらはしにのせて、窓を開けて庭の土と雑草の上に落とした。それを三匹分くらいすればいい。これくらいの労力で実際共存はできるのだった。

私はなめくじの無防備さに親近感を覚えていった。私も人を警戒したり、疑ったりすることが苦手だ。それは私が人がいいから、というよりは根っからの楽観主義がそうさせている。それにしても、なめくじはあまりに柔らかい体で、いつ塩をかけてくるかわからない人間のそばでじっとしている。これはもはや「あなたを敵とは思っていません」という意思表示ですらない。お風呂に入っている私の眼の先十センチくらいのところで、何かを食べるでもなく、食べ

物を探すでもなく、まったく動かず静止しているなめくじを見て、私は思った。

「ああ、寝ているのだわ」

ある意味最強ではないだろうか。最弱にして最強。核兵器を持てば平和が保証されるとうそぶく人間とは対極の思想を、そのぬめっとした小さな体で体現している。好感度大である。

彼らが決して風呂場に一定以上増えないのは、常にそれぞれが出入りしているからだ。出入りの場所は決まっていて、入口わきの浴室の壁の隙間。暗くてよく見えないが、柱の裏に通じていると思われる。ここで暮らしているわけではないのだ。考えてみればもともとは湿り気の多い土のあるところにいたりするので、食べ物だってそちらで調達できるはずなのだ。しかし、浴室に入ってくる。これは、私たち人間でいったら、「真夏にクーラーのきいた百貨店に用もないのに入ってってしまう」のに似てないだろうか。今は特に乾燥も寒さも厳しい冬だ。水分がありあたたかい浴室に、水分なしでは生きていけない彼らが引き寄せられてくるのも無理のない話だ。こう考えてみると、「生き返るなあ」とうつらうつらしているナメクジがいても、本当に「お疲れ様！」と声をかけたくなる。そんなことを考えているそばから二匹ほどまた壁の隙間に消えていく。こういうことすべてが本当に面白く、愛おしい。

さて、アルバム『北へ向かう』、別に今回もコンセプトが先にあって、などという作り方はしていない。けれど、帯に毎回つける短詩を書いたり、インタビューに際してはいろいろなことを伝えなければいけないので、自然と生まれて並べられたと思われるものたちの間に何か面白いことが隠されていないか考えてみる。曲を並べてみると「いのち」が歌われているものが多いことに気がついた。

表題曲の「北へ向かう」は父の葬式の日にできた。二〇一八年六月九日は金沢「もっきりや」でのライブだったため、私は焼場までいったものの焼き上がり（というのだろうか）を待たずに北陸新幹線に乗った。二〇〇九年頃作った「骨壺」の歌詞「あなたの骨壺持ちたかったな」「あなたを焼く煙浴びたかったな」がこのときは預言めいて思い返された。焼場から直行、今夜の衣装は喪服。新幹線から景色を眺めていると、歌が自然に出てきたのでノートに書き留める。もっきりやのピアノでリハの時間に、曲をまとめた。出来上がったが、今日はやっぱり歌えない、と思った。歌うには心が震えすぎていた。その一年後のもっきりやでようやくこの「北へ向かう」を歌うことができた。

あの日あのとき、あの新幹線で私はどこへ向かっていたのだろう。不安がなかったと言えば嘘のような気もするし、絶対に今夜やりきることができるという確信もあった。父が死んださみしさがなかったといえば嘘になり、けれど父が死んで私が得られた安心感も心の中にはっきりとあった。ごたまぜの混乱した気持ちで、私は北へ向かっていた。もっきりやはソールドアウト。満席でライブの途中、貧血になる人が出たほど熱気があった。北陸中日新聞記者のMさん、オヨヨ書林のなつさん、イベンターのショムラさんが三人で企画してくれた金沢ライブは、混乱しながらも十分に気負っていた私をあたたかく迎えてくれた。

北のイメージは、第一に「厳しさ」が挙げられると思う。熱を奪う冷気は、直感的に人間を警戒させる。酔っ払って寝てしまったら死んでしまうような土地は、やはりどこか身構える。「北へ向かう」ことは、だからある緊張と覚悟とともに、私の中にある。しかし、あの日私は同時に確信し、安心していた。背反する気持ちを抱えて訪れた金沢は、人々は、やっぱりあたたかかった。

なめくじはかたつむりの進化形である。彼らは重荷を下ろしたのだ。そしてのびのびと無防備に生きることにした。そして私も北へ向かう北陸新幹線の中で確かに、父という重荷からの解放を感じていた。それは、父という存在、父の不在という過去に縛られる私自身との決別であり、魂になった父との新しい関係の始まりであった。

もう少し「北へ向かう」という言葉についての連想を述べるとするならば、この社会がどこへ向かうのか、ということもやはり想起してしまう。二〇二〇年三月二十九日、第十回の「りんりんふぇす」を台東区山谷《さんや》の玉姫公園で開催するために、台東区とやり取りをしているけれども、感じることはいろいろある。台東区は昨秋の台風の際に、ホームレスの避難を拒否したことでニュースになった。相変わらず、目ざわりなもの、迷惑なもの、みなと違うものを排除することが是とされていくのか、それとは違う方向に向かうのか。未来が後者であることはわかりきっている。しかし、そこに至るまでに私たちは何度でも冬の厳しさを味わうことだろう。自らを振り返っても、私はいまや友人であるなめくじに塩をかけて殺していたのである。再び過ちを犯す可能性は、今も私の足元にある。

罪滅ぼしとかそういう話ではないけれども、今回のアルバム『北へ向かう』のジャケットにはどうしてもなめくじの赤ちゃんに登場してもらいたかった。それは純粋に、彼らが本当に愛らしく一所懸命に生きていることを広く人々に伝えたかったのだ。「え……」としり込みする撮影編集クルーを乗り気にさせるまでは時間がかかったが、いざ撮影現場になめちゃん（我が家ではこの呼び名が定着している）を持ち込むと、みんなだんだん興味を持ち始めた。そして最終的に植本一子はなかなか素晴らしい写真を撮ってくれたのだ。私はアルバム裏側のちょうどなめくじの体が「九時」の形をした写真を表紙に持ってきたかったのだが、それは反対多数で否決された。それでも表紙でツーショットが叶ったことは、あたたかく嬉しい出来事だった。ついでに言えば、なめちゃんが北東を目指して歩み始めている写真であることも二重に嬉しいことである。

三日前、キセルとツーマンライブがあった。今回のレコーディングで「北へ向かう」をアレンジしてくれたのがキセルだ。感情でいっぱいになるこの曲を、淡々と開けた場所に持っていってくれる気がしてお願いした。アンコールで一緒に、彼らの「くちなしの丘」と「北へ向かう」を演奏した。ライブが終わって二日間くらい私の中で「くちなしの丘」の歌い始めが鳴り続けた。

閉じた口は　何も言わず　心震わせて

私と父との間には、何年も長い沈黙があった。歌は不思議だ。歌が起こす符合は不思議だ。昨日は矢倉岳へ登りに行ったが、登りながらふと父が死んだ六月六日はまだくちなしが綺麗に咲いていたことを思い出した。それは父の誕生日の目前でもあって、くちなしの季節に生まれた男は、くちなしが茶色く朽ちる前に死んでいった、ということである。そんなことにも今更気づいて、キセルと歌うことができた夜に心から感謝した。

スーさんのこと

映画のコメントを求められることが多く、試写でもDVDでもなく公開前にリンクを送ってもらうことも増えた。國友勇吾監督の『帆花《ほのか》』もそうだった。布団に入ってiPadで視聴を始めた。帆花さんは、生まれるときへその緒が切れ、脳に酸素がいかなくなったことにより、心肺停止の状態で生まれ、脳死に近い状態で生き続けている少女だ。目は見開き、まばたきもほとんどせず、充血して涙ぐんでいるように見える。耳も聞こえないと言われているそうだ。管の入った口は開いている。見慣れない人間からすると、何か鬼気迫るものを感じる。けれど、はっとするように美しく見えるときもある。ウー、ウー、と呼吸の一定のテンポで彼女の声が響いている。何かの問いかけへの答えのように聞こえるときもある。カメラはいろいろな帆花さんの表情をとらえていた。ほとんど脳死と言われたけれど、詳しい検査をしたらとても反応している部分もあり、それをどう伸ばしていくかだ、と帆花さんのお母さんが真剣に話していた。カメラは美しい部分を切り取ると同時に、お母さんの葛藤も描く。自分は一所懸命に向き合っているけれど、本当に意味のあることをしているのか。意味のあること、役に立つことばかりが価値があるとされるこの社会で、ふとそう感じてしまうのはむしろ自然なことかもしれない。

自分で動けない人生、自分で話せない人生。それでも声を出し、空を見つめ、何かを確かに感じている帆花さんの生。葛藤を抱きつつもそれを見守り、確かに成長を感じている家族。

地方ライブからの帰り道、夏のことだ。高速道路を走っていたら、トンネルの上方に生えていた木の一本が、紅葉しているように見えた。こんなに暑いのにどうしてだろう。調べてみると、水不足によって、それでも命をつなぐために木は葉を落として水分を節約しようとするのだという。確かに、ベランダの鉢の植物も、水が足りないと付け根の下のほうの葉っぱが黄色くなっている。それと同じことだ。乾燥に強い木と弱い木があるのだろう。夏に黄色く紅葉しているように見えたあの木は、乾燥に弱い木だったのだ。どこかを守るためにどこかを犠牲にする。帆花さんのへその緒が切れたとき、体は生命体としての最重要部、心臓及び全身を生かすために、脳への酸素供給を減らした。おそらく自然にその優先順位が生き物には組み込まれているのだ。脳の機能が失われてでも、体は生きる。そして魂も生きるのだ。脳と魂は別物だ。魂が感じていることを脳の思考が否定することさえある。そうすると人は人生の道に迷う。迷っていることに気づかぬまま無理を重ねる人もいれば、病む人もいる。帆花さんは、生き残った体と、魂と、わずかな脳の反応で生きている。その純粋であることに思いを馳せる。生きている意味があるのかという社会からの心ない声や、的外れな同情はそのことに気づいていない。動けない体に、魂が満ち満ちて宿ることに。枯れた木の、根はひそやかに力を保つことに。

映画を観終えて、眠ろうと思ったとき、メッセンジャーに昔のバンド（Thousands Birdies' Legs）の仲間で、今は大学教員になっているジョニーからメッセージが来ていることに気がついた。もう十年くらい会っていないが、フェイスブックではつながっていた。メッセージは同じくバンドの初期メンバーだったベースのスーさんが亡くなったことを伝えるものだった。二〇〇五年七月にメガフォースというインディーレーベルからアルバムを出したから、レコーディングは三月あたりだっただろう。その後都立大（この年の四月からすでに首都大学東京になっていたが）の生物学科の院生だったスーさんは二〇〇五年六月から奈良女子大の非常勤講師になっているので、このタイミングでバンドを抜け、同じ月に私は知り合いのミュージシャンの紹介を得て、新メンバーになるベーシストの楠井《くすい》五月《さつき》に会いに電通大でのセッションに出かけたのだ。

スーさんと出会ったのは大学一年のとき。ジャズ研に顔を出していた頃だ。ジャズスタンダードの譜面を買って、耳コピにチャレンジしていた。それでも私の左手はコード音を叩いてリズムを取りたがっていたから、まったくセッション向きではなかった。「寺尾さんはさ、セッションがしたいの？」と単刀直入に切り込んでくる先輩もいて「したいんですけど……」と歯切れの悪い答えをつぶやいていた。そんななかで、スーさんは寡黙でやさしかった。一度だけ、部室で二人だけだったときがあって、私がジャズ初心者がよく取り組む「枯葉」をピアノで弾いていたら、スーさんがウッドベースで加わってくれた。ひと通り終わったとき、スーさんが「リズムが、楽しそうだ」と言った。部室にはうまい先輩ばかりが演奏していて委縮し、しかも左手コンプレックスを抱えていた私が、初めてのびのびと演奏できた日だった。そこにスーさんがいてくれたことが嬉しかった。

映画の帆花さんを見ていて、ふと水俣病の患者さんのこと、石牟礼道子『苦海浄土』を思い出した。そこには水俣病のために童謡の「七つの子」を歌えなくなった娘・ゆりについて父親に語りかける母親が描かれている。

木や草と同じになって生きとるならば、その木や草にあるほどの魂ならば、ゆりにも宿っておりそうなもんじゃ、なあとうちゃん海に泳ぎ、風を切って走り、思いのままに歌っていた人生を突然暗転させられた無念とは、いかばかりだろう。彼らは人生を途中で失った。帆花さんが彼らと異なるのは、人生の最初からこの状態だったということだ。「かわいそう」と涙を流す人はいるが、その気持ちは、知らず健常者との比較から来ている。比較して絶望し、比較して涙する。彼女は自身で比較すべき健常者としての経験を持たない。生きるのみだ。彼女は誰かの涙に「どうして泣いているの？」と問うだろう。

スーさんは、植物生態学、個体群生態学が専門で、奈良女子大学のあとは、神戸大学、首都大学東京、筑波大学、琉球大学で教鞭をとった。筑波の菅平高原実験所にいた時期が長く、そこのＨＰには今も彼の経歴と写真、そしてコメントが載っている。

私は、動けない植物の〝動き〟すなわち動態に注目し、野外で見られる植物のいろいろな動態を明らかにすることで、植物という生き方を理解することを目指しています。

スーさんは動けない植物の〝動き〟を見て、「植物という生き方」を理解しようとしていた。

動けない植物、動かないように見える植物はしかし確かに動いている。目の前に見えているものだけであれこれ判断を下してしまう人間には想像のつかない、植物たちの生態。それをスーさんは「生き方」と書いた。直前まで見ていた帆花さんの姿を思い出した。脳の機能をすべて失うことを「脳死」といい、帆花さんはほぼこの状態と言われた。呼吸も機械に頼っている。一方、呼吸はできるが発話や動きを司る大脳の機能を失った人を指す言葉に「植物状態」がある。どちらにしても、不自由なく気ままに生きている人間からすると絶望的な響きがある。しかし、動き、しゃべれる人間も、動けない植物も、言葉を話せない動物も、魂の求めるところは同じだ。それは魂が快を感じながら、楽しんで己を生きるということだ。多くの人が忘れているだけであって、命の横顔はみな似通っている。

二〇一〇年、スーさんが菅平に来て翌年に作った小さな本がある。『菅平のススキ草原　植物検索図鑑　入門編』と『同　中級編』だ。筑波大学菅平高原実験センターのＨＰから見ることができる。植物の五十枚の写真と、一つひとつへのスーさんの短い解説が載っている。ツルウメモドキ、マユミ、クサボケ、ズミ、ミヤマニガイチゴ、ナワシロイチゴ、ノイバラ、ヤマスズメノヒエ……小さな植物たちの名前を見ながら涙が出た。

ズミ

バラ科の低木で、草原にはかなりたくさんいる。葉の形に、1つの個体の中でもばらつきがある。同定のポイント：クサボケに似るが、3つに裂けた形の葉がついていれば、ズミである。

スーさんは植物たちのことを「ある」ではなく「いる」と書いていた。「植物という生き方を理解しようとした」スーさんが表現にこめた、そのちっぽけな存在への敬意のような、対等な仲間のような思い入れを感じた。

大抵は淡々とした解説だが、スーさんの気持ちが入っているものもたまにある。

ハナイカリ

葉は無毛できょ歯がなく、3本の葉脈が特徴。白と黄色の独特な形の花をつける。草丈の低い場所に多い。花はとてもかわいい。

ウメバチソウ

草原内で、草丈の低く日当たりが良くなった場所に時々いる。秋のころ、とても目立つ白い花を咲かせる。草原内では1、2を争う美しい花。

マツムシソウ
葉は、毛がなく深緑。切れ込みが深く複葉のようにも見える。ロゼット状で成長する。花はとても変わった形をしており、記憶に残る。

リンドウ
草原内で時々見つかる。青い目立つ花をつけ、ウメバチソウと並んで草原内では美しい花。この他、キキョウ、ハナイカリ、キリンソウ、マツムシソウが特にきれいで、９月はこれらが一斉に咲く。

スーさんの研究助成の功績を見ているとわかるのだが、この本を作ったのは、菅平で「地域住民を対象としたナチュラリスト養成講座の開催」などにも携わっていたからだろう。

私はふと、都立大時代の大学改革のことを思い出した。時は石原都政時代、石原知事のやりたかったことは、文学部の縮小、理系の基礎研究の縮小と産学連携の強化だった。今まさに、大学内部は金持ち研究室と貧乏研究室に分かれてしまって、基礎研究に不利な状況が発生しているることが指摘されているが、二〇〇〇年代前半、都立大はこの「改悪」に揺れに揺れた。学生たちもそれぞれ、署名活動や都議会傍聴、都議への訴えなどに動き始めた。そんな時期、改革に問題を感じる学生たちが集まる会があって参加したとき、そこにスーさんもいた。

「基礎研究はお金にならないからね」

といつものように、メガネの奥の瞳をキラッと光らせてスーさんはゆっくり言った。ナチュラリスト養成なんて本当にお金にならないだろうと想像がつく。でもどれほど大切なことか。地元に咲く花の名を知っている人がいるということ、その変化に気づくことができる人がいるということ、その土地にどれだけ貴重な花が咲くのか、珍しい虫が暮らしているのか、それをきちんと知っているということは、その土地を狙う胡散臭い計画が立ち上がったときも、自分たちの土地を守る術を一つ持っているということでもある。花の名を知ることは、花に気をかけ、愛するということだ。ただ、花の名前の知識が増えた、ということではないのだ。相手を深く知るということは、より深く愛せるようになるということだ。

スーさんは二〇二一年十月十四日に死んだ。ウメバチソウ、リンドウ、キキョウ、ハナイカリ、キリンソウ、マツムシソウ。スーさんの心ひかれた花たちが萱平にあふれる九月、彼は病院のベッドにいただろうか。

私は、動けない植物の〝動き〟すなわち動態に注目し、野外で見られる植物のいろいろな動態を明らかにすることで、植物という生き方を理解することを目指しています。

思うように動けなくなった自らの体を抱えて、スーさんは何を思っていただろうか。バンドのことを思い出すこともあっただろうか。一緒に出たのは、多分初台ドアーズ、渋谷プラグ。あの頃はプラグでよくライブをした。楽屋から舞台に向かうとき、一回外の渋谷の雑踏に出て、裏手のエレベーターで舞台裏に向かう。雑踏のなかで、楽器を抱えたメンバーたちとちょっとくすぐったいような気持ちで、風に吹かれて夕暮れの人混みを歩いた。そんな瞬間を思い出すこともあっただろうか。彼にとってはジャズ研での活動がより厚みを持っていただろう、とは思う。いずれにせよ、重たいウッドベースも抱え得ない体、弦を押さえることもない指、花を覗きこむこともない目、草を踏むこともない足、死に向かう人の不自由、晩年の残酷さを思う。

九月から寄せ植えを通販で売るようになった。もともと春くらいから作った寄せ植えをお世話になった人に送ったりしていた。発送のこつもつかめてきたところで、CDや本の通販サイトにしているBASEのページに寄せ植えも上げてみたのだ。もともとは花束を作って人にあげることが好きだった。けれど、花束は枯れたら大抵そこで終わってしまう（枯れる前にこまめに水を替え続けると、根が生えて鉢植えにできるものもあるが）。寄せ植えの場合は、一年草なら種を収穫し、多年草ならば挿し木をしたりしながら何年も命をつなげることができる。だから発送するときは、花ごとの育て方や増やし方、冬越しの仕方などを書いたものをつけて送っている。送った命が年々つながれば、思いがけず嬉しいことだろう。

いつかスーさんの美しいと感じた花たちを使って寄せ植えができるだろうか、と夢想する。いつかスーさんの作った図鑑を持って、九月の菅平を散策できたらいいなとも思う。スーさんが「記憶に残る」と書いた「マツムシソウ」はスカビオサという異名を持っているが、ここ二年くらい私のベランダにすでに「いる」。春に沢山咲いた。秋もまた蕾が育ってきた。スーさんが死んだのは十四日と聞いたけれど、十六日にたまたまマツムシソウで寄せ植えを作っていた。せっかくだからと思い、スーさんが「美しい花」のなかに挙げていたキリンソウもネットで注文した。

父が死んだ時きれいに咲いていたクチナシも、その後買って、今年も何度目かの花を咲かせた。花が咲けばその人を思い出す。そうして、また時がめぐったことを知る。

私なりの密かな供養だと思っている。

目に見えぬものたち

福岡県うきは市でライブをしたときのことだ。この日の会場は、大正時代に建てられた木材の加工場。大きな倉庫のようなだだっぴろい内部の空間に、グランドピアノを持ち込んだ。会場は展示場などにも使われていて、このときは、陶芸作家さんがこの土地の土で作ったという小さな一輪挿しや集めた石などが展示してあった。ちょうど九州は桜の季節だったが、この日は雨で花冷えの寒さ。会場のバックには何本もの竹に桜を手折ったものが活けられていて、明り取りから入った淡い光が桜の白さを浮かびあがらせて素敵だった。

主催の「とらきつね」の鳥羽和久さんの意向で、「わらべうた」中心のセットリストには後半から出雲のピアニスト・歌島（昌智）さんとベースの伊賀（航）さんに加わってもらった。歌島さんには、わらべうたの録音のときには、いつも東京まで来てもらってさまざまな民族楽器を入れてもらう。初めて出会ったのは鳥取の大山《だいせん》の丘の上に作られたジュピタリアン・ヒルという不思議な場所だった。木星人の丘、と名づけられた場所には、主である山ノ内芳彦さんがいる。彼はこの丘で木の精と出会ったのだという。工房の内外には、山ノ内さんが作ったさまざまな木製家具や不思議なオブジェが点在していた。この日は何組かのミュージシャンが集う小さなお祭りで、地元に暮らす若い人たちによる出店などもあったと思う。アルバム『楕円の夢』ツアーの最中でソケリッサのメンバーのステージに地元のゲストミュージシャンというかたちで参加していたのが、歌島さんだった。彼の音が入った瞬間、おじさんたちの踊りがまったく違うものに見えた。いったい何者だろう。東京に戻る頃には、わらべうたのアルバムに参加してもらおうとすでに思っていた。

もう六年ほどのつき合いになるが、歌島さんから聞くいくつもの不思議な話には魅了された。そして、その度に見えないものたちの世界をより身近に感じ、自分なりの解釈を深めることができた。歌島さんは、本業はジャズピアニストで、いろんなセッションに参加している。またもう一つの生業として、予約制の整体師としても仕事をしている。あるとき河童につかれた患者さんの話を聞いた。腕のいい整体の先生は、何かしら不思議な力があることも多く、私の実家の近くの先生も、レントゲン写真を撮らずとも、触って、患者の痛がり方や筋肉の状態で病状がわかる人だったが、治療の合間に不思議な話をたくさんしてくれた。もちろん、他の患者さんもいるので小さな声でだったが。さて、歌島さんのところにやってきたその患者さんは、遊びに行った川に入ったときに、瞬間的に河童が自分の中に入ってきたような感覚になったらしい。一般的には乗っ取られたというのだろうか。自分の通称も変えてしまったという。しかし、体に不調が出始めて、整体にやって来たというわけだった。歌さんが施術をしていると、彼の身体から泥臭い匂いがして河童が腎臓のあたりから飛び出して逃げていった。患者さんはしかし、もぬけのからのようになってしまい、正気に返らせるのが大変だったという。アイデンティティが不安定で自分が何者かに自信がなくなっている人などは、このようにもののけがついてしまうことがあるらしい。私はこの話を聞いたとき、やっぱり河童は死んでいないんだ、と再確認した。つまり、人々が想像上で生み出したものたちが生き続ける次元というのがあるのだという確信だった。私がこういうふうに考えるようになったのは、高校の同級生で霊能者になった子が、『ウルトラマン』のダダに何度かあったことがあると言っていたからだった。勿論、幻覚の見えることもある統合失調症などではない。イマジネーションの産物たちが住む世界、人間がひょいとそちら側に入り込んでしまうこともあれば、向こうからひょいとやって来ることもある。

さて、この日のライブが終わって物販の近くにいると、見覚えのある女性が近づいてきた。糸島ライブを企画してくれたMさんだった。

「紗穂さん、今日は気配が！　たくさん！　すごかったです。私が見えたのは、おじいさん。歌に合わせてホーッホーッて言いながら手を叩いて」

びっくりしながらも、それは嬉しいなあと思う。土地に残っている人の魂だろうか。福岡のつくしの歌「ずくぼじょ」もやったので、懐かしく聞こえただろうか。今日の見えざるお客さんたちについて、歌さんが何か見えたか気になって早速聞いてみた。

「いやー、今日は町内会の人みんな集まったくらいいいましたよ」

この日は、会場の近くを筑後川が流れていて河童の伝説もあることを聞いていたので、MCで河童の話をしていた。

「紗穂さんが、あの河童の話をしたでしょう。その瞬間、わーって、みなすごい盛り上がりようで。耳元で、〝妖怪は神様が没落したものだって、おまえ知ってるならみなに伝えろ〞って声がうるさくって（笑）。無視しましたけど」

河童という単語を聞いて異様に盛り上がる大集団。そして歌さんの耳に聞こえた、おそらくは「妖怪」からの執拗なささやき。

「あれは河童だったかもしれないですね」

河童がライブに来てくれるとは、感無量だ。「妖怪は神様が没落したもの」というのは、民俗学を少しかじった人ならばわかるだろう。山には山の神、川には水の神がいた。しかし、時代が下ると、そこに里の人間の恐怖心が加わってくる。結果、山には山姥がいて、川には河童がいるといった話になった。簡単に言うとそういうことだ。河童たちは、俺らがほんとは由緒正しい存在だってことを、お前ちゃんとみんなに説明しておくれよ、と歌島さんに頼んでいたのだ。「みんな俺らのことを忘れて、いるわけないって思い込んでるけど、俺らちゃんといるし、ほんとは神様だったんだぞ」という声が聞こえてきそうだ。人間も妖怪も、魂も、誰だって忘れられるのは悲しい。思い出してもらえたら嬉しい。それだけのことなんだろう。

その翌月、沖縄・今帰仁《なきじん》でライブをした。ここ数年毎年呼んでもらっている波羅蜜《ぱらみた》でのライブだ。店主の根本きこさんは料理家で、逗子のほうにお店を持っていたけれど、震災後に移住して今帰仁にこの店を開いた。拙著『彗星の孤独』を気に入って二十冊も購入してお店で売ってくれた人で、いつもチラシやジャケットのデザインをお願いするデザイナーの山野（英之）さんの友人でもあった。私自身は目に見えないものの気配に敏感なほうではない。けれど、ラストの「楕円の夢」を歌っているときなどに、最後の最後でハウリングが起きたり不思議なこともこれまであって、何かがいるのかなと感じることもあった。

この日のライブが終わったあと、物販コーナーでサインなどしていると、一人の女性がライブ中に見たことを教えてくれた。

「私、紗穂さんのすぐ近く、前のほうで聞いていたんですけど、お客さんの頭の上をすーって霧のようなものが、あちこちから集まってきて、紗穂さんのところに向かい、それが歌とともに上にあがって消えていっていました。紗穂さん自身は何も受けていない感じでしたけど、私はあまりに沢山の霧がくるので、別の場所に移りました」

という。この日は、灰田勝彦の「森の小径」を歌った。

ほろほろこぼれる　白い花を
うけて泣いていた　愛らしいあなたよ

憶えているかい　森の小径
僕もかなしくて　青い空仰いだ

なんにも言わずにいつか寄せた
小さな肩だった　白い花夢かよ

特攻隊の若者たちが、愛唱したと言われる歌で、小沢昭一もこの歌について語ると涙が出てしまうと回想している。灰田勝彦がこの歌を歌ったのは昭和十五年。はっきりとは書かれないが、召集されていく若者たちのイメージが作詞の佐伯孝夫の中にもあっただろう。白い花は、散りゆく桜だろうか。やがて戦場に散っていく青年たちを暗示するようにも読める。白い花夢かよ。夢のような白い花。夢のような恋、夢のような人生。夢は儚さと同義だろうか。未来ある若者が、夢のようにしか人生を感じられなくなっていた。おそろしいことだ。

沖縄と特攻隊の関係について、私は今この原稿をここまで書いたときまできちんと知らなかった。鹿児島の知覧がその飛行場だったことは知っていたけれど、どこかもっと南洋のほうの海戦に向かって飛んで行ったイメージがあった。実際に、八丈島で美和子さんというおばあさんから聞いた話も頭にあった。美和子さんは、戦前家族で移民として行っていたサイパンで、中継地点として降り立ってきた特攻隊員の一人から、日本から手折って来た桜の花をもらった、そのときサイパン生まれの美和子さんは初めて桜を目にした、特攻隊員たちはそのまま出撃して飛んでいったというエピソードだった。彼らはどこを目指したのか。美和子さんは昭和十九年六月には白山丸でサイパンを去った。そのため、彼らに会ったのは昭和十九年の三月か四月だ。ただ正式な神風特攻隊は昭和十九年十月フィリピン・ルソン島での攻撃からといわれる。美和子さんがあった隊員たちが、「神風」と名乗ったかはわからない。ただ、陸軍参謀本部では昭和十九年三月には航空特攻が決定されており、四月にはインド東部方面で、五月にはニューギニア方面で独断による特攻が偶発的に始まっている。美和子さんと出会った青年たちが降り立った飛行場も、美和子さんがサイパンを去った十三日後に上陸してきたアメリカに奪われることになる。

実際に特攻攻撃が行われたのは、主に四箇所だった。十九年十月から一月にかけてフィリピン近海。十二月にはグアムとパラオの間のウルシー環礁。それから翌年二十年二月には小笠原諸島の南にある硫黄島。最後に三月から八月まで戦いの繰り広げられた沖縄近海。

沖縄近海での作戦は菊水作戦と呼ばれ、知覧や茨城、台湾、朝鮮、徳島などの飛行場から飛んできた特攻機が、すでに沖縄近海に点在していたアメリカの軍艦目がけて突っ込み、三千名以上が亡くなっている。茫然とした。今帰仁から近い伊江島も陸軍飛行場があったが、菊水作戦が始まってアメリカ軍にすぐに取られていた。この近海に突っ込んだ特攻機もあったはずだ。

「沖縄特攻によるアメリカ艦船の沈没と損傷」（太平洋戦争研究会編／森山康平著『フォトドキュメント　特攻と沖縄戦の真実』）と題された表には、攻撃を受けた場所の緯度と経度が記されている。護衛艦駆逐艦フィーバーリング、掃海駆逐艦ロッドマン、掃海艇ランソムは四月六日辺野古沖五、六キロの地点で攻撃を受けている。今帰仁までは直線距離で二十キロほど。五月三日今帰仁に近い伊江島から三十五キロほど北西の海上では駆逐艦モリソンが沈没し、駆逐艦イングラハムも損傷している。沖縄本島近海に注目して調べてみると、那覇から糸満にかけての海岸から五キロ〜十キロほどの海上や、残波岬から渡名喜島の間の海（慶良間列島の北にあたる海域）に、それぞれ十以上の点が集中した。アメリカ艦船の沈没にしろ損傷にしろ、特攻隊員たちの命はそこで失われた。沈没であればアメリカ兵も多数死んだ。命が散り、命が散った。その地点を地図上に打っていく。

東京近郊でB29に突っ込んだ特攻もいくつもある。昭和二十年四月七日、埼玉上空で第一錬成飛行隊（相模）山本中尉が、東京西部で飛行第18戦隊（福岡）小島少尉以下三名がB29に突撃している。身近な空で起きていたことすら知らなかった。

一ノ瀬俊也『特攻隊員の現実《リアル》』には沖縄に出撃した隊員たちの声が紹介されている。


四月二十九日鹿児島から出撃した中西斎季海軍中尉。

「吉田さんより結婚の申込をうく。彼女が我を愛してくれる以上われもまた彼女を愛す。しかれども、わが未来はあまりに短し。つつしんでその申出を断るよりほかになし」

五月十一日鹿児島から出撃した上原良司陸軍少尉。

「明日は自由主義者が一人この世から去っていきます。彼の後姿は淋しいですが、心中満足で一杯です」

六月六日台湾から出撃した及川真輔陸軍少尉。

「母上の姿、宇部の母上の姿、思い出されることの一切も今生の名残り」


自由主義者を明言している以上、「心中満足で一杯です」は痛烈な皮肉に響く。

特攻の生みの親と言われる大西瀧治郎には、二つの考えがあったようだ。一つは若者を特攻に送れば天皇陛下も戦争をやめてくれる、というものだった。天皇という神を掲げた以上、やめるにも神の声が必要だった。もう一つは米軍に対してあまりに不利な状態で戦わなければならない戦況をみて、どうせ死ぬなら意義ある死に方をさせてやりたいという意識だったという。しかし、この大西、ポツダム宣言受諾前夜も徹底抗戦を主張し続けた人間でもある。天皇が「戦争をやめてくれる」と期待しながら、すでに多くの若者を死に追いやってしまった立場として自分は徹底的に戦い抜かなければという結論だった。勝ち目のない戦いの終了を望んでいたにもかかわらず、己は戦争継続を掲げて抗わなければならなかったこの男の矛盾は、責任の所在もうやむやで、精神主義があまりに幅をきかせすぎたあの戦争の横顔をよく表しているのかもしれない。

あの日、私が歌った「森の小径」に惹かれて、いくつもの魂が霧のように集まったのだろうか。私よりずっと若かったいくつもの魂が愛した、美しいメロディとせつない歌詞。世の中に軍歌があふれても、人の心の色まで染め上げることはできなかったと思う。

灰田勝彦の耳にも、特攻隊員たちがあの歌を歌っているという噂は入ったことだろう。のちに音楽人生を振り返って「一つも快心作がない」としたうえで「あの夢のない時代に『森の小径』を歌えたことが、たった一つ良いことをした」と回想したという。

歌とジェンダー

出産後にレコーディングをすると「やっぱり母性の声になったよねー」と男の人から言われた。その男性はそう思いたかったのかもしれないが、なんだか気持ち悪かった。そんなに簡単に声がかわってたまるか、と思わず心の中で毒づいた。

あるいは臨月が近くお腹が目立ってきた頃、別な男性と会うと、その人はどれどれ、といって私の腹を無断で触るのだった。身体的な距離感は個々人で許容度もだいぶ違うと思うのだが、妊娠すると腹は公共物になるらしい。みだりに相手の身体に触れない。普段女性として、いや人間として当たり前にされていた遠慮を、まったく一瞬で捨て去ってしまえる相手が「母」なのだ。なにせ生命を産み落とす度量の大きい存在なのだ。腹を触られたくらいで目くじら立てるわけもない。そんな前提があるんだろうか。母になるとは恐ろしいことだと思った。

音楽業界もご多分に漏れず、女性は少ない。基本的には表現で評価されるので、大きく差別のようなものを感じたことはないが、以前所属していたレーベルを出て移籍するときに、ひとつ打診したレーベルの社長は、「寺尾さんにそう考えていただけるなんて、ほんと光栄なんすけど」と前置きしたうえでこう言った。

「正直なとこ、女性アーティストってプライベートでも恋愛絡んだりすると大変で……今も一人いるんですけど、そんな時期もあって。それに寺尾さんお子さん小さいしツアーとかつづけて何日とか無理でしょ？」

まあこう書いてみると、パートの面接も、アーティストの移籍も同じような理由で断られるもんだと思う。上の子が五年生になった今も、地方ライブは入れられても続けて二日だ。大体は一泊か、日帰り。保育園に通わせていた時期は、預かってもらう母も仕事をしているため、朝の送りをしてもらうのがうしろめたく、深夜バスで早朝新宿に戻ってきてそのまま子供たちを実家から受け取って保育園へ送る、ということもよくやっていた。だから、たとえば同じ月に東北に三回行くことになったりもする。非効率だが仕方ない。これが、男であればいくらでも旅をしながら稼ぐことができただろうな、とも思う。いちいち子供のもとに帰る必要はない。仕事だけやって稼いでいればそれで立派なのだ。イクメンが称賛される時代においてもほめられはせずとも仕方ないね、と許容される範ちゅうである。たまにしか帰らなくてもお金を稼いでいればとりあえず最低限の務めは果たしているとされる。一方母親の「最低限」はそれに比べて求められることがどれほど多いことか。いくらイクメンが増えたとはいえ、主夫と言えるほど家事育児に関わる男はまだまだ少ない。私はだから、子育てがつまらないとは思わないし、子供たちの成長ぶりを見るのは面白いなあと思うけれども、来世は女はいやだ。男になってたまに子供とつき合って、あとは自分の好奇心の赴くまま、あちこち調べたり、演奏しながら稼ぎたい。私は文筆業もやっているので、あと一日滞在できればあそこも行けたし、あの人も取材できたな、みたいなこともたくさんある。現在はあきらめている。今できる範囲の取材でそれでも書いていくことに意味があると信じて進むしかない。家族と同居はせず仕事に打ち込み続けた父は、死ぬ前病床で家族に交代で世話をしてもらう姿を友人に「いいとこ取りだね」と言われて、「そうだな」と笑ったという。それは母の一人での子育てあってのことだった。「仕事」と「家庭」の「いいとこ取り」は男にしかできない。こんなことを書くと、ジェンダーを再生産する考えだと批判されてしまうだろうか。

私が女に生まれ変わりたくない理由はもう一つある。それは一にも二にも、切ないことが多いからだ。移籍を断られたレーベルの社長が「女性アーティストってプライベートでも恋愛絡んだりすると大変で」と言ったことももちろん関係があるだろう。彼の言葉は、言い換えれば男性アーティストは恋愛を引きずったりしない、もっとクールである、ということになるのだろう。そのクールさが男の幼さや醜さと紙一重の非情に近いものであったとしても、クールであるということはビジネス的に大事なのだ。遊ぶにしても適度に遊ぶ、それでどれだけ女を泣かせようが、それは一種の男の勲章みたいなものなんだろう。

私がカバーしている曲にジョニ・ミッチェルの「A Case of You」という曲がある。私はこれを日本語訳して歌っているのだが、そのなかに「あなたのしたこと　あなたの醜さ　みんな知ってる人に会ったわ　できるなら彼の傍にいって　でも深く傷つくことを覚悟してゆきなさい」という部分がある。歌の主人公は、今つき合っている相手の恋人か奥さんか知らないが、ともかくかつて男の女だった女性を前にしている。そして忠告される。彼があなたを離れるときが来るから覚悟しなさいと。それでも、ジョニはサビで高らかに歌う。

Oh, you're in my blood like holy wine
You taste so bitter and so sweet
Oh,I could drink a case of you, darling.

ここで描かれているのは、一人の自立した女性なのだろうか。何せあなたをワイン一ケース分飲んだって立っていられる、と宣言しているのだ。結果的に別れの時が来るとしても、この恋によって女が得たものは少なくない。男は苦く甘く、すでに血を流している。恋愛の価値なんて社会のものさしでははかれない。それは個人と個人の化学反応なのだ。それでも男はやっぱり苦い。そしてジョニがはっきりと書いたように醜い（your devils）。モーパッサンの『女の一生』を引くまでもなく、じゃじゃ馬を表す手相を持つ私は来世も女はまっぴら、と私は思う。ジョニとは誕生日が同じだ。たくさんの恋愛をし、たくさんの優れた歌を残した彼女にも娘はいたが、縁が薄かった。ジョニはまだ生きているけれど、次も女に生まれたいと思っているだろうか、どうだろうか。

二〇〇八年から二〇一一年に、三人の娘を未婚で生んだ。全員が同じ父親ではなく、私は二人の男性との間に三人の子を授かった。そのことは小さい頃から全員に言い聞かせてきたので、ほとんど違和感なく姉妹たちの間で共有されている。ある男性編集者は大げさにこう言った。「ある意味寺尾さんは、シングルマザーの希望の星じゃないですか。プライベート含めて書いてくださいよ」。あるいはこうも。「寺尾さんの歌はちょっと優しすぎるっていうか、もっと元気のいい面も歌詞にしていいと思うんですよ」。もちろん元気のいい歌詞というのは、フェミニストやそれを応援する男性が楽しく聴ける歌詞ということなんだろうと思う。男がいなくても平気、あるいは男や男社会を皮肉るような、痛快！　とひざを打つような。もちろん私だって男を待つだけのような恋愛をしているわけではないから、書こうと思えばそういう歌詞だって書けるだろう。しかし、意図的にそういうものを作品にする気にはなれない。自分の心と表現の生み出される場所を静かに見つめてみれば、表現につながる感情というのはやはり圧倒的に何かの喪失であり不在なのだ。もうそれは、人間が歌うと鳴くと泣くの境があいまいだったころから現在に至るまで、歌の芯の部分は、変わることなくI miss youなのではないかと思う。

ジェンダー論は大学の授業で江原由美子先生の教養の授業で初めて触れた。その後中国文学科に進み、魯迅をジェンダーで読むという授業で、私は非常に違和感を持った。もちろんアカデミックな意味や意義はわかったけれど、それが物語を読むとき私が大事にしている感覚とだいぶすれ違う、と気づいた。人の心の機微を描いたものをジェンダー論という包丁で料理するのは私には向かなかった。だから今思えばずいぶん的外れなレポートを出した覚えがある。ジェンダー論への違和感は、それのみではなく、アカデミックな方法論そのものと自分との距離というものも教えてくれた。「フェミニズムはね……」とあるとき言葉を濁した母の影響があったかは知らない。江原先生の授業は楽しかったし、おそらく母よりは私のほうが容易にフェミニズムになじむことができる。それが、困難にある女性を勇気づける考え方であることもわかるし、育児に必死になりすぎるお母さんの肩をぽんとたたいて軽くしてあげられる、ということもわかる。それでも、フェミニズムの立場で何か書いてください、と言われることは、私には荷が重い。やはりそれは「正しさ」の主張になりやすい気がするから。自分にはそれをする必然性があるかな、と立ち止まる。そうすることが自分にとって自然かどうか。人にはそれぞれ役割というものがあって、やはりジェンダーに関わる強烈な経験をしたり、昔から違和感を持ち続けた人たちが、担っていくのが最善だろうという気がする。最近私より一回り以上上下の世代の高島鈴さんが「理屈っぽいフェミニスト」を支持しながらも、「身体的な理解によって動く場所に立つには、私はあまりに言語に偏っている」「筆をとるフェミニストは何人いてもいい、というか、もっといないと、困る」(『シモーヌ』VOL.5) と書いていたのが印象的だったが、彼女のように惑ったり内省したりしながら、この分野を耕していく書き手がこれからちゃんと増えていくだろうという気がする。

そんなどちらかといえばおよび腰の私が「歌とジェンダー」と言われて、この原稿を受けたのは、一にも二にも、産後一方的に「母性の声」と言われた経験があったからだ。現代人は子守唄といわれたら、母親がわが子に優しい声で歌うものと思う。けれど、実際子守唄を聴いて育った人たちに、母親に歌ってもらったという人はあまりいない。子守唄とは、農作業にでている母親に代わって祖母が歌うものであり、核家族化が進むと、土地の子守唄を歌う人はいなくなってしまった。地方には、もはや歌われることも聞かれることもなくなった子守唄やわらべ歌が埋もれている。中には守子歌と呼ばれて、刻むだのさらわれるだの、寝ない子を脅す歌も含まれている。守子は貧しい家から子守奉公に出された年端もゆかない少女たちだった。当然実家に帰りたい。泣く子は憎い。いびるおかみさんも憎い。子守は辛いもの、と各地で歌われていたのだ。母性母性といわれるが、そもそも子守唄の歌い手が若い母親ではなかったことは、広く知られていい。「母性」を求める男たちによる家事育児の押しつけや、専業主婦をやってきた母親や義母世代が主張することの多い「三歳児神話」。孤独な母親たちを追い詰めないために必要なのは子育ての常識を疑うことだ。「伝統」は作られたものが多く、眉唾も多い。ちょっと時代をさかのぼって当時を生きた人びとの声を聞けば、子守が母性によってできるものではなく、年配者の助けを借りて初めて可能だったこと、一人で背負う子育ては辛いのが当然だということがわかる。数年前『わたしの好きなわらべうた』というアルバムに全国各地の歌から、悲しげな守子歌もいくつか入れた。子育てに疲れた若いお母さんにこそ聞いてもらいたいと、密かに思っている。

遠くまで愛す

近所に畑をやっているおじさんがいる。江戸時代からこのあたりの地主であるN家のおじさんだ。あるとき、ふとみると畑の中に猫がいた。広大なトイレとして使用中だった。私は大抵生き物が何かしているときは、娘の乗った自転車を停めて観察するので、猫がささといなくなるまで畑の脇に立っていた。おじさんが近寄ってきて、

「あいつら、苗もなんも掘り返して、しっしっ」

と言った。

何も言わないでいる猫好きの私におじさんは続けた。

「えさやる人がいるんだよ。女の人で、しょっちゅう来て、可愛そうだのなんだの言って。主人と別れたかなんだでさみしいんだか知らないけど。あなたみたいなきちんとしたお母さんしてる人はそんなことないだろうけど。今どきはすぐ別れるからね」

私は、まさに夫のところから実家に逃げてきて、離婚調停中の身だったので、ふふふと可笑《おか》

しくなった。同時にこのおじさんとは仲良くなれそうにないな、と思った。どうして目の前の人が「きちんとした」人間ってわかるのかしら。よりによって、未婚で三人の娘を産み、父親も同じではなく、奇妙な結婚を経て離婚せんと奮闘している、「きちんとした」人生には縁がない女を、「きちんとした」女と見間違えるとは！

畑を過ぎて細い道をカーブすると金貸しの会社の社長の屋敷を過ぎて、いつものスーパー、S友に着く。スーパーのレジの列を見て、私はたいてい混んでいるところに並ぶ。少しでもすいているところに並ぶと、思いがけず時間がかかったときにいらっとして、損をした気持ちになる。最初から、ある程度時間がかかると腹を括って並んでいたほうが早く感じたりするものだ。私が好きなレジの店員さんはY崎さんだ。童顔でいつも一所懸命な彼女は、私より少し若いくらいだろうか。声も少しもやがかかったように高めで心地良い。大熊さんは、熊みたいな男の人だ。以前パイナップルを買ったとき、大熊さんは、

「取りますか」

と言った。大熊さんの手はパイナップルの頭のとげとげを摑んでいた。お願いしますというと、大熊さんはぐいっとそれを手でねじり、綺麗に取ってしまった。わあ！　と大きな声は出さなかったが、心で手を叩いた。帰って大熊さんのことを娘たちに話すと、みんな笑って盛り

上がってくれた。それ以来、熊みたいな大熊さんには親しみを感じている。

レジで私が絶対に並ばないのは、H野さんの列だ。ある場面に遭遇するまでは普通に並んでいた。その場面とは、私の前の背の低いおばあさんが支払いに手間取っていたときのことだ。おばあさんの背中は曲がっていて、レジについた小銭受けのところまで小銭を入れに手を伸ばすのは大変だったのだと思う。レジの台のところに、小銭を並べ始めた。レジの台に小銭が並んだって、それを集めて受け取るくらい大した労ではないと思うのだが、H野さんはいらいらした口調で言った。

「こちらに入れてください！」

こちらというのは、おばあさんの頭上にあるプラスチックの小銭入れだ。しかし、おばあさんは小銭を数えていくためにも台の上に並べる必要があったのだ。しかも小銭入れは背の低いおばあさんからは届きにくい。その日からH野さんは私の中で「思いやりに欠ける人」認定され、決してH野さんの列には並ばないようになった。

何して生きる？　なんて聞かれても困ってしまう。だってみんな性格も状況もばらばらだから。やりたいことはやったらいいとは思うけれど、それが叶わない状況というものもある。私自身、芸能人や成功した人たちがしゃべるモットーとか人生訓というのは、確かになるほどなと思う部分もあるけれど、あんまり信用していない。成功した人たちは、大抵が、成功できなかった人とは違う、恵まれた条件のもとでキャリアを築いてこれた人たちだ。何年か前、自分たち夫婦の学歴は努力で勝ち取ったものだと誇らしげに公表した芸能人がいたが、自らと違う状況だった人たち、努力をしたくてもそのチャンスさえ与えられなかった人たちへの視点がすっぽりぬけている姿を見ていて、いたたまれなくなった。だから何して生きる？　というのは、大切なことのようでいて、実はあまり大切なことではないと思っている。いちばん大切なのは「どうやって生きる？」だ。肉親との関係、恋人との関係、職場の関係、自分のやりたいこと、お金のこと。ままならないことが、それぞれにあるなかで、どうやって生きていくのか。何を優先して、大切にして生きていくのか。ぶっちぎりでやりたいことに打ち込める人以外は、みなそれぞれ折り合いをつけることが日々を生きるということだ。

夜になって子供たちが、「ノートがない、明日必要」などと言い出したとき、S友は二十四時間やっているので助かる。夕飯後に自転車でひとっ走り。駐輪場に自転車を止めているとき、ふとレジ台に立つH野さんが見えた。H野さんは真面目に働いていて、その姿をしばらく眺めていた。別にそれで私の「思いやりに欠ける人」認定は取り消されないのだけれど、そこまで憎む必要もないか、という気持ちになった。人の一心に働く姿は、悪いものではない。ちょっとした出来事で、人はすぐ人にレッテルを貼りたくなる。けれど、ときにはその相手を遠ざけるだけではなくて、自分自身もその憎むべきものに取り込まれる瞬間がないか振り返らなければならないし、相手もまた違う側面を持つ人かもしれないことを忘れてはいけない。貼ったレッテルは、いつでもはがせるようにしておきたい。これが「どうやって生きる？」の一つの答え。

猫嫌いのおじさんも、H野さんも、もっと遠くまで愛せるように。

霧をぬけて

これまでに二冊、南洋の本を出している。一冊はサイパン、もう一冊はパラオ。しかし、どちらも本になる予定はないまま取材を始めた。それはただ知りたかったから。急がなければ、戦前の南洋を知っていて、日本語を話せるチャモロ人やパラオ人のお年寄りたちが亡くなってしまう。サイパンについては十五年以上前、学生時代から調べていた。かといって卒論や修論のテーマとは違う。いうなればそうやって気になることを調べていくのが、私の趣味であり、「好き」だった。やがて、四年ほど経って長女を産んでしばらくして長編連載をやってほしいという依頼が『真夜中』という季刊誌から来た。話をくれた担当は、私のブログや他雑誌で書いたエッセイを読んでいて話をくれたのだ。そのとき、私はサイパンについて前から調べていたので、そのことが書けますというと、連載の話が進んだ。現在は休刊になってしまったが、実験的なその雑誌は、修論がまぐれ当たりのように新書になった一冊を除けば書き手としてなんのキャリアもない私に、驚くほど大きな枠を確保してくれた。三ヶ月に一度振り込まれる原稿料は、当時暮らしていた2LDKのマンションの家賃代くらいにはなったので、家計がだいぶ助かった。

子育ての峠を越えてようやく行きたかったパラオ取材に向かったときは、最後にサイパンに行ってから10年以上の月日が経っていた。パラオ行きも安くはなかったが自腹で行った。すると帰国後、短いエッセイの依頼をくれた集英社の編集者と打ち合わせで会うことになり、パラオの話をすると、連載を是非ということになった。パラオ取材はその後もう一度行ったが最終的に、最初の渡航費用は出版社から出してもらうことができた。

人は多分、すでに動いている人間に興味を持つ。これが「取材に行って文章書いても、誰も注目してくれなかったら、そこにかけた費用はこれだけの損になるなあ」などマイナス思考で考え込んでいたら、運は開けないかもしれない。自分が気になること、やっておきたいこと、会っておきたい人、見ておきたい風景があるのであれば、即実行でよいのだと思う。それは損得の話を超えて、自分自身の知識や興味の幅を広げ、結果的に人の注目を引き、その熱や思いが伝われば、仕事の幅をも広げるかもしれないのだ。

友人に、新宿で野宿をしているKさんというおじいさんがいる。Kさんは『ビッグイシュー』という路上販売の雑誌を売ったり清掃の仕事をしたりして暮らしながら、ソケリッサという路上生活経験者による踊りのグループにも参加している。『ビッグイシュー』の販売というのは、一日駅前の道に立ち尽くして買ってくれるお客さんを待つ仕事だ。しゃがみ込んでは売れるものも売れない。暑い日も寒い日も販売員さんたちは道に立つ。当然年齢を重ねればきつい仕事だ。それでも、Kさんは踊りの練習について、練習始まる前はしんどいなと思うんですが、始まってしまうとそんなこと忘れてしまうと語ってくれたことがある。私はこの話を聞いたとき、好きなことをするとき、人の力は一〇〇のうち五〇しかエネルギーが残ってないと思っていても、一瞬で一〇〇や一五〇になり得るんだと思った。これもまた、Kさんが連日の立ち仕事のために、少しでも休む時間を増やそうとか、立ち仕事だけでも大変なのに、踊りの稽古なんて無理だろう、踊ったところで金がもらえるわけでもない、など損得や苦楽だけで物事を判断していたら、できないことだ。結果的にソケリッサの活動は近年徐々に注目と共感を集め、おじさんダンサーたちはブラジルまで公演に行ったり、公演売り上げをギャラとして分配してもらえるまでになっている。

五〇しかないと思われたエネルギーが実は一〇〇や一五〇にもなるという話は、私が音楽と執筆と子育てを並行してやってこれたことにも関わるだろう。一人ぼっちのときも、人生を投げ出そうとしたときも、子供たちが生まれてろくにライブの練習ができなくなったときも、歌うことと書くことはやめなかった。一日が本当に二十四時間ですか、と聞かれることもあるが、別段、時間管理がうまいわけでもない。自分のエネルギーの限界値を勝手に見積もらなかったというだけだ。やりたいことは、やめない。けれど、自分が曲がりなりにも表現や子育てをつづけられている本当の要因は、そういう自分の意志や能力以外のところにある。

健康体に生んでもらい、親は大きな借金も病気もない。近所に母がいて、ライブや取材が入れば三人の子供たちの子守をしてもらえる状況。いくつもの幸運が重なって残せたキャリア。状況は一人ひとり違う。今、平穏な人も、状況が整わず波風の中の人もいると思う。ただ、なし得たことの幸運、なし得ない状況の限界を把握し、身体を通り過ぎていく経験を受け止め、表現していくことで、得られるものや生まれて行く関係があるはずだと思う。いかなる状況でも「好き」を手放さず、そのときできるかたちで続けたり、あたためておくこと。その「好き」が色あせぬ本物であれば、いつ晴れるともしれない霧のような時期を抜けて、いつかきちんとその人の人生を彩るものになっていくような気がする。

闇と引力

三歳くらいから小学生くらいまで、繰り返し宇宙の夢を見ていた。身体はそこにはいない。意識だけだ。小惑星のような細かな岩がいくつも浮かんだ闇の中を私の意識だけが浮かんでいる。そこに向かってごつごつとした岩がひゅーっとすごいスピードで私の意識に向かって飛んでくる。その表現しようのない吸引の感覚とともに、私の中に今も残っている。高校の地学の時間に、星は年を取れば爆発し、再び宇宙の塵に戻り、それらにやがてある力が働いて集合体となり、再び新星となるのだと聞いたとき、初めて自分が見ていた夢の意味をわかったような気がした。あの宇宙に浮かんだ私の意識は、粉々になった星の塵そのものだったのではないか、という気持ちになった。その星屑に何らかの生命体の残骸がまぎれていた可能性も、皆無ではないだろう。

山形の瀧山を山伏の坂本大三郎さんに案内してもらったとき、そんな話をした。大三郎さんは「ぼくも同じような夢をみていたな」と言った。偶然にも私と大三郎さんは同じ誕生日だった。

大三郎さんの夢は真っ暗な場所にいて、そこに生まれてくる強烈な引力に抗えないというものだった。そしてその先にはまぶしい光の世界があった。「多分、それは母親の胎内だろう」と。なるほど、闇と引力は創造の秘密に関わるらしい。

地球は何故生まれたのだろう。そこに何故生命は生まれたのだろう。私の音楽の大切な友人マヒトゥ・ザ・ピーポーに「失敗の歴史」という歌がある。

Beautiful Loser　ぼくら失敗の歴史だったの？
ゆらゆらゆらとさ　まちがえて
でもできるだけ綺麗な約束をして、
探してたんだよ　永遠のことを

小学生の頃、オゾンホールが拡大していて、フロンガスを規制しなければいけないと先生が話してくれたことをよく覚えている。その後もオゾンホール拡大のニュースは気にしていたが、あるとき、オゾンホールが小さくなったというニュースを見た。このとき、私は地球に治癒力があるのだと気づいた。一度傷つけたら、元には戻らないかけがえのないもの、というイメージを持っていたが、地球も生きていて、人間の努力如何《いかん》で以前のような星に戻るのだ、と知った。深く感動した。地球も呼吸しているのだと気づき、愛おしさを感じた。マヒトゥが歌うように、人間は仲間うちで殺し合い、金のために地球の姿を歪めていく。失敗を重ねながら、それでも愛とは何か考え、水と緑と空気を守りたいと願い、行動する人間がいる。人間の美点は、身勝手な行為の汚点を拭いきれるだろうか。

足元の土塊《つちくれ》がふるさとの地球そのものであると感じるためには、人はもっと素足で土に触れなくてはならず、夜はもっと暗くならなくてはならない。そうして見えてきた星ぼしの美しさに地球を重ねたとき、人は宇宙の闇が産道へと通じること、星と星の間に働く引力が、母子の身体を分けた陣痛の力に連なること、すべては繋がっており、私たちはみな包まれて生きているのだと、理解できるのではないだろうか。

天使日記

　もうあの日から一年が過ぎた。二〇一七年四月五日。二重の意味でこの日は忘れられない日だ。加川良さんが死んだ日。そして、長女のきぬが天使に出会った日だ。まさか良さんが天使になったわけではあるまいが、良さんを迎えに来た天使が、たまたまきぬと出会ったのかもしれない。

2017年4月5日

「おかあさんは信じてくれないかもしれないけど」

きぬが夜になって切り出した。昼間公園で、男か女かわからない人に会ったという。公園の生垣がふと途切れる場所があり、そこにその人は現れた。その日は曇り日だったがその人のまわりにはまぶしいくらいの光があふれていた。白い袖なしのワンピースのようなものを着たその人は裸足に金のサンダルをはいていたという。髪は白く、肩に触れるくらい。肩から金のたすきみたいなものをかけている。足はふと見ると、なくなって宙に浮いている。

「それって天使じゃないの？」

私は聞いた。曇りの日にそれほどまぶしい光に包まれた人物とは、ただ者ではない。どうやら、誰にでも見えるものではないものをきぬが見たのだ。そして、そこまで聞いて連想されるのは天使だった。


はじめに神は天と地とを創造された。

地は形なく、むなしく、やみが淵のおもてにあり、神の霊が水のおもてをおおっていた。

神は「光あれ」と言われた。すると光があった。

神はその光を見て、良しとされた。神はその光とやみとを分けられた。

（『創世記』1章1—4節）


アウグスティヌスはこの「光」を天使の創造であるとし、「彼らは、神の不変の叡知である永遠の光の一端として創造されたのである」と語っている（『アウグスティヌス著作集　神の国上』）。

きぬは私の質問には答えずに続けた。
「頭には白いゆりの花を飾っていた。背は私と同じくらい。どこから来たのと聞いたら、空を指差した。声が小さいのにすごく響くの。お父さんとお母さんは、と聞くと〝わからないけど、神様の声を聞いた気がする〟と言ってた」

燭台の中央には、人の子のような方がおり、足まで届く衣を着て、胸には金の帯を締めておられた。その頭、その髪の毛は、白い羊毛に似て、雪のように白く、目はまるで燃え盛る炎、足は炉で精錬されたしんちゅうのように輝き、声は大水のとどろきのようであった。

（『ヨハネの黙示録』）

アダムよ、唯一人の全能なる神がこの世に在《いま》し給い、すべてはその神から生じ、また善より逸脱しない限り再び神へともどってゆく、――すべては、もともと完全に善きものとして創《つ》造《く》られたものであるからだ。すべては、一つの原質量から出来ており、様々な形相《かたち》、様々な段階をもつ内質、そして生けるものの場合には様々な段階の生命、をそれぞれ与えられている。しかし、各《おのおの》はその独自の活動の領域を定められているが、神の近くに位置を占めれば占めるほど、或は神の近くへと志向すればするほど、いっそう浄化され霊化され純化されてゆき、さては、それぞれ定められた限界内においても、肉は霊へと上昇しようと力《つと》めるのだ。
（ミルトン『失楽園』）

アダムとイブが蛇に化けたサタンにそそのかされて禁断の実を食べる前、天使ラファエルは、二人のもとに舞い降りてこのように語っている。きぬの出会ったその子が天使だとするならば、その天使はどうやって生まれたのだろう。その子の記憶は失われているようだが、「神様の声を聞いた気がする」という言葉からは、人間の命、それも若くして失われた命が、神様の近くに救い上げられたイメージが描けるように思った。

正直なところ、きぬがこういう不思議なことを言い出すのは意外ではなかった。四、五歳の頃、空想上の友達がいたからだ。海外ではイマジナリーフレンドという。日本では珍しいが、ヨーロッパなどでは割と多くの子が持っている「友達」で、成長とともに数年で見えなくなったりするらしい。私は月に二回、大学院時代の友人で現在は研究者になっているナオコさんと江戸以前の文献の図像から当時の生活を読み解く読書会をやっているのだが、ナオコさんも小さな頃イマジナリーフレンドがいて、一緒におままごとなどをしていたという。きぬも三歳くらいから三年ほど「ことはちゃん」という友達がおり、ベランダから木を指差して、あそこにいるよ、とか、自転車のうしろの席に乗ってるよとか、エレベーターに乗るといつもいるよ、などと言っていたが、気づくとまったく言わなくなっていた。だから、最初、またその手の想像の産物が見え始めたのだろうか、と思った。あるいは突然霊感が開花し、これを境に霊的な世界を認知する人になるのだろうか、とも思った。どちらにしろ、不思議な話の好きな私にはわくわくする話だった。そして話を聞く限り、その光に満ちた天使のような存在は、悪いものには思えなかった。きぬもまったく恐怖を感じていないようだった。

母にメールで伝えると、「天使に会えるなんて、私も会ってみたい」と返事が来たが、すぐにそのあと、統合失調症の症状かもしれないし、友達に変な子と思われるかもしれないから、学校では見えることを言わないように言いなさい、という現実的なメールが来た。いささか心配しすぎのようにも思えたので、少し様子を見てみようと思っていた。

私はきぬと天使のことを、音楽家の高野寛さんにメールで送ってみた。高野さんとは一度大阪梅田のキャンドルナイトでお会いしたきりだったが、初対面のそのときからそんな感じがせず、リハが終わると喫茶店で長いこと、いわゆるスピリチュアルな分野にまたがることから修験道の話まで、話し込んだ記憶がある。その後、高野さんが教えてくれたフランス映画『美しき緑の星』もとても面白かった。地球よりずっと進んだ星から、どうしようもない地球を救うために、人間を装った異星人が送り込まれるという話で、過去にはキリストやバッハも送り込まれたが大きな変革は起こせなかったという、コメディタッチながら、刺激的な設定だった。高野さんからのメールの返信には、「知人の音楽家の娘さんも天使に会っているという話です。そういう時期にさしかかっているということなんでしょうね」というのんびりしたことが書いてあって、百年先の未来から返信が来たような気持ちになった。

4月6日

「見つけてくれるの待ってたって言われた。自分のことを信じてくれる人に会いたかったって」

昨日と同じ公園に三女のさきも次女のゆいも、友達のつきちゃんも連れて行ったところ、やはり会うことができたという。きぬが説明すると、つきちゃんにも白っぽい影が見えたようだ。

この日の天使はシロツメクサの髪飾りをしていた。毎日花を取り替えているなんておしゃれだ。

きぬはこの日、天使の手を握ることができた。

「手は柔らかいの、でも温度はない」

感触があるというのが不思議だが、逆に言えば人間の知覚なんて非常にあいまいなものなのかもしれない。きぬは握った天使の手をゆいの手に握らせようとした。すると、今まで天使を見ることのできなかったゆいにも白い腕だけがはっきり見え、きぬのうしろにたたずむ白い影も見えたという。ゆいは三姉妹のなかでもいちばん現実的な子で、前日のきぬの話もあまり信じていなかった。しかし、「(見えたのは)腕だけね」と帰ってきたゆいは言った。信じていなかった子だけにリアルだ。子供はやはり、異界へのピントを合わせることがうまいのかもしれない。さきもだいぶ見えたようで絵を描いてくれた。きぬ曰く、帰るときは直立ですーっと上っていって空に消えるのだそうだ。

フロイトもユングも、患者の夢のなかで、患者の個人体験とはまったく関係がなさそうな、普通ではない異様な要素が作用していることを発見した。フロイトはそうした要素を、個人の生活の日常経験において類似するものでは説明できない精神形態、太古の「名残り」と呼んだ。人間の精神内における、祖先から継承した原始的なものであるようだ。フロイトはこれらを古代人の精神の無意識から伝わる生物学的痕跡であると見た。
ユングは元型、幻視のイメージと呼んだ。ユングの考えによれば、元型は精神内で普遍的なイメージから特定の形や型をつくる傾向である。ユングは元型が、鳩が「巣」に帰る衝動やシロアリが蟻塚をつくる衝動と同じような、本能の傾向であると考えた。

（マルコム・ゴドウィン『天使の世界』）

きぬはそういえば、数年前に学習漫画『キリスト』を読んでいた。そこに天使も出てきたのだろうか。そこから得たイメージを元に、きぬの精神の無意識が天使を作り出したのだろうか。

しかし、それを妹たちや友人までもが見ているというのはどういうことなのだろう。気のせい、と片づけられるものだろうか。極限状態の集団が幻などを共有して見ることができるというのは、昔の修験者たちが集団で大蛇を見るといった体験として聞いたことがある。しかし、子供たちが平和な日常の延長線で、そうした幻の共有をいともたやすくできるのだとしたら、子供とはなんとおそろしく、また素晴らしいものだろう。

人が想像のなかで考え出したものたちは、私たちが住む世界とは別の次元で生き始めるということを聞いたことがある。非科学的と一笑に付される考えかもしれないが、かつては河童の目撃者が多かったことなど、ふと「そちらの世界」に人間が迷い込んでいただけなのではないか、とも思えて妙に納得してしまう。

きぬが読んでいた『キリスト』は、当時学校から借りてきていたものだったので、中古の本を買ってみると、冒頭の処女懐胎の場面で美しい天使の姿が描かれていた。巻末の解説を読むとそれがガブリエルであることが明かされている。伝記漫画『ジャンヌ・ダルク』のミカエルはある程度インパクトがあったかもしれない。さらに、『ナイチンゲール』『ヘレン・ケラー』にもそれぞれ天使のお告げが出てくるという。こう考えると、西洋においては天使に導かれた偉人が多かったことをあらためて感じる。

２０１７年４月13日

ゆいときぬで校門を出ると天使が待っていてくれて、途中まで一緒に帰ってきたという。ゆいはこの日も手だけ見えたという。きぬ曰く、「歩いているのであまり落ち着いて話せなかった」らしいが、天使は天使ミカエルの下で修行をしているそうだ。途中で「神様が呼んでる」と言っていなくなったという。

サタンは大きくよろめき、十歩ほど後へ退いた。十歩目に膝を屈し、辛うじて持っていた巨大な槍で身を支えた。その有様は、この地球上で、横ざまに噴出した地下の突風や洪水のために、山がその松林もろとも麓から吹き飛ばされ、半ば地面に埋まってしまうのに似ていた。叛逆の天使らは全員これを見て愕然とした。だが、それ以上に、彼らを憤然とさせたのは、味方の中でも最強の戦士がかくも無残に敗れるのを見たことであった。われわれの陣営は欣喜雀躍し、勝利はわが手中にありといわんばかりの喊声《かんせい》をあげ、激しい闘志を示した。この状況を見ていたミカエルは、大天使に命じ喇叭《らっぱ》を吹かせた。喇叭の音は広大な天の隅々にまで鳴り響き、神に忠誠を誓うわが方の大軍勢は、いと高き神に向かって『ホサナ』と繰り返し叫んだ。

（ミルトン『失楽園』）

ホサナとは、「主に栄光あれ」という意味らしい。悪魔と天使の戦いの場面だ。しかし、ここで描かれる悪魔とその軍勢というのは実はみんな元天使なのだ。サタンはもとはルシフェルとかルシファーと呼ばれる光り輝く天使だった。その特別さは、明けの明星、金星の輝きにたとえられるほどで、「光に充ちたあの幸福な天国で赫々《かくかく》たる光輝に包まれ、夥《おびただ》しい輝ける天使の群れを凌いでいた」と形容されるほどの大天使だった。けれど、キリストへの嫉妬から反旗を翻し、大勢の堕天使の軍勢を率いて「善き天使」の軍勢と戦っているのが上の場面である。「ミカエル」は「神のごとき者」を意味し、キリスト教の伝承の多くで最も偉大な天使とされている。『失楽園』にはウリエル、ガブリエル、ラファエル、アブデルなどの天使が登場するが、サタンとの最初のこの戦いでいちばんの活躍をするのはミカエルだ。絵画では、鞘から抜いた剣を持つ姿で描かれることが多い。

そんなすごい天使の下で修行をしていることも驚きだが、天使にも修行があるということも驚きだ。楽園に住んでばたばた飛んでいるだけのようなイメージばかりだったが、どこの世界も甘くないようだ。

神様に呼ばれていなくなったあと、この日は午後、再び天使に会えたという。天使曰く、習い事のような感覚で、ミカエルのもとで飛ぶ練習をしており、初級の一級に受かったという。今日はぺんぺん草のような花の髪飾りだったそうだ。急に庶民的な感じではあるが、やはり毎日髪飾りの花を付け替えるこだわりがあるようだ。

2017年4月14日

子供たちが家に帰ってきたとき、この日は私も家にいたので、「ねえ、連れて行って」ときぬに頼んで四人で公園に行ってみる。児童館の前の道を挟んですぐの、大きな桐の木のある小さな公園だ。狭い公園はサッカーをする子たちで騒がしかったので、しばらくは現れない。今日は無理かなと思いかけたとき、きぬが目で現れたことを教えてくれた。見えない。私は昔、「あなたの役割は子供でいること」とその筋の人に言われたことがある。そのときはまったく意味がわからなかった。王様は裸だと言った少年のように正直でいることだろうか。シュタイナーは、人間の生命力には死に向かって次第に弱まっていく性質のものと、力強く集中的なものと二つが見られると言っている。前者は意識することや表象に結びつくのに対し、後者は無意識から起こってくる意志に結びつき、これを真の意味における生命力である、としている。

真の意味における生命段階の例としては、まだ思考することのできない子どもに、強い、集中的な有機的生命が現れる場合を挙げることができます。このような子どもの生命力は、そのまま私たち大人の中に受け継がれていきます。しかし歳をとるにつれて、このような子どもの生命力の中に、少しずつ衰退してゆく生命力が入りこむようになるのです。

（ルドルフ・シュタイナー「人間と天使、および高次のヒエラルキー存在の関係」『天使と人間』）

ここでシュタイナーが言う「子どもの生命力」や、力強く集中的で、無意識から起こる意志のようなものが「私の役割」に結びついているのだろうか。私は大人になっているはず（？）だけれど、周囲がどんどん死に向かう生命力に切り替わっていくなか、なるたけ長く「子どもの生命力」を使って生きていくことが定めということだろうか。

いずれにせよそう言われたこともあって、私はもしかしたら天使が見えるのではないかと思っていた。けれどもまったく見えなかった。エネルギーは子供でも思考はしっかり大人になってしまっているようだ（本当に？）。残念。きぬが通訳してくれる。

「何歳で私（注：きぬ）を生んだかって」

「26歳だよ。あなた（注：天使）はとても綺麗ってきぬから聞いているけど、見えなくて残念」

「お母さんのほうが綺麗だって。会えて喜んでる」

お世辞のうまい天使だ。別れ際、きぬが視線をすーっと上に向けて、天使が去ったことがわかった。四人で公園を出て、家に向かって歩き始める。しばらくするときぬがわっと驚いている。天使が一緒に帰ってくれるらしい。うしろからついてくるさきが「みえるみえる！」と言っている。ゆいは今日はよく見えないようで「どうしたら見えるかな」と言っている。さきはよくうしろを振り返っているので聞いてみると着物の子も二人ついてきているという。ピントが合っていろいろなものが見えてきているのかもしれない。もともとさきは、家に向かう途中の畑の奥にある大きな石にも「いつも白い服のおじいさんが下を向いて座っている」といっていた。私はそれ以来気になってしまい、「今日はいる？」と毎回聞いていたら「あの人はいつもいるから大丈夫だよ」と言われてしまった。何を落ち込んでいるのか、何を待っているのか、どうして成仏できないのか、はたまたもう成仏してるのか、よくわからないが、彼も別に危険なものではないようだ。

天使とは坂のところで別れるようで、きぬが手を振った。しばらくしてさきがまたうしろを向いて手を振っている。誰に、と聞くと着物の子たちだという。幽霊なの？　と聞くと、「違う、かわいい子」と言った。幽霊には私たちは恐ろしいイメージばかり植えつけられてしまっている。日常から遠ざかれば遠ざかるほど、対象は怪物化し、恐怖の対象となっていく。ちょうど山にこもる聖なる巫女たちの残像が、人食い山姥になってしまったように。

成仏という仏教の考え方も、少し画一的ではないか、という気がする。つまりこの世には、成仏できないほどの恨みを持って死んだ魂はむしろ少なく、無邪気に、いつもそこにいるのが普通、というようにこの世にとどまっている魂がたくさんいるようだ。この世にとどまっている、というのももしかしたら不正確で、もう一つ別の次元で生き続けているのかもしれない。本当はもっと、たわいもなく、風のように、異界のものたちがすぐ隣にいるのだろう。

この日天使がどんな花飾りをしていたか聞くのを忘れてしまった。

4月23日
しばらく会わない日が続いたので、「どうしてるかね」と子供たちと出かける。近所のテニスコート付設の小さな公園に行ってみるがここでは会えない。やはり桐の木の公園でないと会えないのかもしれず、向かう。しばらく現れない。今日はもう会えないかな、ときぬに言うと、きぬが少し動いた。現れたようだ。

「初級の合格おめでとう、と伝えて」

きぬが見えない相手に向かって言うと、

「ありがとうって」

「そういう修行があるみたいだけど、どれくらいで本当の天使になれるの？」

天使に質問したきぬが「えっ」と驚いている。聞くと、中級、上級もあり、それも細かく分かれているのでだいぶ先らしい。

「桐の木があるけど、この木に精霊はいるか聞いてみて」

きぬがしばらくしてまたも驚いて「え、まじ？」と笑っている。

「だんごむしの精霊に会ったって」

家から桐の公園にいく途中に坂道がある。その左手には竹林の中に廃屋が何軒か並んでいる。蛇も狸もいる林だ。そこで天使がだんごむしの精霊に会ったという。

「足がいっぱいあるの？」

「白い服で触覚が生えていたって」

服を着ているのか。それなりに大きいんだろうか。足がいっぱいあるのでないなら、会ってみたいものだ。それにしても、だんごむしのようなものにもそんな立派な精霊がいるのだなあと感じ入ってしまう。うちは古い平屋なので風呂場になめくじが出るが、あのなめくじたちにも一人ひとり精霊がついているのだろうか。あるいは、だいぶ長生きした個体が精霊としての姿を持つのだろうか。

公園で天使と別れ、歩いていると、また前回のようについてきたようだ。一緒に坂をのぼる。きぬが「何色がすき？」と聞くと「ペス色」と答えたという。こちらの世界にはない色だそうだ。花だと「エリモア」がいいという。坂をのぼりきると人見街道だ。ここで別れる。きぬの視線が上に向かっていく。

「スローモーション！」

ときぬが笑って叫ぶ。いつもよりゆっくりのぼっているらしい。目の前にあるケヤキのてっぺんあたりまでいって消えたという。人見街道の手前で消えるというのは、やはり車が多いところはいやなのかもしれない。

午後、娘たちは前夫と映画を観に行く日だったので、夕方駅まで迎えに行った。駅への階段をのぼっていると、「お母さん、いた‼」ときぬが笑って改札のほうから走ってくる。改札を出たら天使が待っていたらしい。人の多いところでも環八が近くても関係ないらしい。

「あの子が会いたいと思うと来てくれるのかな。驚かそうと思ったのかもね」

「うん、今日はすずらんの髪飾りだった」

シュタイナーに精通した訳者として著名な高橋巖は、シュタイナーは天使論というものを天上界の存在の位階制の問題として捉えた、と解説する。キリスト教の用語では天使だけれども、他の宗教においても、同じような考え方、共通性を見出したのがシュタイナーだった。地上界と天上界、そして人間の関係をどう捉えるか。

人間の場合に非常にユニークなのは、天上のヒエラルキアと物質界との橋渡しをするという特殊な役割を担っているために、その有りさまが中途半端で宙ぶらりんの状態に置かれざるをえなくて、その時その時の条件次第で地上界の方を向いたり天上界の方を向いたりするだけではなくて、天上界の中の光の側面に目を向けたり闇の側面に目を向けたり、要するにどっちつかずなんですね。

（高橋巌「天使への進化論」『夜想』vol.21）

きぬがしてくれているのは、確かに橋渡しのようだった。でもまだ十二分に無邪気な様子の天使ときぬが邂逅したことには、どんな意味があるのだろう。「見つけてくれるの待ってた、って言われた。自分のことを信じてくれる人に会いたかったって」ときぬは天使の言葉を伝えた。天上界の闇の側面とは何だろう。それは人間世界の思考の投影ではないのだろうか。きぬが見ている天使も、きぬ自身の投影である可能性もあるのだろうか。それを、妹たちも同時に見ることは、単なる暗示による幻覚なのだろうか。

4月24日

今日も学校帰りに会ったという。

「人見街道の信号のところで現れた。マスクとハタキを持っていて、どうして、と聞くと〝車の通る臭いところにも慣れて、あなたのところへ行けるように〟と。頭の花は見たことない花だった」

きぬはその花の絵を描いてくれた。確かに見たことがない。しかし、天使がそんな掃除スタイルをするとは。私はこのことを音楽ライターの吉原聖洋さんに送ってみた。聖洋さん自身、小さいころいろいろなものが見えすぎて、大学病院の精神科で何度も検査を受けさせられた経験を持っていた。「一族の巫女だった曽祖母」だけは「これはこの子の才能だよ」と言ってくれていたのだという。

「〝交通量の多い道に、マスクとはたき〟というイメージは難度が高いですね。並の作家やマンガ家では到底思いつかない。霊的な表現を避けて、最近の流行語で表現するなら、いわゆる〝共感覚〟の一種ではないでしょうか。音を聞いたときに色が見えたりする現象と同じようなものだと自分では考えるようにしています。霊能力なんて言葉を持ち出すよりはそう考えたほうが気が楽ですから」

やはりこれは、きぬのイマジネーションの延長線上にあるものなのだろうか。だとしたらすさまじいイマジネーションだけれど……。

「それで、家まで来たから庭で遊んでたの。人間に見つかった場合、敵に追いかけられてもすぐ逃げられるようにっていう訓練していたの。私が敵役で」

聞けば三時半から四時半くらいまで天使と庭でその遊びをしていたという。我が家は奥まった場所にあり、庭は隣の平屋との間にもしっかり塀があるし、反対側は畑なので、人通りのあるところではないが、正面の家の二階からもし見られていたら、小学生の女の子が上を見て、一人で小一時間ぴょんぴょん跳ねているわけで、さぞ不思議な光景だっただろう。

「天使も遊びではないから真面目にやってて、汗だくになった！」

わが子ながら、本当に面白い。

かつて人間が現在よりもはるかに包括的な意味において、霊界からの存在一般や霊界のさまざまな進化の経過を見ることができた時代がありました。しかし、そのような時代は既に過去のものとなったのです。個々の人間の守護天使について語られた時代には、人間はこのような守護天使を直接、具体的に見ることができました。それほど遠い昔にまでさかのぼらなくとも、比較的近い過去の時代においても、人間は守護天使をありありと見ることができました。（ルドルフ・シュタイナー「人間の魂と宇宙存在の三つの出会い」『天使と人間』）
シュタイナーは人間が霊的なものを知覚しなくなっていく境目を十五世紀半ばとしている。

自然科学と唯物論が急速に発達し、人々は思考力に重きをおくようになった。「思考はいわば無力であるにもかかわらず、強固なものになったのです」とシュタイナーは語る。思考は無力。とても滋味深い言葉だと思う。ミヒャエル・エンデも現代では絶対視されてしまっている「客観性」について同じようなことを言っていた。優れた時代の観察者は、学問や科学を絶対視しない。それらは「客観性」という仮定を土台にして、この世に生まれたものにすぎない。彼らの心は、その周辺、学問や「客観的」思考が排除してきた不可思議ないくつもの事象に対して開かれている。

ユングは自分の庭に自己の象徴として四角い石を置き、こんな言葉を彫り込んだという。

私はみなし子でひとりぼっち。けれどもいたるところに私はいる。私は一人なのに、私は私と向い合っている。私は若者であり、同時に老人でもある。私は父母を知らない。私はまるで魚のように深みから取り出される。または白い石のように天から落ちてくる。私は森や山野をさまよい歩くが、人間の内部の深みにも隠れている。私は誰にとっても死すべき定めにあるが、時代の移り変りには左右されない。

（「塔」『ユング自伝2』）

ユングはこの言葉を「多少とも錬金術からの引用である」「(石に刻んだ言葉は) マーリンの生活を思い出させた」と述べている。

錬金術は金を人為的に生み出すための錬成の試みのことだが、ユングは錬金術は人間の心を見るときにも有効な「対立し合うものの結合」を示していると捉えていた。あらためて石の語る矛盾した独白を眺める。秋山さと子は、ここに永遠の少年、天使、英雄のイメージをすくい上げ、イカロスの神話と絡めている (「空飛ぶイメージ、父と子」『夜想21』vol.21) が、人間の孤独と神の自在性が交錯するかのような、この表現を見ていると、人と神とのはざまで使者を務める天使の存在が確かに浮かび上がってくる。ユングが言及したマーリンとは、十二世紀の偽史に伝わる魔術師の名だ。のちにアーサー王伝説に組み込まれる。清らかな王女と悪魔の間に生まれたマーリンは俗世を捨てて森に暮らし、その叫びが聞かれたと伝えられる。善と悪の境に立つマーリンと天使の面影、ユングの石の言葉はその曖昧な神聖さをもって、人間内部の「対立しあうもの」を浮かび上がらせるかのようだ。

娘が生まれたとき、私は親子の一体感やこの命を守らなければという使命感よりも、他者がこちらにやって来た、という感覚を強く持った。この人と二十年くらい暮らしていくのか、という不思議な感慨があった。もともと、子供が欲しいという気持ちは小さい頃からなかった。

おかあさんごっこのような遊びも大して興味がなかった。このことを母に話すと「それは、あの頃、気の強いAちゃんが、勝手にお母さん役を取ってしまって一方的に仕切っていたからでしょう」と言うのだが、そういう人間関係が生じやすいことも含めて、周囲との協調が必須になるその遊びがあまり好きではなかったのだと思う。よく小さな女の子でも赤ちゃんを抱っこしたがったり、かわいいかわいいと口にする子を見かけるが、幼い日の私にとって、赤ん坊は三つ下の弟で、私の大好きだったクラシックのピアノ曲が入ったレコードをミニカーでボロボロにされた記憶がいつまでも忘れられなかった。だから、赤ちゃんに興味がないわけではなかったけれど、なんとなく距離を感じたし、自分からそうやって愛情を表現することもなかった。しかし大学を出て長女の父親と暮らし始めた頃には、もう母方の祖父母が亡くなっていて、その頃から赤ちゃんを見かけると、新しい命ってなんてまぶしいんだろう、と感じるようになった。命が去って命がやってくる。それはとても自然なことと思えるようになっていた。子供を産んで育てることの大変さは産んでからわかっていくわけだが、子供を産むという選択は私にとってはとても自然なことに思えた。ここには私の生来の楽観も大きく関係している。経済的にどうなるかはまったくわからなかったが、未知の状況を絶対にどうにかしていく気力だけ満ちていた。

親子のあり方は多様だと思う。しかし大別するならば、最近増えている「友達親子」のような母娘と、そうではない母娘というのは、はっきりとした対照をなすのではないかと思う。私と母との関係は一言では言えそうにない。今も関係をはかりかねている部分もある。娘たちが大きくなり、みてもらう回数は減ったけれど、引き続きお世話になっている。誕生日には花を贈るけれど、それなりの距離感がある。それは、私たちの相性の問題と言ってしまえばそれまでだけれど、お互い「一人でいる」ということを好む性質にもよっているのかもしれない。母親としては家庭的な人だったと思うし、子供の目からみても、学校の保護者たちともそれなりに付き合ってきた人だ。ママ友グループでの笑い話や愚痴も含めてよく話す人だった。お母さんたち四、五人の会話はすぐに退屈になってしまい、なるべくじっくり話せる一対一で人と会いたいと考え始める私よりは、そういう意味でずっと社交的な人に思えた。でも私が母の存在から感じ取っているのは、「一人の時間が大切」という意思だ。母は今も三人の子供たちが巣立った広い家で一人で暮らしている。人によっては、広い家に一人なんて寂しくて無理という人もいるのだろうが、母は違った。私が離婚時に実家に身を寄せたあと、その近所に家賃九万円の物件を見つけて引っ越すと説明するとき、人から「え、実家にそのままいさせてもらえばいいのに。家は広いんでしょう？」と言われることもあった。しかし、私と母双方にとって一年半に及ぶ同居は厳しいものになりつつあったのだ。やはり相性の問題だろう。

「私は父母を知らない」「みなし子でひとりぼっち」というユングが彫った言葉は、どこか私の肌になじむ。もちろん本当のみなしごの気持ちなどわからないし、そういう境遇の人からみたら甘っちょろい戯言にすぎないだろう。けれど、一緒にいて距離を感じる。わかり合えなさに沈黙する。これは本当だ。友達親子のように愛情をストレートに表現し合う知人の姿を見ると、圧倒されて、置いてきぼりをくらったような、しんとした気持ちになる。「私は父母を知らない」のではないかと思う。今でも思ったこともあまり言えないし、やりとりもスムースではない。端的に言えば遠い。私たちはまったく違う人間だという当たり前のことを、単なる違和感を越えて理解しなければならない。でも、それは悲しいことじゃないはずだ。世の中には親の過干渉ゆえに愛を信じられなくなっている人さえいる。距離があることが何だろうか。私のこの面倒くさい内なる煩悶は、人と心の底から理解し合いたいというさそり座的な欲求の面倒くささなのかもしれない。ひとまずそう思っておこう。

本当は知っている。すべての悲しみに似た感情は、他人の境遇との比較から来る。だから両手に抱えていたはずの憂いも本当はかたちを持たず、いつの日か蒸発し得るものだ。手の中に残されたものを見つめるとき、きっと愛の姿が浮かび上がってくるだろう。

松岡正剛は、「外来するトワイライト・カテゴリー」(『夜想』vol.21)という文章のなかで、天使が「0にも1にもかからない非二値的な「あいまい」の領域」に存在することに触れ、「このトワイライト・カテゴリーとしての天使を成立させているのは、それが「外来者」という性格であるということにあるからであろう」「イメージの不動性に反逆している」と表現した。松岡は、「外来者」にちなんで風神にも言及しており、そのことは、ここ五年ほど風の神様を調べている私には興味深かったのだが、特に面白かったのは、〝イメージ(姿)を変えていく外来者〟と言われて、彗星を思い浮かべたからだった。加えて、松岡が表現した〝0でも1でもない「あいまい」〟は、花田清輝を読んで向き合うことになった「楕円」の二つの焦点のはざまを思わせた。月も地球も惑星もそうだが、彗星もまた楕円軌道である。

私は、生前距離のあった父親について、その死の翌日にエッセイを書いた。その最後に、父も私も彗星であったのかもしれない、と書いた。交わってもまた離れて己の軌道を進み続ける命の孤独について考えた。

土方巽らと並ぶ舞踏家・笠井叡《かさいあきら》は、空間概念のなかで歪みのない直線というものはあり得ないため、宇宙的なスケールのなかではその歪みは曲線の一部になるという。

光や熱の運動のみならず、彎曲した空間内で彎曲的に存在している人間の全活動は、定められた方向に直進しているように見えながら、実はつねに同一地点に帰来するような円環を綴っているにすぎないのではないのではなかろうか。（中略）あたかも人間の全生涯は巨人な永劫回帰の円環のうちのひとつの小さな輪のようであり、そこではただ「時間」だけが、観念上、直線として想い描かれるにすぎないのではなかろうか。

（笠井叡『天使論』）

魂が輪廻を繰り返すものだとしたら、その魂は永劫その輪をまわるのだろうか。何度でもこの世界に生まれ直す私たちの魂は、いつも外来者であり、神と人のはざまをゆるやかに楕円を描きながら浮遊しているようでもある。生まれては死に、死んでは生まれ、いつか見た景色、いつか会った人、そんな淡い記憶の残像に時たま、はっとしながら。

笠井の文章は難解だ。中でも、「二十世紀の魔術師」と言われた神秘思想家ゲオロギイ・グルジェフの哲学を引きながらの、〝地球の有機体のエネルギーがひとしく月の食べ物になっている〟というくだりは何の暗喩なのか理解ができなかった。一緒に「冬にわかれて」というバンドをやっているあだち麗三郎なら「身体ワークショップ」を主宰するくらいだから、笠井の考えの源を知っている気がして、岡崎ライブの帰りの車中で尋ねると、「ああ、それは引力のことだね」と教えてくれた。生き物たちの生殖のタイミングを司る月の引力。人によっては、頭痛の種にもなる新月や満月。この地球の生命のダイナミズムに大きく干渉する月という存在はそもそも何だろう。月についてはユングも「悪魔は月の精、地球の衛星であり、地球よりも小さく、冷たく、死んでいる」と描写している（「死者への七つの語らい」）。笠井は肉体と意志の強い結びつきを信じ、全能感を持つと信じて疑わない人間に対し、「意志はすべて、身体の外部からくる」ものであり、肉体の機械性は変革しようがないのだと主張する。そしてあたかも地球の生命を操作するかのようにも見える月が、人間の迷妄状態を作り、自らが自由意志で生きているかのような錯覚を起こさせるのだとする。笠井は人間の本質は肉体にはなく、魂にあること、そのふるさとは地球を縛る月ではなく、もっと宇宙に開かれた星界であるべきだと語る。言っていることのすべてはわからないけれど感覚的に伝わるものがある。人間の魂は、あらゆる固定観念や狭さや執念、重圧から解き放たれたとき、本来の自由を獲得し、この世に執着などなにも残さずに天高く、宇宙のはるか彼方へ戻っていくことができるというイメージだ。この感覚は私にはわかるように思われた。三歳頃から何度も見ていた夢は、宇宙空間に自分の意識だけが浮かんでいる夢だった。

夕飯のあと、天使が好きだといっていた花「エリモア」の話をきぬに聞いていたら、「あれ、来たよ」ときぬが言う。え、来たって⁉ 部屋がごちゃごちゃとしているので、焦って片づけ始めると「〝突然おじゃましてすみません、おかまいなく〟って言ってる」とのこと。天使が来るなら、もう少しこぎれいに生活していればよかった。最悪だ。きぬが「エリモアの花飾りしてるよ」というので、絵に描いてもらう。見たことがない花だ。色は薄緑らしい。「夜でするともなく暇なので遊びに来た」という。寝るのは十時らしい。意外と遅いが、シュタイナーによれば、天使たちは私たちが寝たあと、睡眠を通して人間をよりよい方向へと導こうと働きかけるということらしい。寝るといっても彼らにとっては形式だけで、睡眠の世界でも働きつづけているのかもしれない。

当時、天使に聞いてみたいことの一つに風呂場に増えていたなめくじの問題があった。常時三、四匹はいて、まあ朝にはいなくなっているものの、たまにベビーが誕生したりしていたのだ。塩で殺したりしたこともあったが、とにかくいやな気分になるので、どうしたものかと思っていた。天使の答えはシンプルだった。

「卵をうませないように、見つけたらつかまえて外に出して」

そりゃそうだな。さすが天使。地道にやってみることにしよう。お礼に歌を歌ってみる。適当に思いついた「赤とんぼ」を歌い終わると、きぬが耳をふさいでいる。「あの子の拍手がうるさい」とのこと。天使の声が小さいのにとても響く、と最初の日に言っていたのを思い出す。ゆいは、天使の顔は見えないけれど、身体は見えると言う。さきは上半身だけ見えると言っている。ゆいが怪談の載っている本を持ってきて天使に見せている。「知ってる」と言っているらしい。十五分ほど経つと「帰る」と言う。ゆいが襖を開けようとすると、きぬが窓を開けた。窓から出たようだ。みんなで手を振った。ゆいは今日だいぶ見えたようだった。

天使とは一人一人の人間の個性と地球進化の過程のあいだに調和を作りだす存在です。そして将来地球の進化が終わる時には、現在の天使の意識にまで到達した人間自身が、天使と役割を交代することになるのです。

（ルドルフ・シュタイナー「天使とは何か」『天使と人間』）

シュタイナーのいう地球進化というのは、地球上に生きる人間の意識のスタンダードが高度なレベルになるということなのだろうか。それによって、地球をとりまく雰囲気や発するオーラも一段高いものに移行する、そんなイメージだろうか。

私は、コロナ禍のさなか、二〇二〇年三月に『北へ向かう』というアルバムをリリースした。この表題曲のミュージックビデオやアルバムのジャケットに起用したのが、我が家のなめくじの赤ちゃんだった。赤ちゃんたちはよくみると本当にかわいらしく、当初風呂場に増えては困るという恐怖心から殺していた自分への自戒と、「もっと、まっさらに、よく見てみませんか」という気持ちもこめて、なめくじとのコラボレーションを行ったのだ。反応は悪くなかった。しかし、アマゾンに真っ先にレビューを書いてくれた人は「なめくじ」を「〇〇〇〇」と表記し、★ふたつの評価を下していた。おそらく、字面を見ることさえ、鳥肌が立つほどいやなのだろう。

長らく寺尾紗穂さんのファンで、予約注文していました。商品が届くまでの間、他の方の感想が知りたいと思いツイッターで調べると、ジャケットに〇〇〇〇が写っているとのこと。びっくりしました。〇〇〇〇は、畑や野菜の間から出てきたりしますが、それは彼らの生息領域なので、「いるんだろうな」と心の準備が出来ます。でも、好きなアーティストさんのCDジャケットで〇〇〇〇を目にする事になるとは予想もつきませんでしたし、ツイッターでの事前情報がなかったら、見た瞬間泣き叫んでしまったと思います。生き物を差別するつもりはないですが、私と同じように〇〇〇〇が苦手でどうにもならない方が、事前情報なくこのジャケットを見てしまうことを回避したくて、レビューを書かせて頂きました。CD自体は、まだ聴けていません。申し訳ないです。

私はこれを読んで少なからずショックを受けた。ただ小さななめくじが映っていることが、これほどまでの恐怖を引き起こすのか、と思った。それはなめくじへの嫌悪ゆえであり、「差別するつもりはな」くても、結局差別に他ならないということだった。なめくじはアマゾンレビューで★二つをつけざるを得ない存在。そしてその人は「長らく」私のファンでもある。人間が土から遠ざかって久しい二〇二〇年の日本に住む人の反応として、それは驚くに足らないものかもしれなかった。その事実が私の心を重たくした。人間はどれだけ土とそこに生きる命たちから遠ざかってしまったんだろう。そのことが悲しかった。しかし、私もなめくじ単体はよくても、際限なく増えていくことに恐怖を感じ、当初は塩を撒いていた。そんなとき天使が教えてくれたことは、すぐにできる簡単なことだった。あなたとなめくじは、ただの隣人同士なんですよ、という大切なメッセージを、私は天使から受け取った。

5月1日

給食中に天使が来たという。気づかれないようにあとでトイレで待っててと小声で言って、トイレで落ち合った。「トイレはエリモアみたいな匂いがするけど、(エリモアは)もうちょっといい匂い」、と天使が言ったという。芳香剤の香りのことだろう。その日は体育の授業で運動会のための「大江戸ダンス」の練習があった。私は大学時代「大江戸線」という当時の都知事の趣味による命名であろう地下鉄ができたこともあって、運動会でその演技を見ても微妙な気持ちをぬぐい切れなかったが、きぬは意外と気に入って踊っていた。天使は覚えが早く、「天使の国ではこんなことやらないよ」と言いながらも一緒に踊ったらしい。帰りは教室の天井を突き抜けて帰っていった。この日はスズランの髪飾りだった。

5月2日

午後家に帰ると、きぬとゆいは公文の宿題をやっている。さきは本を読んでいて、「あの子来てるよ」という。隣の高橋さんの家のほうから現れたらしい。きぬが帰って来たので、「天使は食べ物を食べるの？」と聞くと「花を食べてる」そうだ。今日の花は名前がわからないというので、絵だけきぬに描いてもらう。ゆいも見えているらしい。さきも腰から上が見えるという。また歌を求められたので、「大地讃頌」を少し歌う。きぬがまた拍手がうるさい、と言う。ゆいも少しパチパチと音が聞こえたという。友達はいないのか、と聞くと「ビジョリーナ」だか「ビジョリッタ」だか同級生がいるらしい。公文に三人が行こうとするが、きぬが振り返って「その子まだ家にいるよ」と言うので、一緒に行ったら？　と言うと、きぬが「うわ、網戸通ってきた」と驚いている。しばらくして公文から帰ると「あの子もいるよ」と言う。前もって「終わったら公文の出口に来て」と言っておいたらしい。公文の送り迎えをしてくれる天使、面白い。

ユングは、人の幻視や夢に現れるイメージを「元型」と呼んで、人類共通の普遍的無意識が存在すると説明した。しかし、それが百パーセント個人のイマジネーションに帰せられるものなのか、ということについては慎重論を取っている。たとえば、知人が死んだことを知らないま、その知人が夢に出てきて目覚めてから、知人の死を知らされるといった不思議な経験談は聞いたことがあるだろう。そういう科学では説明のつかないことが、世の中にはあふれている。そのとき夢に現れた知人のイメージは、夢を見た人のイマジネーションであると同時に、何らかのエネルギー体（知人の魂？）からその人のイマジネーションへの働きかけがあって生じたものだ、という考え方ができるだろう。十三世紀の神学者トマス・アクィナスはこれについて次のように考えていた。

彼らは人間の意志に影響を及ぼすことはできないが、善い天使も悪い天使も、人間の想像力にイメージをかきたてることで、間接的に影響をあたえることができる。天使はまた、外側から何らかの視覚的な形を装うか、内側から感覚の機能を妨げることによって——たとえばそこにないものを見せるというふうに——人間の五感に働きかけることができる。

（『天使と精霊の事典』）

この場合、そうした視覚的イメージの発生が、夢や幻視を見た個人の中で完結する話ではなくなってくる。つまり、きぬが道路沿いで見た天使が「マスクとハタキ」を持っていた姿は、聖洋さんが感心したように、彼女の独自のイマジネーションの産物であったと同時に、百パーセント彼女自身から生まれたものではなかったということになる。

ユングは元型について「単に無活動な形式などではなく、特定のエネルギーを付与された実在の力」であり、元型を見たと述べる人について「そのような陳述をなしているのはある個人なのではなく、元型がその人を通じてなしている」のであり、元型の力を見落としてはならないと考えている。また「不定数の人々が内的な力によって同一の陳述をなすこと」もあり、元型を見た人の主観と片づけられないものであるとしている（「晩年の思想」）。

聖洋さんの言うように、「共感覚」的なものとして、娘たちが天使に会っているのだとしたら、おそらくその天使像はばらばらだ。数字の1を見ても青を感じる人もいれば、赤を感じる人もいるように、各々が感じるものを感じる。実際、ゆいやさきは見える範囲が上半身だったり、腕だけだったりと限られている。きぬが見えている花飾りまでも見えていないだろう。しかし、それではっきりと見えているきぬに引っ張られて残りの二人は「そんな気がしで見えている」のだろうか。ゆいの現実的な性格を考えると、私にはそれも不自然に思える。ユングの元型の考えを参考にするならば、なんらかの存在が実際にそこに存在しており、そこにピントを合わせることができた子供たちが、各々のイマジネーションを用いて初めてそれぞれの天使が「見えて」いるのではないだろうか。もしきぬに合わせて意識的にごっこ遊びをしているのだとしたら、ゆいがまったく見えない日があることも不自然だ。これはシチュエーションによって彼女がたまたまピントを合わせられるときと、そうでないときがあることを示しているように思える。

きぬがピアノを弾くと、「少しハープに似てる」と言ったという。きぬがさらに、えー、と驚いている。何かと思えば、ハープはマリア様のところに習いに行っているそうだ。天使も飛ぶ習いごとがあったり、ハープを習ったり結構忙しい。それにしても、マリアにハープを習う天使、というイメージの美しさにはっとさせられる。

夕飯が近づいてもまだいる。きぬは夕飯前に伝記マンガを読んでいるが、あの子も読んでるの？ と聞くと、多分そう、と言う。しばらくして、「夕飯に戻る」と言って窓から出て行ったという。天使は花を食べるそうだけど、今晩は何の花だったんだろう。

きぬは今日、ゆいと一緒に帰って来たとき、ゆいの横をゆいと同じTシャツを着て髪がぼさぼさの子が走り去っていくのが一瞬見えて怖かったという。顔は向こうを向いていてよく見えなかったらしい。何かいたずら好きな霊の仕業っぽいなと思う。

十五世紀「聖ルチア伝の画家」と呼ばれる画師によって描かれた「天の女王」(ワシントン、ナショナル・ギャラリー)は聖母マリアの昇天図だが、ここには両サイドから天使たちに支えられて昇天していくマリアが描かれている。天の近くではさまざまな楽器を弾く天使たちが描かれ、絃楽器、管楽器、歌う天使たちに交じって、ハープを奏でる天使も二人描かれている。

マリアの周りの八人の天使たちは、手持ちオルガン、ハープ、リュート、ヴィエル、ショームなどを手にしているが、それらはいまやマリア祝福の定番の楽器である。

(岡田温司『天使とは何か　キューピッド、キリスト、悪魔』)

岡田は他にも、十四世紀から十七世紀までの絵画の中の「奏でる天使」に着目して分析しているのだが、十五世紀末から十六世紀前半の聖チェチリア(音楽家と盲人の守護聖人)を描く作品のなかには、楽器の種類によって貴賎があることが示されているものなどがある。そういう際もハープは天上の楽器としてポピュラリティーを獲得していたようだ。カラバッジョは聖人たちを、庶民のなかに紛れ込ませて描いたが、奏でる天使もまた下界に降臨させ、庶民的な楽器バイオリンを弾かせている(「エジプト逃避途上の休息」)。カラバッジョに影響を受けた画家たちも次々に、下界で天使たちに演奏させた。十六世紀末、バロック音楽の時代が始まっていた。この時期、天使たちのオーケストラのイメージは大流行したという。

5月10日

今日も給食中に来たという。きぬは「学校をいろいろ見てきて」と伝えた。給食の人たちを「治療する人たち」と言っていたらしい、医療関係者と思ったようだ。太った主事さんのことを「途中怖いものに会った」と言っていたとか。クラスで昼休みに「大江戸ダンス」をやっていて、それも見ていた。帰りに校門から一緒に帰って来るが、ゆい、さきは気づかなかった。心で会話しながら帰って来た。きぬのうしろをついてきて、坂道は羽をぱたつかせて飛んでいるらしい。学校見学は「勉強になった。迷路みたい」と言っていた。天使曰く、窓を覗いて教室のゆいも見つけたという。今日は飛ぶ修行があって家には来なかった。もうすぐ「キリスト教の歴史の勉強」が始まるらしい。先生は天使ガブリエルなど何人かいるとのこと。花は名前の知らない白い花だった。

ガブリエルはミカエル、ラファエルと並ぶ三大天使の一人で、ヘブライ語で「神の英雄」「強き者」を意味する。マリアのもとにやって来て「受胎告知」をする絵が有名だ。魂を天国から子宮に導き、誕生までの九ヶ月間指導するとされる伝承もあるという。

5月13日

朝、家の前に降りて来て、きぬと一緒に学校へ行く。羽が大きくなってきていてその動きを見ていた。

5月28日晴れ

夜二十一時頃、「心で願ったら来てくれるんじゃない？」と言ってみる。きぬが心で呼ぶと、「今から行っていい？」と声だけ聞こえたという。少ししてやって来た。ゆいは『うんこドリル』に夢中。「うんこはアバという。本で見たことあるけど、天使はしない」ときぬが天使の声を伝えてくれる。「本を読んでお尻から出るものと知った」。やはり天使はしないのか。本を読んで知るとは、妙にリアルなコメントだ。貯金箱はピアというらしい。エルダーフラワージュースを飲んでいると、「香水を飲んでいるかと思った、って。あ、エルダーはビバだ、と言ってる」。天国では炭酸になっているものをお祝いの席で飲むらしい。いちばん偉い天使ガブリエルの誕生日に、天使たちは丈の長いドレスで踊って、それが綺麗らしい。しばらく来られなかったのは、習い事が忙しくなったのと義理のお父さんとお母さんと、出かけたりしていたためらしい。そこは、広いガラス張りの場所で、真ん中にマリア様の像が置いてある場所だとか。天国の、広いガラス張りの場所。何かの本にそんな天国の絵が載っていたのだけれど、いろいろ文献を見直してみても見つからない。

今日の輪飾りはバラディイックという花。食べはしないが、香水にする。食べられる花は百種類以上あるので、毎日違う花を食べる。甘くするときも、それ以外の味で煮るときもあるらしい。不運を呼ぶ紫のバスピーという花も天国にはあるらしく、これが近くに生えるとみんなで移動するらしい。義理の父から聞いた。写真を見せてもらったことがある。

天使は義理のお母さんに怒られることもあるらしく、そういうとき、地球に降りるのは好都合らしい。帰ってこちらの話をすると、お母さんは怒らないという。

天使にいつのまにか養父母ができており、天国の日常が垣間見える。一面のお花畑かと思いきや、不運を呼ぶ花もあるようだ。堕天使の話もそうだが、善悪できっぱりと線の引かれた境界線などどこにもないのかもしれない。

6月1日

きぬが一人でいたとき、天使が部屋に来る。最近片づけをしたので、「この間よりずっと綺麗」とコメントをもらえた。お祝いの飲み物はここではすぐに手に入るのね、とエルダーフラワーのことを言っていたそうだ。私がこの飲み物を知ったのは宮城の加美にある喫茶店「GENJIRO」でのことだ。ここの遠藤みどりさんが庭でエルダーフラワーを育ててジュースにしていたのを飲ませてくれた。この世でいちばん美味しい飲み物のように思った。飲んだことがない味だった。そう、あそこは天国みたいな場所だった。新幹線の古川駅からさらに四十分くらい車に乗る場所だったけれど、町には立派なクラシックのホールがあって、そこと同じ設計でみどりさんの兄で獣医の眞幸さんがコンツェルトハウスという私設ホールを自宅に作っていた。息子さんの貴平さんも獣医をやっているが、音楽好きでコンツェルトハウスで私のコンサートを企画してくれた。そんなご縁だった。みどりさんの作るGENJIROのレモンケーキは絶品で、いつもコンサートで伺うたびにお土産にさせてもらう。エルダーフラワージュースはいつのまにか巷で流行ってきた感じで、最近はおしゃれな店で見かけたり、通販でも買えるようになった。娘たちも大好きだ。

大ニュースがある、と天使が言う。義理のお母さんにもうすぐ妹か弟が生まれるけど、流産の確率もある。まだそんなにお腹は大きくない。天使の世界では赤ちゃんを授かるのが難しいことらしい。お母さんは自分よりも綺麗な人。お父さんのほうが羽が小さい。どれだけ飛ぶ練習をしたかが羽の大きさに現れる。二人ともそんなに怖くないけど。最近注意されたのはお母さんのお腹に赤ちゃんができたのにかまってほしがったとき。産まれたらあんまりかまってもらえなくなるかな。私に名前を付けないのと言ったら、「あなたは私たちの子供じゃないから、ずっとあなたと呼びたい」と言われた。

寂しい理由だけれど、「ずっとあなたと呼びたい」という言葉に不思議な力を感じた。「あなた」という言葉の持つフラットさは相手を侵さない。相手を尊重する、自立した者同士を思わせる。

今日は網戸をすり抜けていった。

6月4日

公園に行ったら会えるかもしれないから行きたい、と言っていたら少しして部屋に来る。向こうが察知したようだ。今日はファビーという白い花をつけている。周りが透明な花びら。今日はマッピという踊りの会があるので、衣装を持ってきたという。白ベースで薄い赤が混じっている。トゥシューズは、底に突起が付いていて変わっている。

天使はマリアにキリストについて聞いてみたことがあるという。ハープのレッスンのときだろう。だが、「それは私の思い出の中でいちばん悲しいこと」と言われたそうだ。マリアはそれ以上話さなかったのだという。ちょっとびっくりしてしまった。キリストの死後マリアの悲しみについて、思い出せるのは中学時代、合唱部で歌う機会のあった「Stabat Mater」。学内ではなく、私学の合唱祭で大きな会場で大勢で歌った気がする。悲しみの母という意味でマリアのことを歌っているという説明を覚えていた。

悲しみの母は立っていた
十字架の傍らに、涙にくれ
御子が架けられているその間

呻き、悲しみ
歎くその魂を
剣が貫いた

ああ、なんと悲しく、打ちのめされたことか
あれほどまでに祝福された
神のひとり子の母が

ラテン語で書かれたこの曲は十三世紀のフランシスコ会で生まれたという。マリア信仰は異教の母神信仰が紛れ込むおそれもあったし、イエスその人よりもマリアが人気を博してしまうおそれもあった。四世紀のコンスタンティヌス一世は聖母マリア崇拝を禁じ、女神をまつった聖堂は破壊された。それでも、その後聖母マリアはキリストに劣らぬ不動の地位を築いていく。その神格化のなか、聖母子像も広まり、マリアの悲しみそのものは見えにくくなった側面もあるのではないだろうか。私自身キリスト教のそれほど浸透していない日本社会のなかで、マリアの悲しみについて考えたことはほとんどなかった。だからこそきぬから天使が聞いたというマリアの悲しみの言葉には、はっとさせられた。『キリスト』『ジャンヌ・ダルク』『聖書ものがたり』のどこにもなかったけれど、きぬはマリアの悲しみについてどこかで読んだのだろうか。それとも子を失った母の気持ちをイマジネーションによって自然と代弁できたのだろうか。いや、そもそもそれはひょっとしたら、天使が本当に伝えたメッセージだろうか。

天使が養父母に名前をもらえなかったことについて思い出し、私がきぬが天使に名前を付けたら、と言うときぬが「ニックネームなら」としばらく考えていた。「サラ」とか西洋風の名前にするのかなと思っていたら、やはり「あなた」にする、と言う。そうか。じーんと心が震えてしまった。天使は明らかに、彼女にとってペットのように気安く名付けられる存在ではないのだ。それはやはりきぬの中のもう一人の自分であるのかもしれないし、「あなた」としか呼ぶことのできない大切な存在なのかもしれない。

一九八〇年に『天使の歌が聞こえる』という自伝を出版したドロシー・マクリーンというスコットランドの人がいる。彼女は、荒れた土地に共同体をつくり、さまざまな精霊、とりわけ自然霊の声を聴いて農作物の収穫高を大幅に上げたことで知られているが、彼女にとって天使と交信することは、「より高い自己、つまりそれぞれの魂のなかにある神の実体と交信することだということを悟った。(中略)天使はこの交信における補助的な存在なのである」(『天使と精霊の事典』)。

今日は下の二人を前夫との面会に送りに行き、帰って来るともう天使は押入れから出ていったという。しばらくすると、天使が来て、マッピの会場で天使が踊る前にバスピーが咲いたのでお開きになったとのこと。バスピーはとても美しいが、天使が近寄ると、病気になったりする。伝説でバスピーを咲かなくする幻の花があるそうだが、どこにあるかわからない。花は焼いたりもする。あまり味がなくても食べる。しばらくすると、お父さんからの声でもうすぐ生まれるとのことで、急いで戻っていった。天使のお産は授かってからずいぶん急速にやってくるようだ。今日は電球の光に紛れたという。

夕飯の頃、死産だったと伝えられる。天使のお産は難しいという。天使はしばらく来なくなった。そういえば今日は天安門事件の日だ。

6月25日

久々に天使。国会議事堂の柵からあふれそうな程大きなバスピーが咲いているとのこと。それでしばらく来られなかった。普通紫だが黒くなっているとのこと。今は少ししぼんだのでやってきた。

二〇一七年二月、森友学園の国有地格安払い下げ問題が明るみに出て、六月「共謀罪」の構成要件を改める「改正組織犯罪処罰法」が成立した。デモが威力業務妨害などとされたり、計画段階から処分の対象になる可能性が出てくるという。きな臭い。この頃我が家には、テレビはなかった。離婚する前に最後に暮らしていた家では前夫が持ち込んだものがあったし、実家にもあってよくテレビがついていたが、そもそも私はテレビがだらだらとついていることがあまり好きではなかった。加えて、ニュースのコメンテータの発言のひどさや、一面を切り取って大々的に報じ、報じるべき点は報じないまま、人々を感覚的に導いてしまうことにげんなりすることもあって、離婚後に身を寄せていた実家から出たのを機にそのままテレビを買わなかった。大学院にいた三年間、私立高校で中国語の非常勤講師をしていたが、連日反日デモの映像がニュースで流れ、せっかく中国語を選択した生徒たちのなかにも「中国は嫌い」と書いてくる子が増えてしまったことなども苦い記憶として残っていた。映像の力というのはうまく利用すればもちろん有益だが、編集のされ方によっては多くの人に単純な偏見を強めてしまう諸刃の剣だと感じた。新聞はとっていて、私が子供たちに伝えたほうがいいと思うことは、食事のときにクイズにしながら伝えたりしていた。

それにしても天使が長らく来られなかった理由が、国会議事堂に巨大なバスピーが咲いていたためだとは、驚いてしまう。きぬが新聞を読んでいるふうもなかったけれど、見出しくらいは見ていたか、私の新聞を読みながらの独り言や、たまにだすクイズなどがきぬのイマジネーションを刺激したのだろうか。それとも見える人にしか見えない毒の花が今、国会敷地内で育っているのだろうか。これほど、嘘だらけの答弁を重ねてきた首相もいない。今の国会が、天使が近寄れないほどの、悪い気に満ちていることはなんとなく想像がつく。

七月、内閣支持率は二十パーセント台に落ちた。

7月2日

都議選の選挙の日。薄紫の「ベルダニア」の花を持って家に来て、ごはんどき一緒に食べていた。国会のバスピーが爆発して煙が上っている。煙は天界まで届いており、天使たちの調査隊が下界に行ったが戻ってこないという。今日は天界でも選挙があったという。バスピーを好む天使たちもいる。彼らの羽は薄黒い。今日は天使は携帯を持っており、途中お母さんからの電話で戻って行った。マスクの箱をすり抜けたらしく、きぬが、どこから戻ってるの、と笑う。飛ぶ修行は上達しているけど、遠距離の時は羽を動かしすぎてバテてしまったとのこと。天国でもマラソンのように長距離を飛ばなければならないなんて、修行は大変だ。

夕飯後、都議選の結果が出てくる。都民ファーストの会が圧勝、ファーストと自公で七割以上が占められるという結果。バスピーの爆発と関係があるのかないのか、いずれにしても暗雲立ち込めるこの国の道行だ。バスピーを好む羽の薄黒い天使は堕天使なのだろうか。堕天使と天使の間の存在なのだとしたら、興味深い。

この日を境に、天使はぱたりと現れなくなった。

三ヶ月だった。

もしかしたら、きぬに「ちょっと呼んでごらんよ」と言ったら、またコンタクトが取れたのかもしれないし、今だってそうなのかもしれない。けれども、なんとなくそのままにするのがいいような気がした。天使が自然と彼女に接触してきたのがその三ヶ月だった。

面白いことに私は翌年、ある人から「あなた、天使みたい」と言われる出来事があった。ＰＴＡの執行部の役員をやることになったのだ。逃げられるものなら逃げたかったけれど、何か変えられるなら、という気持ちもあった。執行部には十人の人間がいて、毎年入れ替わることもあって、この一年を何もなく例年通りにやり過ごしたい、というまじめな人も多かった。言ってしまえば「改革」は難しかった。それでも外部から提案は来た。副校長先生のところには、子供の不登校や登校渋りで悩むお母さんたちの声が届いていた。私も登校時間に、学校までお母さんに引きずられてくる子の姿を見たことがあった。そういう人たちが月一回でもお茶を飲んで、気持ちを吐き出せるような場所をＰＴＡで作れないか、ということだった。不登校は増えている。フリースクールなど、学校以外の場に居場所を見つけて生き生き成長していく子がいることも知っている。けれど、そういう場所は私立が多く、学費は高いと聞く。すべての人が選べるわけではない。働くお母さんが、もし自分の子供が学校に行けなくなってしまったら、仕事も思うようにできず、精神的にもさぞハードだろうと思った。一人親である私にとっても人ごとではなかった。

私はそれを実現したかった。男性の会長も乗り気だった。その話は飲み会でぽろっと伝えられたことだったので、私はきちんと実現に向けて動けないかとその意義を自分なりに文書化して提案した。しかし、「素人が相談に乗ってどこまで責任を持てるのか」とリスクを強調する意見が出て、結局実現しなかった。そのことを「やったってよかったのにねえ」という雰囲気で共感してくれた役員の一人から言われたのだ。「あなた、天使みたい」。

このとき声をかけてくれた彼女は会計の人だったが、非常に頭脳明晰で合理的な考え方ができ、ユーモアもある人だったので、私たちの代では、彼女を中心に大事な改革を一つだけ実現することができた。それは、四年生のお母さんたちにのみベルマークや祭りの係など半強制の作業が割り当てられていたものを、全学年に募集というかたちで開いて、本来のボランティアとしてのあり方に近づける改革だった。これで実質的に強制の仕事をなくすことができたのだ。

私はいろいろな意見のある人々をさらりとうまくまとめた彼女の人間的魅力を素晴らしいと思った。そして「天使みたい」と言われたところで、現実の役には立たないことの方が多いのだと自らの無力さを思った。私にできたのは、彼女の意見陳述の際に相槌を打ったり、会議が終わったあとに「さすが、素晴らしかった！」と気持ちを伝えたりすることくらいだった。

人間が寝過ごすことの許されない時機がやってくるのです。その時機が来たら、人間は天使を通して、霊的な世界から刺激となる衝動を受け取ることになるでしょう。それは、「私たちは現在心がけている以上に、はるかに深い関心を一人一人の人間に対して抱かなくてはならない」という衝動です。

（ルドルフ・シュタイナー『天使と人間』）

幾多の犠牲を経て、確かにそのような時代になりつつある、ということを感じる。ホームレスが襲撃されても、かつては警察もろくに動かなかった。けれど、二〇二一年六月に愛知で起きたBB弾によるホームレス襲撃では少年らが正式に逮捕されたという。これは岐阜で二〇二〇年三月、八十一歳のホームレスが少年らに殺されたことが背景にある。正確に言えば、この事件で世を去ったホームレスのことをきちんと世の中に伝えなければという意識のあった記者やジャーナリストが粘り強い取材をして世の中に訴えかけたり、地域の学校に働きかけをしてきたことの成果でもあるだろう。二〇二〇年十一月には幡ヶ谷で女性ホームレスが撲殺される事件があったが、これものちにこの女性についての詳細な記事がネットニュースで出たことによって、多くの人がかつては舞台女優をやっていたという一人の女性の人生について思いを馳せることができた。ホームレスなど遠い世界の問題と思っていた人たちの感覚が、コロナ禍という非常事態で「ひとごとではない」と変化したこのタイミングで、この記事が大々的に報じられたことの意味は大きい。かつては、熱心な記者が記事を書いて、紙上で発表されてもそこで終わりがちだったが、現代ではネットニュースとなってあらゆる人たちに伝えることができる。かつては埋もれていたマイノリティの個人の声もネット上で発信すれば、今は遠くまで届けることができるようになった。これは一つの喜ばしい変化だ。「一人ひとりの人間に対して」多くの人が深い関心を寄せるようになれば、世の中はもっと変わっていくだろう。「もちろん気にはなりますけど、素人が相談を受けてその責任はどうなるんですか」というPTA内部で持ち出されたようなリスク論によって、結果的に続いてしまう「無関心」と「行動しない」こと。これは一見とても現実的な意見に見えてしまうのが厄介だ。たとえば精神を病みかけている人に何かのアドバイスをして、そのとおりにしたらこんなことになった！　と訴訟でも起こされたらどうするのか、そんなことを「きちんと想定」できることが、大人であり、現実的な姿勢であるという考え方だ。こうした「現実的な姿勢」は簡単に、誰かと関わって生きるという理想を追い払ってしまう。

現代の文化の中には、理想主義と呼ばれるものはほとんど存在しません。そして、人間の言葉は少しずつ、外にある物理的かつ物質的な事物に関わることだけを表すようになりました。言葉が理想主義的なものを表すためには、人間が霊的なものを信じていることが前提となります。なぜなら、理想とは霊的なものだからです。しかし現代では、言葉は理想主義的なものの表現からますます遠ざかっています。

（ルドルフ・シュタイナー『天使と人間』）

私はこれを読みながら、「言葉」とりわけ「話し言葉」に対して自分が日ごろから感じる距離感について考える。感じたことを話し言葉にすること、それを複数の人とその場で交わし合うことが私は苦手だった。そこではいつも何かが言い表せず、音になるまでも時間がかかるのだった。私が心を開いて気持ちを話せるのは、この人なら、と思える人と大切な話のできる二人の時だ。じっくり気持ちを表現できるという意味で、書き言葉にすることはたやすかった。そして、ライブのMCの一人語りというのは思いのほか、この状況に近いのだと思う。暗闇の客席にいる一人ひとりの「あなた」に向かって話しているような気持ちになれる。そして、いちばん私にとって私自身を伝えることができるのは、やはり言葉を越えて「歌う」ことなのだと思う。

ネットの世界では、言葉で書かれたことがすべてになる。そのことに傷ついたり、落ち込んだり、一転自分が書き込んだ内容が支持されれば、その言葉の持つ力の影響力に満足し、万能感を感じることもある。しかし大切なことは、実は言外にこぼれおちているのではないだろうか。人と人が向かい合うとき、互いに受け取り合う情報は膨大なものだ。コロナ禍で広まったオンライン打ち合わせの広まりなどについて感じるのは、メールと違って顔が見えるけれども、その分こぼれおちているものに、人間がますます気づきにくくなってしまうのではないかということだ。すでにつき合っていくしかないシステムになってしまったけれども、初めての相手とのオンライン会議は断り、まず対面で会ってもらうようにしている。

理想とは霊的なものである、というとき「霊的」という言葉に拒否感がある人もいるだろうが、これは魂と置き換えてもよいものだと思う。シュタイナーは、人類の未来においては宗教を強いたり強いられたりすることもなくなり、教会という場所さえ必要なくなるだろうと述べている。

もはや宗教を強制する必要がなくなるのです。というのも、その時には、それぞれの人間が他の人間と出会うということが既に宗教的な儀式、秘跡となるからです。

（ルドルフ・シュタイナー『天使と人間』）

究極的に言えば、霊的に交信したり祈ったりすることに、特定の場所も信仰も必要ないということだろう。教会も神社も人間が祈りに集中したり、儀式を継続させるために便宜的に作られた。困っている人を誰もが気にかけずにはいられなくなったとき、魂と魂は容易にその場で触れ合い、そこに温かなものが流れていくのだと思う。本当は誰もが、誰かに力を与え、力をもらうことができる。本来、簡単でシンプルなことが、理想主義の否定やさまざまなそれらしい言い訳によって疎外されている。あらためてシュタイナーの言葉に戻るならば、理想は霊的であり、優しさが魂なのだ。

天使が訪れた私たちの家は決して広くはなく、子供たちは三段ベッドで一室に暮らしていたので、私たちは二〇二〇年四月にもう少し実家から離れた西の市部に引っ越した。中学生になるきぬに個室があったほうがいいと思ったのだ。実家までもバス二十五分＋電車十分で戻れる距離のところだった。先日久々に実家に戻る用があって、かつて暮らしたあたりを歩いたが、目に見えて緑が減っていた。「生産緑地地区」になっていた広い土地の大部分が更地になっていた。

蛇やモグラ、狸がいた土地もどんどん様子を変えていく。みんなどこに逃げたのだろう。難民のように散り散りになって、やがていなくなってしまうのだろうか。どこか遠くまで旅をしてうまく子孫を残せるのだろうか。またここに大きなマンションか、似通った戸建ての群れが建つのだろう。天使と上った坂道わきのだんごむしの精霊がいた竹林も、畑の奥の木々も、古びた木造の平屋と一緒に一掃され、すでにマンションが建った。

天使がやって来ていた私たちの平屋も、もう定期借家にしたあとは貸さないつもりだと大家さんが言って、清掃費の請求をだいぶ省いてくれたおかげで、生まれて初めて敷金の一部が戻ってきた。築五十年以上。何度目かの張り直しだろう壁紙も最後の方はどんどん剝がれてきていた。数年後には壊されているかもしれない。

天使の通った網戸、すり抜けた押し入れ、吸い込まれていった蛍光灯、そしてなめくじの赤ちゃんたちとお風呂で共にした時間。きぬが天使とはねた庭。洗濯物を干しに出れば、草陰にカナヘビがしっぽを隠した。夜の主のヒキガエル、ハクビシンの影、茂るドクダミ、茂りすぎてトゲに閉口したオジギソウ、その花の薄紅の予想外の美しさ。大家さんの植えたモッコウバラ、枯れたアジサイの枝にさしたみかんをついばみに来る冬のヒヨドリ、屋根の上でアラームのように愛らしく鳴いたシジュウカラ、庭の草ぐさに月光の降る静かな夜。

裏は大家さんの畑だったけれど、この家が壊されて畑になるとは思えない。

いつか、すべてコンクリの下だ。
ある日ふと、きぬに聞いた。天使のこと覚えてる？
うん、でもみんな夢みたいだったような気がする。

引っ越して二年目に入り、我が家にテレビも復活した。
娘たちも思春期・反抗期を迎えつつある変化の日々。
あの平屋で過ごした日々そのものが、今振り返れば夢のような時間だった。

天使がいなくなって四年の七月。
確かなまぼろしと共にいた時間の記憶を記し終えて、梅雨が明け、猛暑の日々が始まった。

II

あくたれラルフ

子供が生まれてから、自分が読んできた絵本というのは、なるべく子供たちにも読んでやってきた。本屋にあるものや実家に残っているもの、思い出してネットで手に入れたものなどをぽつぽつと集めていたが、ふと自分が大好きだった『あくたれラルフ』を読みたいと思いながら入手できていないことに気づいた。

なぜあんなに好きだったのだろう。主人公の猫ラルフは、意地悪で悪ふざけばかりして家族を怒らせてばかりいる。ニコール・ルーベルの使う色鮮やかな絵もさることながら、いちばん惹きつけられたのはラルフのいかにも悪そうな表情だった。小さい頃から、主人公にはあまり興味がなかった。気になるのは、悪役あるいは怖いものたち。幼稚園では『オズの魔法使い』の西の魔女を演じ、小学校では『走れ！　ロロ』という中国の昔話に題材をとった作品で山姥を演じた。これらはいずれも脇役だ。けれど、ラルフは主役である。悪い奴が主役というのがいい。

子供は多かれ少なかれいたずら好きだ。ふざけることが好きだし、騒ぐことが好きだから、怒られてばかりいる。怒られるからだんだん「お利口」にはなるけれど、私はお利口になる前の、野生の欲求が子供の中であふれ出している感じが好きだ。お利口になりすぎた子供は、大人のまねをして他の子を責めたりするようになる。「足が汚れるから砂場で靴は脱いじゃいけないんだよ」といったふうに。そういう場面に出くわすと本当にがっかりする。

ラルフは本当にやりたい放題だ。そしてとうとう一人ぼっちになる。けれど、飼い主の女の子セイラはラルフを探し出し、「いまでも　あんたがだいすきなのよ！」と抱きしめる。どうしようもない奴は社会から排除される。けれど、そんな奴でもハッピーエンドが待っていると思えたら、その社会はまんざらでもないと思う。これは単なる女の子と飼い猫の話を超えて、私たち大人に社会の在り方を問うているようにも思えるのだ。

馬ありて

九月にモンゴルへ旅した。一週間ほぼ毎日馬に乗っていた。初めての乗馬だったが、最終日には二時間ほど馬を走らせて森に向かい、そこにゲルを建てて泊まった。また馬で戻ってきた。モンゴルの遊牧民の人たちは鞍なしで馬に乗っていた。鞍はいざというとき、つかまって落馬を防ぐ役割もある。彼らが落ちることはほとんどなく、あっても安全な転がり方を熟知しているのだろう。私が最初に乗った馬は、調教されきっていない若い馬だったらしく、乗ったあとも落ち着きなく、そのうち落とされてしまった。その後乗った大きな馬は、安定感があり、安心して乗っていられた。前者の若い馬は、かわりに遊牧民の青年が乗り、乗った瞬間馬が嫌がって駆け回ったが、彼は意地でも馬の背から落ちず、手綱と大きな声とで大きくあたりを一周したと思うと、もうその暴れ馬を乗りこなしていた。大きな声でおどし、けしかけ、ときには叩く。そうやって馬は人間の言うことをきく。私は馬って何だろうと思っていた。家畜化されるとはどういうことだろう。

調教されたくない馬も、時間をかけて叩かれたり怒鳴られることで調教されていく。馬は群れで生きる動物だ。だから基本は大勢が進む方向に進み、疑わない。そして、彼らは与えられた馬屋を愛している。そこには休息とえさがある。遠くの草原まで馬ででかけた帰り道は、馬たちが行きよりもずっと速く走るのを感じた。馬屋が近づくに連れて速度が上がるので、あえて走らせないように、と指示があったくらいだ。それにしても、しかし、最後まで調教されたくない馬もいるかもしれないけれど、との思いは残った。

さて、本作『馬ありて』でも男たちの馬の扱いは荒々しい。見慣れない者は、驚くだろう。小さい頃みたディズニーのアニメでは、苛立って馬をむちで叩くのは大抵悪役だった。けれど、それを彷彿とさせるような激しさを、馬と格闘する男たちは確かに持っている。モンゴルで私が感じた戸惑いもそこに起因する。世の中には動物は野生がもっとも幸せ、という考え方がある。ペットや動物園まで否定する人びともいる。果たして馬は幸せなのか。映画『馬ありて』を観終えても、その答えはわからない。しかし、「お前よかったな」と馬に優しく声をかけ、馬の美しさをつぶやくおじいさんの姿に、心がじんわりと緩んでいく。澄んだ馬の瞳は光りながら、静かな言葉をはらんでいる。

映画のなかで最も印象に残ったのは「昔のように畑に使ってもらうほうが楽だった」という言葉だ。育てられた馬たちの行き先は、現在では競馬場か食肉加工場なのだという。おじいさんは食肉ではなく、なるべく速い馬を育てて、競馬場に送れるようにと願っている。それにしても速さという特殊能力か、さもなくば肉か。極端である。東北の馬屋と一体化した民家が示すように、かつて馬たちは日々の農業を助けてくれる欠かせない相棒であった。映画に登場する地駄引きもその一形態だ。それが機械に取って代わられ、馬屋は空になっていく。山から下ろす木材にする木を馬に引かせる。その地駄引きを最近まで続けていた馬も、主の高齢化で手放された様子が記録されている。

馬が仕事仲間であった時代、確かに濃密にあっただろう馬と人間との絆は、社会の変化とともにすでに変質したのかもしれない。競走馬になる馬はひと握りであろう。乳を搾られる牛たちが長い期間、酪農者と関係を持てることを考えると、ほとんどが食肉になるだろう馬と人の関係は切ない。「昔のように畑に使ってもらうほうが楽だった」。人間にとっても「商品としての馬」を管理する手間が増えたのだろう。男性は多くは語らないが、おそらく「楽だった」という言葉では片づけ切れないものが、確かに変質してしまったことを感じる。

文筆家の平川克美は、文化とは○か×か、ではなくその狭間で妥協や試行錯誤を重ねて作られていくものだということを書いている。言ってみれば、馬が幸せかは最後までわからない。確かに言えるのは、生きるため、食べるために懸命だった人間が、その力を借りるために馬を家畜化し、共に生きてきたということだろう。馬もまた自由と引き換えに、安全な住処とえさを保証された。映画でも映される伝統行事「チャグチャグ馬コ」の場面では「馬への感謝」と字幕があったが、見ようによっては、馬たちはじゃらじゃらと鈴をつけられ、うっとうしそうにも見える。なかには、苛立ちか興奮か、列を乱し暴れそうになる馬もいる。それでも、馬上で不安げに泣き出す子供がおり、それを笑顔で見守る人々がいる。さまざまな想像を呼び起こしながら、文化はそこにある。私は馬を前に、何かを断定する無意味を知る。そうして、モノクロの画面に立ちのぼる馬の息を見る。人の息を見る。ただそこに吸い込まれていくような心地とともに、恬淡《てんたん》と、映画は終わる。

タレンタイム

印象に残るのは劇中で何度も流れるドビュッシーの「月の光」。ピアノはグランドピアノのようによそゆきの顔をしていない。アップライトの飾らない音色で、間の取り方も、テンポも、楽譜の解釈も少しくずしているような印象。つまり、とても自由な風が演奏にあふれている。音楽を担当したピート・テオの演奏か定かでないが、映画『タレンタイム〜優しい歌』のたたずまいにとてもふさわしいテイクだと感じた。楽譜をなぞる厳密さや、演奏力の高さはないし、四音をのばすところも、切れ目の多い自由な奏法のためか二音だけ残っていたりする。それが独特であり、妙に印象に残る。クラシックコンサートで聴くのとはまったく違うかたちで、観客の胸の奥のほうに残る。まずそのことに驚いた。

テーマが高校生の芸能コンテスト。恋、友情、家族の問題、いろんなものを抱えながら本番に向けて進む生徒たち。結末が見えるような気もする。あちこちに挟まれる監督のユーモアは面白いが、話の核はしばらく見えない。一気に目の離せなくなる感じになったのは、ムルーの恋人、マヘシュの叔父が殺されたあたりからだ。ムルーはムスリム。マヘシュはヒンドゥーの家庭だ。マヘシュの叔父のヒンドゥー式の結婚式の隣で、ムスリムの葬儀があった。結果は暴力沙汰の末の殺人となった。婚礼の騒がしさが引き金になったことは想像できる。それでも、ムスリム側が不愉快の域を超えて、殺人まで犯してしまった背景には、それまで温存されてきた偏見や嫌悪の影が垣間見える。日常の偏見は、非日常において暴発しやすい。単なるアンラッキーだった、と片づけられない重苦しさがここにある。

マヘシュの叔父の死によって噴きだしてくる、マヘシュの母の「やつらはみんな同じよ」というムスリムへの嫌悪。ムルーの母の友人の、中国人メイドのメイリンへのあからさまな偏見。しかし監督はそれらから自由でリベラルな人々を描く。筆頭はムルーの母だ。彼女は、友人がけなすメイリンをかばう。夫も子供も失い、一人で立って生きてきたメイリンの生き方を彼女はwonderfulと形容する。一人の人間を、まっさらな目で見るということ。一人の人間をある集団やある民族の代表であるかのように、断定しないこと。一人の美点も、一人の欠点も、一個の人間に帰されるべきものであるということ。本当は単純なことのはずなのに、多くの人がわかりやすい偏見に流されていく。メイリンが「月の光」を弾く場面も印象的だ。メイドが美しいピアノを弾くなんて現実離れしている。しかし、そう思った瞬間、私もまたひとつの枠で人間を見ていることに気づく。無垢なピアノのメロディは私たちの常識や偏見をきれいに洗い流すかのようだ。

リベラルなムルー一家にはヤスミン監督自身の家族が投影されているともいう。ムルーの祖母はイギリス人であり、監督の祖母も日本人ということだ。二つの国にルーツを持つということは、いじめられたり、悩んだりという時期もあるだろうが、多くの場合、二国の平和と友好が関心事になる。アイデンティティに幅があるとすれば、通常よりも拡張されたアイデンティティを持てるということ、それが「混血」という存在の貴重な特性とも言えるだろう。そこには、寛容や優しさ、知性が息づく。ヤスミンはおそらくマレーシアという他民族国家の夢として、そうした「混血」ゆえの優しさ、ごたまぜゆえの美しさを描こうとしたのだと思う。決して絵空事ではないものとして。確執を超えて、ラストのハフィズの演奏に寄り添う、中国人カーホウの二胡の美しさは、まさにその象徴だろう。

重たい現実、それを超える人々。そして映画に響く通奏低音は、人間の恋する心の美しさだ。マヘシュの叔父が結婚式直前も忘れられなかった初恋は、相手がムスリム故に諦めなければならなかった。死後でもいい、その人と結ばれたいと願うマヘシュの叔父の告白は、民族や宗教を超えて、恋する気持ちがどれほどピュアなものかを改めて突きつける。ムルーとマヘシュが芝生の木陰で語り合うなか、目の前に裸の子供たちが戯れる場面が象徴するように、恋する気持ちは、子供のように自由で、一途なものだ。それを押し殺し、マヘシュの叔父は、偏見に満ちた現実社会を受け入れた。大人として社会を生きるとはそのようなことかもしれない。しかし、おそらく私たちの社会は、時折思い出さなくてはならないのだ。芝生を駆けまわる子供のように、立場を超えて惹かれ合う恋人たちのように、私たちはなんの疑いもなく、他者を愛することができるのだと。

モンゴル民謡

伊藤洋志さんの主催する「モンゴル武者修行ツアー」に二〇一九年秋に娘三人を連れて参加した。乗馬も何日か目にはお尻の後方がすれて痛くなったり、火起こしに失敗してゲル内部をもくもくにしてしまい、娘たちとみんなで建てた伊藤さんのゲルに避難したりしながらも、バッタの羽音、シベリアマーモットの愛らしさ、草原のハーブの香り、忘れられない森に向かう途中の雄大な景色、走るラクダの群れ、夜の星、山端から昇る月と赤い焚火、つがれていくウォッカ、交互に歌った歌、たくさんの貴重な経験を経て迎えた最終日。子供たちを草原に残ってからあとで街に出るコースのメンバーに託し、私はチベット寺院（ガンダン寺）に行って占いをするコースに参加した。寺院の内部にも外にも、マニ車がずらりと並んでいる。通訳のツエギーさんが、「自分が過去にした悪いことを思い出しながら一つひとつ回してまわってください」という。最初は、そんなにいくつもあるだろうか、と思いながら回し始めるのだが、そういえばあれも、これも、とどんどん出てくる。行いを省みるということは、スピードに追われながら生きる現代社会のなかではおざなりになりがちだが、マニ車を回しながら一周し終わる頃には、自動的に謙虚な人間にならざるを得なかった。人の中にそもそもあるはずの良心を自然と思い出させるような、とても優れた仕組みだと思った。

さて、帰国後ツェギーさんとフェイスブックで繋がってやり取りをしたとき、ツェギーさんの亡くなったご主人の話を伺ったりした。音楽プロデューサーだったご主人の仕事の関係でツェギーさんには音楽関係の知人が多く、私も歌うたいなので親近感を持ってくださったのだろう。そのうち、「私が詩を書くので、あなたが音をつけて歌って、一緒に曲を作りましょう」という話になった。私は、詩がきたらすぐに曲にして歌えるように、モンゴル語を習うことにした。調べてみると、神保町にノタックという教室がある。集中してひとまず発音をマスターしようと八回ほど短期でお世話になった。最初の授業のとき、アリウナ先生にモンゴル語の歌をうたえるようになりたい、というと二回目の授業には歌の先生、美しいアリウン・ツェツェグ先生が来ていた。私よりも若いけれど、モンゴルの音大を出て、さらに日本で経営を学びたいと留学中なのだという。アリウナ先生の、一人の生徒の希望をかなえたいという損得を超越したやさしさにも心揺さぶられた。ツェツェグ先生が教えてくれたのは、直訳すると「かわいい茶色（フルフン・ハリョン）」という馬のことを歌った歌で、オルティン・ドー（長い歌）と言われる。サビの歌詞は、人も馬もふるさとを離れると困難があるが、それに耐えていこうという意味だそうで、移動が当たり前のモンゴル人にあってこの歌詞というのは、出稼ぎで都会や外国に渉っていくなど近代に入ってから作られた歌なのかもしれない。しかし、歌のたたずまいはしっかりと古謡の趣がある。オルティン・ドーは日本の追分や木遣り歌のような歌い手によってリズムが自由に揺れるもので、ボグン・ドー（短い歌）は日本では八木節様式と言われ、わらべうたなどに多い、太鼓で合わせられるようなリズムが一定のものだ。習うのは、前者が断然に難しい。譜面はあってもあくまで補助的なもので、オルティン・ドーや追分形式のものは、こぶしが重要なため、歌い手に習って何度も歌わなければものにならない。いわゆる口伝といわれる習得法だ。私はモンゴルのわらべうたのようなものが歌えたら、と期待していたところ「かわいい茶色」は難度の高いオルティン・ドーだったので当初困惑した。ツェツェグ先生は、私の為に、「huur hun ha—a～～ha～lio-n」といったローマ字と音の伸ばし方を書いて助けてくれたが、それを見ながらでさえ、家に帰ってから先生がラインで送ってくれたモンゴル民謡歌手の動画を見て、その演奏に近づけるのは至難の業だった。それほど、一人ひとりの歌い方が、自由度が高く、こぶしの技術も微妙に異なり、素人がちょっとやそっとで真似するには難度が高かったのだ。しかし、ツェツェグ先生がモンゴルの少女三人がこぶしを少なめにシンプルに歌っている動画を見つけて送ってくれ、ようやくこれで歌の全貌がつかめたのである。外国語学習は絵本が助けになったりするけれど、音楽においても同じだった。技巧を取り除いた歌の芯がやっと見えてきたのだ。

コロナ禍の東京の感染者も過去最高を更新していた二〇二〇年十二月九日、人数を絞って行われた豊洲シビックセンターホールでの公演ではこの曲も披露し、アリウナ先生とツェツェグ先生も来てくれたが、アリウナ先生は二年前の二〇一八年十二月九日にこの場所でモンゴルから民族音楽の一団を招へいしてコンサートを主催したと聞いて、不思議な縁を感じた。

江差追分などを挙げて日本民謡のふるさとはモンゴル、という言い方がよくされてきたようだが、小島美子はその短絡に警鐘を鳴らす。朝鮮民謡は三拍子の楽曲が多いが、それ以外のものもあるし、とりわけ韓国東部には追分や、オルティン・ドータイプがあり、中国文化の影響を取り除いた古層に追分タイプの歌がどの程度現れるのかを見るべきだとしている。その上で、日本の民謡のなかで追分タイプはモンゴルやチベットと多くの共通点が見出せ、日本独自の大きな変形が見られないゆえ、比較的新しく日本に伝えられたもの、と結論づけている。

晩年に『モンゴルの民謡』(一九七七年)を遺した服部龍太郎は日本とモンゴルの民謡は発声の上でも似ていて西洋のような歌い方ではないとして、「それは日本の音曲が狭い屋内で歌われる性質のものだったと同じように、モンゴル人のおもに生活するゲルの中で歌われるからだろう」としているが、これにはいささか疑問を感じる。オルティン・ドーの朗々としたこぶしと力強い声の伸びは、青い空と澄んだ空気にこそよく似合う。日本の追分だってそうだろう。追分のルーツは信州の馬追いが歌った馬子歌といわれている。乗馬の指導スタッフの一人ヤンバさんが、馬上で気持ち良さそうに歌ってくれた歌が今も耳に残っている。その後お座敷などで歌われる形態があったとしても、歌の発生は労働の現場であり、思わず歌い出したくなるような、空の下だったように思うのだ。

それでも言葉は優しくひびいて

観てみたいけれど忙しくてとても行けないだろう、と思っていたのだが、直前に招待いただくという展開になり、なんとか時間も作れたので、昨日、エンディングで「あの日」という私の曲を使ってくれているという、ふたば未来学園高校演劇部『Indrah ～カズコになろうよ～』を国立劇場に観に行った。

一言で言ってすばらしかった。幕が下りると、演出メンバーだろうか、三人の生徒が出てきた。司会のインタビューを受けて一人の男子生徒は「これはノンフィクションです」「とにかくミーティングをたくさんしました」と言っていた。サラッと元気良く言っていたけれどすごいことだ。

たとえば「ミッキー」のまねがうまい男子がいる。あのどこかくぐもった高い声でしゃべられると誰だってくすりとおかしい。でも、その真似は、以前学校でなじめなかった大人しい自分自身を塗り替えたくて練習したものだったと語られる。心がちくっとする。そしてそれが言われるとおりノンフィクションであるのだとしたら、それを公にして演技を見せてくれている事実の迫力に、あとからただ圧倒される。

たとえば互いの存在について言いたいことがあるけれど、うまく伝わらない姉妹同士。それぞれのモノローグが語られていく。自分は姉なのだからもっと頼って欲しい。お姉ちゃんは優しすぎて頼りにならない。とげだった二つの心は後半重なっていく。姉は妹をおんぶしてもっと頼っていいんだよと歩く。優しい言葉を聴きながら、客席で泣いている人の気配を感じる。福島から応援に来た出演者の保護者のようだった。多分、東京であの地震を迎えた自分と、泣いている福島の人、見てきたものがあまりにも違う。それでも言葉は優しく続いて、会場の人全部を包み込んでいた。

演じる生徒たちがあまりにも自然体に青春を生きているから、ふと忘れてしまうけれど、劇中では時折、ニュースで聞きなれた福島の地名が入ってくる。それで、一瞬あの3・11の事実の重たさを意識する。でもいくつかの重要な場面を除いては、みんなその影響を受けているのか受けていないのか分からない日常のテンションで劇は進む。

唯一、登場しないIndrahという少女をみんなが宝物のように回想する。彼女は、みんなを「カズコ」にしてくれたんだと。この劇のタイトルは「Indrah～カズコになろうよ～」という。最初外国人が日本人に帰化する話？　と思ったのだが、カズコは「家族」だった。Indrahが自分たちを家族のように結びつけてくれた、というのはどういうことだろう。それは、彼女が来る前は、みんな同じ福島の高校生でいながら、実はそれぞれがばらばらに重たいものを背負っていたということなのかもしれない。ひきこもりの男の子が言うように、自分のひきこもりが地震のせいなのか、そうではないのかはわからない。いろんな感情と経験が混ざり合ったまま混沌と、目の前に立ちふさがる。東日本大震災は原発事故でもあって、放射線という目に見えないものや、それに付随して生じたもろもろの出来事が、人と人との関係を以前とは別のものにしてしまった、そういう話は、福島にいる友人たちからも少し聞いていた。加えて津波があった。ただでさえ多感な時期に、生徒たちが思うことは、ずっしりとした重みをもってそれぞれの心の中にあるのだと思う。

そこにstrangerであったIndrahがやってきて、みんなは彼女を含めて〝わたしたち〟になっていった。その大きくゆるやかな関係のなかで一人ひとりが、少しだけ自由に呼吸することができた、まるで家族といるみたいに自然に生きることができた、そういうことだろうか。

そうだとしたら、この物語は大切なメッセージを持っている。同じように見える集団のなかで、ぽつんと一人違う誰かがいるとき、そこが、その人が笑顔で居られる場所か、居られない場所かによって、その集団の雰囲気は大きく変わる。ある集団が、あなたがいてもいい、と他者を内側に包み込むとき、一見均質に見える集団自体が「みな同じでなければならない」という呪縛を解いていく。すると、そのなかの一人ひとりが差異を差異として、生き生きと生きることができるようになる。Indrahがどんな少女だったか、観客には最後まで十分には伝わらない。けれど生徒たちにとって彼女がどれほど大切な存在だったかということは何度も伝えられる。いじめや不登校、発達障害の子が厄介者に見られてしまう今の日本の教室で、この許かを包み込む態度や雰囲気こそが最も必要とされているのではないか、と思う。そういう理想的な人間関係のあり方が、目の前のステージで展開されているように思った。だって、自分の痛みや弱みや悩みをこうやって共有したうえで、物語に組み込んで大勢の人の前で仲間たちと演じていく。メンバー全員（これがまた多い！）の間に信頼関係がなければ、簡単にはできないことだ。

いくつもの独白があったけれど、誰かを支える人になりたい、というフレーズは何人かが口にしていて印象に残った。ほとんど泣きそうになって言っていた女の子もいた。ああ、この子は何を見てきたのだろう。誰かに支えられる体験を通して強くそう思ったか、あるいは、うまく支えることができなかった誰かのことが忘れられずに、胸の中にずっとあるのだろうか。いずれにせよ、彼らの声は、日本のどこの若者の声よりも今、切実に澄んでいるのかもしれないと感じた。

劇中では「私たちにしかできないあのやり方で」と言って、みんなが想像の世界を創り出していた。ディズニーランドでは、五人くらいでシンデレラ城をかたち作っていて、女の子二人組はチップとデールだった。そして、あの「ミッキー」が登場するとみんながわーっと群がっていくのには笑ってしまった。けれど、そのあとで涙が出そうになった。そう、ミッキーは人気者だったんだ。ミッキーのものまねで周囲に溶け込もうとした彼が、みんなに堂々と手を振っていた。

夢は叶うと言って、今たとえば中学生の何割がそれを純粋に信じているだろう。小学生の娘たちが、流行っていると聴いているボカロ（初音ミクの進化系？）の歌詞を聴いていると、社会のどん底から歌っているみたいな歌が多くて、これを小学生から聴いているのか、と少し心配になる。でも、ふたばのみんなが昨日見せてくれたのは、まぶしいくらいの夢の作り方。人が人を思う気持ちの強さ。誰かの本音を茶化さずに、私もだよって受け入れる優しさ。あんまり真っ直ぐなエネルギーをもらって、その余韻の中、今書いている。

福島と東京は違うし、家族と「カズコ」も違う。Indrahとみんなが違うように、あなたと私も違う。でもね、というその先を見せてくれる舞台だった。みんなにならって想像の翼を羽ばたかせるなら、そう、いつかふたばの校内にある「みらいシアター」のピアノで私は「あの日」を弾くこともあるんじゃないかな。

そのときは三番まで歌いきって、音の消えていく瞬間にみんなと耳をすましてみたい。

聞こえざる声に耳を澄まして

七尾旅人さんに会ったことはなかった。ただ、『ひきがたり・ものがたり』という繊細で力強い作品に惹かれて、こういう感覚の人とご一緒してみたいと思って、『青い夜のさよなら』というアルバムの一曲のアレンジをお願いした。

しばらくして、現在自身のレコーディングで忙しいが時間を作りたいという返事が来て、電話でお話しした。

「実は今僕が録ってるアルバムにも『時よ止まれ』ってフレーズが出てくる曲があるんです」不思議な偶然に導かれるようにして、私の「時よ止まれ」という曲に、七尾さんの声がかぶさった。最初竹の筒でできた楽器で出しているのかと聴きまごうような、でも紛れもない七尾さんの声だった。あたたかくて、神々しくて、心が震えた。

彼のインタビューを読んでも、「DIY STARS」というミュージシャンが作品を発表できる仕組みを立ち上げるような活動からも、独立独歩の知的な人という印象を受けた。私が毎年主催しているホームレス自立支援雑誌『ビッグイシュー』サポートライブ「りんりんふぇす」への出演を快諾してくれたのも、時代を俯瞰し、自分の表現の役割に意識的な姿勢の現れだったのかもしれない。その日のトリの加川良さんとの出会いを喜び、路上経験者による舞踏グループ、ソケリッサのダンスに熱い共感を示してくれた。一緒に「時よ止まれ」を演奏できたのも嬉しかったことだけれど、年々子供連れが増えてきていた「りんりんふぇす」の会場で、七尾さんの演奏はやっぱり特別だった。泣き出す子供を連れ出そうとするお母さんに、おそらく彼のライブではいつもそうなのだろう、「出なくていい、出なくていいよ」と言いながら、子供の泣き声を軽々と自分の演奏に取り込んでしまった。やさしい時間が会場に満ちた。今だってまだ七尾さんのことをよくは知らないけれど、私の中で七尾さんはやさしい魔法使いだ。

時よ止まれ　時よ戻れ　そして
ぜんぶ嘘だと言っておくれ
時よ止まれ　時よ戻れ　そして
ぜんぶ嘘だと
どうか

（「湘南が遠くなっていく」）

Memory Lane　いまではもう
Lady 戻れない場所で
君はまだ　お姫さま
あの道の途中で　わたげになった

Memory Lane　思い出の道
Lady 瓦礫の街で
君はまだ　お姫さま
あの道の途中で野花になった

（「Memory Lane」）

二〇一二年八月にリリースされた『リトルメロディ』のなかのこの二曲を、発売前、ひと足早くある人に聴かせてもらった。その人は曲を聴きながら泣いていて、私も渡されたイヤホンを耳に片っぽ詰め込んだまま真昼のカフェで泣いた。七尾さんは、「Memory Lane」の中で、やっぱり時を止めている。いや、正確には「止まった時」を可視化して、聞き手に鮮やかな幻として差し出した。見えざる姿、聞こえざる声。埋もれた面影、届かない叫び。取り残されたものを描くやさしさ。七尾さんの魔法にかけられた私は、そのやさしさに包まれるだけではない。そのような他者への誠実さに向かって歩んでいるか、問いかけられているように感じる。

ある日、いつものようにお風呂に入っていると小学校一年だった長女が、

「お母さん、戦争しよう」

と言う。よく聞いてみると、手遊びじゃんけんの一つ、「グリーンピース」の別バージョンであるらしい。グーが軍艦、チョキが朝鮮、パーがハワイだという。「じゃんけんぽい」の掛け声を「せーんそ！」に変えて「軍艦軍艦朝鮮」といいながら、グーをチョキにする要領だ。戦前から存在する遊びだろうことは想像がつく。朝鮮とった、ハワイもとれるぞ、そんな戦争の時代の空気がこの遊びには刻まれている。子供たちは無邪気に手遊びをし、校庭では竹やりで敵を迎え撃てと教えられ、野っぱらでも戦争ごっこに興じた。軍国少年軍国少女が量産された。戦地のむごさと生々しさを知らぬまま、子供たちは無邪気だった。もしかして、そんな「かつての少年少女たち」が孫に教えた遊びがクラスで広まったのかもしれない。目くじら立てずにつき合ってやってもいいのかもしれない。なんて説明すればいいのだろう。

「戦争はいやだよ。それはやらない。朝鮮ていうのは、へゆんちゃんの国だよ……。戦争って

いうのは、血が流れて死ぬっていうことだよ。もう会えなくなるってことだよ。爆弾にあたって子供が死んだり、お母さんやお父さんが死んだりすることだよ」

長女はわかったようなわからないような顔で、「じゃ、カレーライスにしよ」とまたグリーンピースの別バージョンを提案したので、私は頭を切りかえて「グー辛、グー辛、チョー辛、水！」と唱えなければならなかった。

その翌日だったと思う。ニュースから、「八紘一宇」という言葉が聞こえてきて度肝を抜かれた。手遊びの「戦争」も、ニュースの「八紘一宇」も、気にすることないよ、そんな深刻な意味で使ってないよという意見もあるかもしれないが、私には一旦葬られたはずの時代の亡霊が少しずつ目を覚まし、肉体を手に入れ始めているようにしか思えなかった。テレビのニュースキャスターはマイナンバー制について「大変すばらしい制度だと思うんですが」と紹介し、ドローンタイプの兵器についてゲストの評論家が、「標的を狙う精度がぐんと上がりますね」とさらりとコメントする。少し考えればわかることだが、戦闘員と非戦闘員を見分けられるドローン兵器ができるまで、市民の犠牲も増え続ける（非戦闘員に紛れることなどたやすいから、そもそも作られないか）。実際にドローン兵器が現地の人々の結婚式会場を襲撃してしまう事態もすでに起きているのだという。悪夢でなくてなんであろうか。結局さらに沢山の子供たちが死んでいく。「精度がぐんと上がりますね」と言われて「なるほど」とキャスターは答えていた。

いちばん差し障りのない答えが選ばれ、いちばん大切なことが靄《もや》のように隠されてゆく。

ああ
ここからだとよく見える
たくさんの国が炎に包まれている姿も
でも遠すぎて　あの子の　死に顔が　見えない
見えない　見えない
見えない

（「ヘヴンリィ・パンク：アラマルチャ」）

戦後生まれの
お父さん
お母さん
ありがとうございました

僕たち

私たちは
大きくなりました
そして
今
戦前を
戦前を
生きています

（「戦前世代」）

上の二曲を含む『911 FANTASIA』が発売されたのは二〇〇七年だ。少なくともそれ以前に、この壮大で勇敢な叙事詩を作り上げていた七尾さんはやはり、時代に対する嗅覚が最も鋭敏なアーティストの一人であると思う。しかし、彼がこの作品でやったことは、時代への糾弾ではない。彼自身の「現実への絶望」と「それでも手をのばすべき希望」との反復運動から音楽を生み出すことではなかったかと思う。現実や歴史を俯瞰し、同時に小さな命に寄り添う。視点を固定させない手法を取りながら、これほど熱度の高い作品を構築出来る人は他にいないだろう。

今の安倍晋三首相に聞いてほしいな。雨の止まない朝、お昼までかけて『911 FANTASIA』の三枚のディスクを聴き終えて思った。想像力の乏しい人はいても、想像力のない人はいない。安倍首相は身内から受け継いだ執念と、戦後から現在という狭い時間軸に縛られるあまり、自らの想像力にふたをしている。あの人に何を言っても無駄でしょ。そうやって諦めて、これからの自分の身の振り方だけ考えていればいいのかもしれない。でも、私は夢見る。ある日ふとした偶然から安倍首相が七尾旅人を聴く日のことを。彼の固定された「視点」に七尾旅人の音楽が、とることのできない小さなとげのように刺さる日のことを。それこそ「おとぎ話」かもしれない。でも、私はその日のことを想像してしまう。またどうせ左寄りのアーティストのたわ言だろ、そうやって安倍首相は七尾旅人を聴き流すことができるだろうか。そうやってうち捨てられるには、彼の表現はあまりに強靭で真摯だ。

おとぎ話を本当にする。

それは、まことに骨の折れる事じゃ。

わしらはそれを、あきらめてしまった。

（「みっつめ」）

絶望と希望の狭間で、聞こえざる声に耳を澄まして表現を続けていくことを、私もまた、あきらめたくない。「あきらめてしまった」と書いた七尾さんは、どう考えてもあきらめていない。

市子さんとモランのこと

市子さんのことを初めて知ったのは、二〇〇八年か二〇〇九年かいずれにせよ、もう十年くらい前のことだ。当時いたレコード会社の人が「青葉さんすごいですよ」とYouTubeにあがっている演奏を教えてくれた。YouTubeだったけれど、一聴して、「これは敵わない」と思った。私より十歳ほど年下の彼女の歌唱には、余計な力というものがまったく入っていなくて、それゆえ音の狂いや聴き苦しさから無縁の音が紡がれていた。若いのに大した人がいるものだと思い、人間離れした才能に舌を巻いた。

その後二〇一〇年に吉祥寺のスターパインズカフェでのゲストにお呼びすることになり、一度明大前の「ぐずぐず」という昭和感あふれるカレーとハンバーグの店でランチをした。市子さんは緊張しているようにも見えなかったけど、「初対面の人とお昼をたべるなんてすごい」とツイッターでつぶやいていたので、少し緊張していたのかもしれない。そのときのことで覚えているのは、「寺尾さんはアンダーグラウンドの音楽を聴かないんですか?」と言われたことで、若いけどずいぶんはっきり物を訊ねる人だ、と思った。彼女がギターを習ったという山田庵巳さんにお会いしたことはなかったが、池ノ上ボブテイルという小さなライブハウスでそれぞれライブをしていた時期があり、もう亡くなってしまったが店長の羽場さんが企画した大貫妙子さんのコンピレーションアルバムには、山田さんも参加していた。結局この二〇一〇年のワンマンライブで彼女とセッションはしていない。数曲提案をしたけれど、まだセッションに慣れていないので、と実現しなかった記憶がある。やっぱりそんなところも、はっきりしている人だ、という印象だった。

その後再会したのは、松本の「りんご音楽祭」。二〇一三年だろうか。ファッションも雰囲気もふわりと柔らかく自然体になっていて、ちょっとびっくりしたのを覚えている。その後もわらべうたのアルバムを作るときに、埼玉の蛍の歌「あの山で光るものは」にコーラスで入ってもらったり、武蔵野公会堂でのわらべうたアルバムのレコ発ライブにも出演してもらった。私の声と市子さんの声は少し違いながらも、共通する部分もあったのだが、二人で一曲を歌ってみるとその違いがはっきりして興味深かった。彼女の声は本当に、童女のように響いて、ほたるが舞う夜に女の子が歌っている景色が見えるようだった。武蔵野公会堂では、茨城の「七草なつな」の歌にも加わってもらったが、彼女はソロ部分で、「せり、なずな、ごぎょう……」と七草をメロディにして入れる、という大変気のきいた演奏をしてくれて、もはや、「慣れていないので」と言っていたことが遠い昔に思えるくらい、堂々たるものだった。同じ頃、渋谷ＷＷＷでのツーマンライブで、最後に原田郁子さんの「青い闇をまっさかさまにおちてゆく流れ星を知っている」をセッションできたこともいい思い出だ。「遠くで鹿がないている」という歌が挟まる間奏部、市子さんは本当に獣のような高い声を出して、それが本当に上手だった。人間であることのほうが遠い、そんな気高さが演奏にはあって、これもやっぱり私にはなかなかできないことだと感じた。拍手のなかで、市子さんはにこにこしながら両手を開いて、私のことをハグしてくれた。私は小さな市子さんにハグしてもらいながら、この少女のような妹のような女性が、のびのびと確かにその歩みを進めてきたのだなあと思いながら、幸せを感じていた。

その後も市子さんとは逗子のイベントでご一緒したり、マヒトゥ・ザ・ピーポーと福島のあんざい果樹園で開いたツーマンライブに遊びに来てくれたりと、たまに会う機会があったが、おととしだったたか、私の家のすぐ近くに市子さんが越してきたと知った。いつか地元で飲みましょうと言っているうちに、私は春に引っ越すことになってしまったので、年始に二人で新年会をすることになった。この夜は二人でおいしいワインを飲みながら、いろんな話をした。

「離れていても、一緒に歩くリズムとかそういうものって、絶対に共有できる、届くものなんだと思う」

市子さんは、そんなことを言ったと思う。空間を越えて、常識も超えて、二人の人間の間にある確かなものというのは、存在する。このときの市子さんの言葉は私にはとても大切に響いて、心にそっとしまった。水の入ったコップの横に、市子さんが取り出したムーミンに出てくるモランの人形が置かれていた。モランはその冷気で草木を凍らせる女の魔物だ。あとで調べてみると、彼女は恐れられていて孤独だけれども、『ムーミンパパ海へいく』では、ムーミンたちと打ち解け、歌い踊って、冷気も和らいだというエピソードが出てくるようだ。

私は昨夏、鳥取で出会った不思議な体験を思い出した。それは鳥取市にある樗谿《おうちだに》グランドアパートというダンスホールだった洋館でライブをしたときのことだ。その日の共演者はベースの伊賀航さんのほかに、出雲在住の各国の民族楽器を弾きこなす歌島昌智さん、ガムラン奏者のやぶくみこさん。歌さんとやぶさんは、霊的なものを見る力があり、この洋館にまつわるいろいろなものがリハのときから見えていたようだ。二階の楽屋近くの和室に、一枚の絵が掛けられていた。女性が悲しそうに海岸にたたずんでこちらを見ている絵。瞳は悲しみと怒りに満ちているようで、霊感のない私でも、一度見たらもう眼を合わせたくないと感じる怖い絵だった。二人もその絵の強烈な負の力を感じていて、私たちは打ち上げでもその気になる絵について語りつづけた。誰が描いたのか、なんのために描いたのか。

翌朝、歌さんが不思議な夢を見た、と言う。それは洋館の玄関のドアが開いて勢いよく茶色い汚水が流れ出していく夢だった。昨日あそこで音楽をやって、重たいものが結構出ていったんじゃないかな、と言って歌さんは続けた。

「あの絵のこともちょっと見てみたけど、昨日の重たさがだいぶなくなってた。たぶんあれこれ話題にしてみんなで気にかけたから、ちょっと嬉しかったんじゃないかな」

あ、と思った。死んだ人も生きている人も同じだ。死んだ人も一緒に今を生きている。そして喜んだり悲しんだり、ちょっと嬉しくなったりしているんだ。


共通の知人であるマヒトゥもそうだけれど、市子さんは本当にこの世とあの世の境目、ふわふわとしながらも危うい場所に住んでいる気がしてならない。二人とも鋭敏なアンテナでもって、向こう側の世界を感受している。マヒトゥにはただ生きてほしい、長生きしてほしいね、そんな話をその夜もしたけれど、市子さんのことも少し私は気になってしまう。でも女のほうがたくましいから大丈夫、かな。

「歌う女ってやっぱり最後は一人かしらね。我《が》もそれなりに強いし」

「ふふふ、おばあさんになって一人でジャムなんか煮てね」

と市子さんが笑ったので、一緒に笑った。

私は市子さんにあげようと思っていた、レモンを取り出した。因島で柑橘農家を営むBanjoh-Ya!の村上大作さんが送ってくれたものだ。市子さんは、嬉しい、と香りを嗅いでからレモンをテーブルに置き、レモンの上にモランを置いた。孤独な魔物はうまくバランスをとってレモンの上から、こちらをじっと見つめていた。

おあずけの抒情　矢野顕子の童謡

矢野さんに一瞬ご挨拶させてもらったことがある。もう九年くらい前のNHKホールで手嶌葵さんと矢野さんがゲストの、映画『ゲド戦記』がらみのライブだったと思う。紹介してもらったのは、終演後の関係者でごったがえした舞台裏で、ほんの三十秒ほどだ。矢野さんにとっては、「ベースの寺尾くんの娘？　そういえば大蔵さん（レコード会社ミディの社長）が言ってた子か」くらいの認識だっただろうし、すでにそんな一瞬の出会いが矢野さんの記憶になくてもおかしくない。それくらいささやかで慌しい対面であったけれど、大学時代に初めて聴いた「Super Folk Song」や「Piano Nightly」の弾き語りのあまりにオリジナルな世界に圧倒された私にとっては、ただただまぶしい三十秒だった。

何かで読んだ記事に、若手は演奏力が話にならないから以前はいろんな人と一緒にやっていたけど、もうあんまりやらない、という矢野さんのスタンスを書いている記事があって、さもありなんと思った。クラシックとジャズの十分な素養があり、メリハリがあって変貌自在。豊かなインスピレーションに導かれながらダイナミックにピアノを操る矢野さんに匹敵する実力のある若手は、実際ピアノでいったら、ジャズの上原ひろみさんくらいだろう。

「矢野さんの童謡のカバーについて書いてもらえませんか」という依頼を受けて、なんとなく引き受けてしまったものの、あとからあれこれと困り始めた。つまり、矢野さんのカバーというのは、「童謡だからこう、民謡だからこう」というジャンルの話などを吹っ飛ばすスケール感で存在する。それなのに童謡縛りで十五枚も二十枚も原稿が書けるもんかバカ、と自分を呪ってみても、あとの祭りだ。この難しいテーマに恐る恐る取りかかるしかない。

私にこういうお題が振られたのは、去年の夏に『わたしの好きなわらべうた』というアルバムを出したためだろう。わらべうたは「はないちもんめ」や「かごめかごめ」のようにメジャーなものもある。けれどそれは、ほんの一部分で、マイナーで知られていないもの、無名だけれど美しい曲がたくさんある。そういうものだけを集めてアレンジした。柳原書店が出している全国のわらべうたのメロディ譜の旋律を見ていると、だいたいこういうコードだろうというものがまず浮かんでくる。それをさらに美しくしたり、面白くするにはどう崩していくか、私には編曲の知識はないので、感覚を頼りにやってみる。感覚的にぴたっときたところが落としどころ。これは何もわらべうたに限らず、基本的に何かをカバーするときには大体あてはまることだ。その曲がわらべうたのように作曲者不明のものか、きちんと作曲者がいて、元のコードが存在するか、というだけの違いで、カバーをするときはいずれにせよ自分好みのコード進行に変えていくというのが一つのパターンだ。原曲の雰囲気をどこまで残すかというところで、編曲者によって個性が出る。

矢野さんは一聴してわかるとおり、大胆に原曲を崩す人だ。私の場合、コードはいろいろ変えるが、メロディラインを崩すことは少ない。矢野さんはメロディも臆せず変える。変えるというか、変わってしまうのだろうと思う。矢野さんの演奏を聴いていると、一つの波のようなもの、衝動的なものが音楽を動かしていくのを感じる。勿論衝動に流されつつ、ピアノにしろ歌にしろ器用に統御して料理するのが矢野さんで、それが個性になっていく。聞き手は巧みな技術に目をみはるとともに、その強烈なパッションを受け取るから、やっぱり天才だと魅了される。

ライブアルバム『長月　神無月』は『JAPANESE GIRL』の五ヶ月後に出たものだが、童謡やわらべうたの比重が大きい。今の歌唱が、安定した丸みを持つのと違って、この頃は歌もピアノもある鋭さを孕《はら》んでいる感じがする。ふっと途切れるような、ぶっきらぼうさもたまにある。あふれ出る何かに任せるように、声やピアノがものすごく強くなったりもする。そのなかで聴きなじみのある歌たちが矢野さんというミキサーによって攪拌《かくはん》され、きらきらと輝いている。矢野顕子特製ミックスジュースみたいな、異次元の空気がぎゅっと真空パックされているような、素晴らしいライブアルバムだ。

サルサ風の「いもむしごろごろ」、島唄風の「アメフリ」など一曲一曲短いながら、それぞれユニークなアレンジで、音が前のめりにくってはリズムが変化していく。とりわけ印象的なのは、「待ちぼうけ」と同じ北原白秋と山田耕筰による童謡「あわて床屋」。「ちょっきん　ちょっきん　ちょっきんな」というフレーズが繰り返されるが、四番のこの部分で矢野さんは、四拍子をいきなり三拍子にして繰り返す、ちょうどレコードが壊れたみたいに。聞き手は足止めを食らったかと思いきや、そのまま畳みかけられるように高揚していくスキャットで声もピアノもクレッシェンド、スパッと切れるラストで拍手喝采となる。息をのむような演奏とはこういうことを言うのだと思う。声の行方からもピアノのリズムからも曲の構成からも目が離せない。カニの床屋がうさぎの耳を切り落としてしまう、というユーモラスな曲の世界観も、矢野さんの力の抜けた思い切りのいい民謡風な歌唱とうまくマッチして、曲の魅力を増している。

曲の世界観という意味では、矢野さんの童謡のアレンジはその自由度の高さゆえに、原曲の抒情性のようなものを吹き飛ばすように聞こえることもある。「ちいさい秋みつけた」などをセッションでやると特にそうだし、私自身は大好きな矢野さんの「椰子の実」も保守的な耳の持ち主が聴くと、「原曲をバカにしたような歌い方に聞きこえる」という意見になるようである。よみびと知らずでそれほど多くは知られていないわらべうたと違って、唱歌のようにあまねく人々に知られ、愛されている曲をアレンジすると、そういう意見も出るものかもしれない。確かに矢野さんの声も歌い方も、変わっている。愛らしさ、ユーモア、快活さを表現するにはぴったりでも、真面目さや切実さを表現するのに適した声かと言われると違うかもしれない。それでも、雄弁なピアノは肝心なところで、完璧にその声を補い、場の空気をがらりと変えてしまうのだ。これは、ずるい、と言いたくなるほどに見事な連携プレーになっていて、それゆえに一層矢野さんの曲の緩急は激しく、その分人の心が揺さぶられるのだ。

まさにそんな瞬間を捉えた映像がネット上に上がっていた。それはニューヨークでのライブ映像で、まだ三十代くらいだろうか、矢野さんが沖縄民謡の「てぃんさぐぬ花」を歌っている。会場には子供たちもいて、矢野さんの細くてよくしなる声で聴く、聞きなれぬ異国の言葉のイントネーションが面白いのか、くすくすと笑っている。子供の反応は正直だ、大人たちも多分同じように感じ、好奇心をくすぐられているのだろう、じっと音をみつめている。どうやらこれは日本のフォークソングだな、そんなことを人々が把握し始めたとき、ピアノは間奏で次々と新しい景色を見せてゆく。ジャズを基調にしたかと思えば、海の波を思わせるような流麗でどっしりとしたフレーズへ、さらに感動的な美しいコード展開へ。半拍くってふいをうって転換点となる左手低音の荘厳な響きも心憎い。涙を流す人も映っている。矢野さんのピアノは声で表現できるものの限界を軽々と超えて、曲を壮大な次元にひっぱりだす。

反対に、限りなく繊細な表現もこなす。ジャズセッションの形式でカバーされている童謡などは、特にラストで果たすピアノの役割の大きさを感じた。「ちいさい秋みつけた」などは原曲が最初から最後までしんみりしているわけだが、こうした原曲が持つ抒情性を矢野さんは一旦引き剝がす。自由なセッションの場合は自然とそうなりやすいし、矢野さん一人でもそうだ。人は圧倒され、原曲の良さとは大分違うけどすごい、とその編曲能力に感じ入る。そしてラスト近くでようやく、みんなが知っている童謡のフレーズが戻ってくる。聞き覚えのあるメロディに繊細なピアノが寄り添い、ここで初めて抒情性が帰ってくる。ずっとお預けになっていた原曲のフレーズとそこに寄り添うピアノに思わずホロリとしてしまう。詩がやけに沁みたりする。ここでは、静謐を表現するピアノがひときわきいているのだ。

同じようにぐっと引き込まれたのが「サッちゃん」のカバーだった。山下洋輔のライブのゲストに呼ばれたときの臨場感あふれる演奏がネットに上げられていたが、これは前半け矢野さんも面白おかしい感じで、歌っている。「バナナをはんぶんしか食べられないの　かわいそうね」なんてところでは、しゃべりのようなユーモラスな歌い方に客席から笑いが起こる。けれど、三番の「とおくへいっちゃうって　ほんとかな　だけどちっちゃいからぼくのことわすれてしまうだろ　さびしい　サッちゃん」の部分で、矢野さんはやはりおさえたピアノによって見事に切なさを表現するのだ。曲の中で、緩急を作り、笑いと涙を同居させる。オリジナル曲でももちろんできることだが、これはみんなが知っている童謡でやるときに、最も胸に響く。そこには予想しない編曲への興奮と、それとともに生じる一抹の不安、そして最後まで予想できなかった、親しみのある抒情にまた身をゆだねることのできる安心感のすべてがある。これほど豊かで刺激的な音楽体験をしてしまったら感動するしかない。

いい音楽を聴いて、いろんな景色が浮かぶ、というのはよく聞くし、実際にそうだと思うが、矢野顕子の音楽を聴くというのは、もっと体感的なことのような気がする。もっと瞬間的で、先の見えない緊張感がある。それを最も強く感じることができるのが、もしかしたらみんなが知っている矢野顕子の童謡カバーなのかもしれない。

長々と書いてきたが、今、矢野さんが英語で歌う「蛍の光」を聴きながら、そのニーナ・シモンみたいなピアノの音色に聴きほれている。さて、何年たったらこんな音が出せるのか。出るのはため息ばかりである。

異端者の言葉

親から薦められた本を子は読まないものだ。『モーツァルト』や『ベートーベン』、ピアノを習っていたこともあって、「トルコ行進曲」や「エリーゼのために」といった親しみのある曲の作者について知ることのできる伝記本をよく読んでいた。小学校中学年くらいだっただろうか。文学少女だった母には「ママがあなたぐらいのときは、世界名作全集を片っ端から読んでいたのよ」とよく言われた。実家からその全集をわざわざ取り寄せた母は、『岩窟王』とか『ガルガンチュア物語』とかそういうものに次々触れてほしかったのだろう。腹立ちまぎれに「どれだけ伝記を読んだってピアノがうまくなんかならないのよ」と言われたことも覚えている。言い争うことは嫌いだったから母に言い返すことはなかった。それにしたって気の進まないものは進まない。子供たちを育ててみるとわかるが、子供はひと昔前の古ぼけたものにわりと敏感で、新しいきれいな色の表紙やかわいい絵に自然とひかれるものだ。納戸にあった世界名作全集はだからほとんど読まれることはなかったが、中学に入ってから立ち上げたミュージカルサークルの脚本を書くのには役立った。高三まで続けたこの活動はのちにはオリジナル作品を発表したが、最初の頃は『ジェーン・エア』や『果樹園のキルメニイ』などの脚本を書いて公演を始めたのだった。

だから親から薦められた本を、薦められた時に子は読まない、かもしれない。絵本は親が主導できるが、小学生の読書というのは親がコントロールしようとしても意味がない。わかっていたが昔の読書体験を思い出して、いつか娘が読んでくれたらいいな、と買い直した本がある。ライフ＝エスパ＝アナセン『かあさんは魔女じゃない』だった。出会いは小学校四、五年の頃、学校の図書室だ。不思議なタイトルに惹かれて、手に取った本の表紙には野原にどすぐろい黒煙が立ち上り、そこから逃げ去る黒い人影が描かれている。中世魔女裁判とそれによって母親を火あぶりにされた少年の話だった。少年エスベンは、母亡きあと、自分を育ててくれたハンスをも、「魔女」の容疑で失う。人間というものの深淵、苦い現実だけがエスベンと読む者に残される。単純なハッピーエンドでもバッドエンドでもなく、味方を失った少年が生きていかなければいけない場所は相変わらず「この世界」というシビアな設定だった。この意味を当時小学生だった私にすべて理解できたとも思えない。ただ、そこに大きな理不尽と、社会や人間のほのぐらい恐ろしさを感じた。深い印象を受け、大人になるまで決して忘れることのない本だった。

大人になって、この本を思い出したのは、二年前、父が死ぬ三ヶ月前にインタビューをしたときのことだ。父とは五歳頃から別居生活で、わだかまりがないと言えばウソだった。下の弟妹たちは私と違って、父との距離感を感じていないようで、それは、長女の私が中途半端な「父のいる子供時代」を過ごしてしまったということでもあったのだろう。私は父への無関心に慣れ切ったつもりでいたけれど、たまに会っても私から話しかけることはなかった。生来無口であるということもあったと思うけれど、どこかで父親業を放棄した人として醒めた気持ちで眺めていた。インタビューをしてみると、不思議と共通項がいくつも見つかった。好きなものにまっすぐにのめり込む性質、その影響で中学から外国語を独学していたこと、「社研」に入っていたこと、大学で史学科だったこと。私も、結果中国文学科を選んだが、教養科目を学んでいた大学一年までは史学科に進むつもりだった。さらに驚いたことに、西洋史学科だった父の卒論テーマは「魔女狩り」だったという。

人間はかたまりあうと、考えることなどしないものだ。かわりに連中は大きな偏見というものをさずかっていて、それが真実《ほんとう》だと思っている。

ハンスが少年エスベンに語った言葉だ。ハンスもまた、エスベンの母のように、薬草に精通し、人々のけがや病気を治すことのできる男だった。そうしたことがこの時代、命とりにつながったのだ。聖はたやすく俗に引きずり降ろされ、悪魔の烙印を押された。それにしてもこのハンスの言葉が、時代を超えてどこまでも人間の真理であることの悲しさはどうだろう。大好きな言葉（「ひとりでいることは、全員といることであり、その中の数人とだけいることよりも価値があります」というポール・ムーリスに宛てたジョルジュ・サンドの言葉）に勇気づけられた心もたちまち萎れてしまいそうになる。「訳者あとがき」で、木村由利子が「十四世紀から十八世紀にかけてのヨーロッパでは、ここで語られたような魔女裁判が実際行われていました。特にドイツがひどかったようです」と青少年向けに解説しているが、ハンスの言葉は、二十世紀ドイツで生み出されたホロコースト計画におけるアイヒマン的な思考停止をも連想させる。

小学校中学年でこの本に出会った私は、その後六年生の学芸会で『走れ！　ロロ』という作品に出てくる「山姥」を演じる。指導の先生によって暗黒舞踏のような白塗りにされて赤い口紅をひかれ、登場と共にどよめきが起きた。魔女狩りの本を読んだことと山姥を演じたことの間に明確なつながりはない。ただ小さい頃から、どこか悪役に惹かれるところがあり、幼稚園の学芸会でも『オズの魔法使い』の「西の魔女」を演じた。そして山姥の英訳は mountain witch なのだった。こうして振り返ってみると、日の当たらぬ方向にいつも自然と引き寄せられ、その陰を生きる者たちにひそかな共感を持っていたのかもしれない。

ハンスは自然のなかでその恵みを頼りに孤独に生きる人間だ。時たまやってくる患者たちのお礼のチーズや卵が食卓をわずかに豊かにするが、質素な暮らしだ。こんな場面もある。小舟の上で、裸になったハンスはエスベンにも服を脱ぐことを勧めるが、エスベンは裸が恥ずかしく慣れていないため、「はっきりしないことば」で断る。ハンスは「それが魔女狩りのはじまりさ」と笑う。自分がそうしたいか、したくないか、あるいはなぜそうしたくないのか、という理由もはっきり言えないまま漠然と人は集団の文化や常識のなかで、自他を比較し、バランスを取りながら生きている。集団が穏健なうちはそれでいいだろうが、その常識が偏向していったときには、もはや手遅れであることが多い。糾弾者を前にしてハンスはすでに腹を括っていた。しかしなんとかエスベンを逃がす時間を確保し、こう伝える。

「多分、いつかわしたちにも行き場ができるだろう」

ハンスにすでに行き場がないことは明らかだ。けれど「わしたち」とハンスは言った。まるで死者の声のようだ。そこにはエスベンの殺された母やその他大勢の葬られし異端者たちの声が重なって響いている。

二〇二〇年八月に、一人のハンセン病患者のおじいさんが亡くなった。きよしさんといった。私は前年に岡山の長島愛生園で彼と出会った。ほぼ同世代ながら岡山市議をつとめる森山幸治さんとその仲間たちが「ここで演奏してほしい」とコンサートを企画してくれたのだ。森山さんは愛生園に通い始めてからきよしさんと親しくなり、「みなで集まれる場所がほしい」というきよしさんの要望にこたえて「さざなみハウス」という海と島と空の見えるカフェを愛生園内に作った。演奏前にカフェに向かうと、カウンターにきよしさんが座っていた。隣でカレーのランチをいただく。カウンターの壁には花の絵が飾られており、きよしさんが描いたという。九十を越えた粋な絵描きのきよしさんはジャズが好きで、前日も岡山市内まで車を飛ばし、いきつけのジャズバーで楽しんだということだった。戦前は船乗りとして南洋の島々まで食糧を運んだという。当時は戦況が悪化し多くの船が魚雷によって沈められた。南方に送られた多くの兵が餓死や栄養失調による病死で戦う前に死んでいったことはよく知られる。そんな南海の孤島にきよし青年たちの船は運良く辿り着いた。そこには痩せた日本兵たちが待っていた。一人の日本兵に、ものも言わずきつく抱きしめられたという。戦争は終わり、きよしさんは発病してこの島に来た。住人たちの自治会にも入らない異端児だったという。ここにも群れを離れた、一人立つ人がいた。

　きよしさんが死んだことは、森山さんがフェイスブックにあげた葬儀の様子を撮影した短い動画で知った。そこでは生演奏が行われており、曲は「聖者の行進」だった。誰もが知るこの明るい曲を葬式に指定するなんて、やはり粋な人だったんだなと思ったが、曲について調べて驚いた。これはニューオーリンズの黒人たちの間で行われる、ジャズ・フューネラルといわれるパレードのような音楽に満ちた葬送に際し、よく演奏される曲の一つだという。まったく知らなかったが歌詞も「魂が天に帰るとき、自分もその列に入っていたい」というような意味だ。いろいろと解釈できるだろう。天国にコメントを求めにいったら、案外「いちばん好きだから。しめっぽいのはいやだからさ」と言ったりするのかもしれない。黒人たちの音楽が、暗い境遇から生まれたことは疑いようがないだろう。それでも、彼らの歌は、悲しみをメロディに託し、生きのびる術であると同時に、娯楽であり、癒しであり、力そのものであったのだと思う。きよしさんがこの歌を選んだのも、黒人たちの負をはねのけるようなパワーへの強い共感があったような気がする。きよしさんを支えたのが、同世代の森山さんたちだったこと、彼らが「いろんな人を長島に呼びたい。いつか芸術祭を開いて愛生園の歴史やそこで生まれた文化を多くの人に知ってもらいたい」と考えていることに、大きな希望を感じる。

「いつかわしたちにも行き場ができるだろう」

幼い日に出会った「異端者」の言葉は、終わりが始まりであり、絶望が希望へと続く道の始まりであることを教えてくれる。

ブラジル移民をめぐって――水野龍からブラジル版五木の子守唄まで

高知・佐川の郷土史論文集である『霧生関《きりゅうぜき》』をたまに送ってくれていたのは遠縁の安岡憲彦氏だった。私が数年前『花椿』という資生堂の広報誌に銀座にまつわる連載を始め、その初回に選んだのがカフェーパウリスタだった。古くからあり、今も喫茶店として残っていること、その背景には日系ブラジル移民がいることなどから興味を惹かれ、調べ始めた。ブラジル移民の端緒を開いたのが高知県佐川出身の水野龍《りょう》だった。『花椿』を読んだらしい氏は佐川関係の資料も送ってくれたりした。

安岡氏が送ってくれた近年の『霧生関』には私が中学から高校にかけて声楽を学んだ外山亘子（父方の祖母のいとこ）、そのお嬢さんである本田京子なども執筆していた。今年に入り、次の号で終刊となる旨を聞き、だいぶ歴史のある雑誌と想像していたから、その灯火が消えてしまうことが惜しまれた。氏からは「水野関係のことで」と最終刊への寄稿依頼をもらい、今まで書いたことなどをまとめることにしたが、驚いたことには、大正時代の『霧生関』には水野その人が度々寄稿しているのだった。本稿ではそうしたものも参照しつつ、カフェーパウリスタ、水野龍、そしてブラジル移民と意外にもつながりがあった、私の曽祖父寺尾豊のことにも触れたいと思う。

私がそもそもパウリスタの名前を目にしたのは、奥山義人という版画家の版画集『こうひい絵物語』を見ていたときだった。版画家の奥山氏はコーヒーの歴史について沢山の版画を作っている。私の所属していたレコード会社の社長大蔵博が、この版画を気に入りDVD化に際しての音楽作曲を私に依頼したことから、私は奥山氏を訪ね、版画集を見ながらアラビア、イラク、エジプト、エチオピア、トルコ、ボストン、リビア、ブラジルとコーヒーが伝播していった物語を一曲ずつ音にしていった。『珈琲』という歌入りの楽曲と版画DVDからなる作品と、すべてピアノのインスト曲からなる『珈琲物語』という二つの作品となっている。ともかく、作曲に際して参考にした版画集『こうひい絵物語』のラストの版画が二階建ての瀟洒な建物の前に「カフェーパウリスタ」と書かれた車が停まっているものだった。版画には次のような説明が書かれていた。

一九一二　大正の初め珈琲の味を広めた水野龍の「カフェー・パウリスタ」本格的ブラジルコーヒーが五銭と評判よく最盛期には全国に二十余の支店を設け多くのコーヒー飲みを生み

出した。

（奥山義人『こうひい絵物語』）

作家の平野威馬雄は、「カレーライス、ワン」と英語で少年給仕が注文を告げるスタイルやその美味しさに魅せられ、銀座生まれの映画監督山本嘉次郎は五銭で二つ出てきたザラメ砂糖とニッキ香るドーナツ、夏のペパーミントゼリーについて思いを馳せた。日本最古の広告代理店弘報堂に勤めた瀬田兼丸は、コーヒーとドーナツの味を知り「人間がたいへん新しくなったような」気分になったこと、砂糖は取り放題だったことが人気の要因だったことなどを振り返っている（長谷川泰三『カフエーパウリスタ物語』）。多くの文化人を魅了したパウリスタだが、奥山義人氏の父でやはり版画家だった儀八郎氏もパウリスタについて書き残している。

古い珈琲通は、カフェー・パウリスタの名を忘れる事はできない。それは大正の始ころから震災前のこと、東京有楽町、鍋町（今の資生堂の裏）、その他全国に十九の珈琲店を出した。一杯五銭（ドーナツ附）という純ブラジル豆の珈琲であった。そして今日五十歳代の終りから六十歳代の古い珈琲マニアは多かれ少なかれこのパウリスタで珈琲の洗礼を受けて珈琲通となったものだ。本来珈琲は後をひくと云う魔的魅力のある飲物だが、このパウリスタが利益を目的とせぬ宣伝第一主義の経営で、多くのコーヒー飲みを作り出さなかったら、今日市内いたる所、六－八千軒の珈琲店に成長しなかったことと思う。

（奥山儀八郎「カフェー・パウリスタ」『日本の名随筆　別巻3　珈琲』）

パウリスタが「利益を目的とせぬ宣伝第一主義の経営」に徹することができた背景に、ブラジル政府から「補助珈琲」と言われたコーヒー豆の期限付きの無償提供があったことは広く知られている。現在コーヒーがこれだけ日本に普及した陰の功労者はパウリスタであり、水野であり、ブラジル政府とも言えるだろう。補助珈琲があったおかげで、パウリスタは学生も入れる価格設定が可能になった。そしてこのブラジルの好意は、水野の第一回ブラジル移民の大失敗を見かねてのブラジル政府からの救いの手だった。

水野は明治四十一年ブラジル第一回移民七百八十一名を率いた。当時すでにあった移民会社は移民を食いものにして利益を上げ、だまされた移民たちが苦しんでいる実態を憂えて率いた出発だったが、水野たちを待っていた現実も厳しいものだった。

移民の宿泊所にあてられた長屋は、土間に枯草が薄く敷いてあるだけであった。「俺達は馬じゃない」。この耕地の移民は六月二十九日に入耕し、七月五日まで家屋の振分け、寝台作り等に費し、翌六日から愈々珈琲実採取を始めたのだが、しかし一家族三人で、四キロ、五キロ位しか取れなかった。七キロ半が一俵（五十リットル）で、一俵採取しても五十レイスであり、一人で一日四五俵も採取できる勘定であったのだ。それが三人かかって一俵にもならなくては困るのである。だからそんな日が三日も続くと、移民達はもうやり切れなかった。
（『ブラジルに於ける日本人発展史　上巻』）

これは第一回移民到着後の「ヂュモント耕地」での状況である。二ヶ月近くに及ぶ航海を経てたどり着いたブラジルで待ち受けていた状況は過酷だった。日本を出るときに借金している者も多く、夜逃げも多発した。その後は港の労働者や鉄道工夫になってコーヒー豆採取は投げ出したものが多かった。

水野は移民事業を始めるに当って準備をしなかったわけではない。ブラジルにも何度か調査に渡って報告書を書いており、地元と契約を取りつけ、ある程度の目処もたっていた。しかし水野には誤算が三つあった、と細江清司日伯協会事務局長は指摘する（二〇一六年直話）。ひとつは、定員割れしたうえに出発がずれ込んだこと。次に出発が遅れたために、かきいれどきを逃したこと。三つ目は直前に国が会社に対して保証金を五倍につり上げたこと。定員割れの背景には、募集を家族移民に限ったことがあった。このため偽装結婚した人々も混じったうえ、出発も遅れてしまった。突然引き上げられた保証金については、移民たちから徴収してよかなうしかなく、移民の水野への不信を膨らませた。

細江氏によれば、水野へのマイナスイメージは戦後長らくブラジル移民の間にあったという。「移民の百年祭（二〇〇八年）までですよ。あのときに、森田さんが日本とブラジル双方の新聞などで水野の実際の功績を訴えたんです」

森田さんとは、敗戦を挟んで水野龍と交流を持った生き証人、少年期に家族でブラジルに渡った森田友和氏のことだ。森田家がブラジルに渡ったのは昭和五年生まれの森田氏が三歳のときだ。一家は高岡郡波介《はげ》村出身だった。現在の土佐市を流れる波介川流域のあたり、ここからブラジルのコチアに移住した者が多かった。

「コチアは場所の名前だけど『ここは高知や』と言ってね、がんばってコチア産業組合というのを作って南米第一位の大きなものになった。日本の丸紅くらいの影響力になってね」

と森田氏は語る（二〇一六年直話）。コチア産業組合は昭和二年に誕生し、以後他の入植地でも産業組合が生まれる契機となった。ブラジルでその後排日法が成立すると非日系の仲買人との間に衝突が生まれたが、組合の団結が力になったという（外山脩『百年の水流』）。

一家が到着した翌年の昭和九年には、移民二分制限法が成立して入国制限が設けられ、ブラジル移民も激減した。結局昭和十六年一月に「このままでは勉強できなくなる」ということで、森田氏が先に帰国し、半年ほどして家族も船に乗った。十二月には「大東亜戦争」が始まり、ブラジルは連合国側に参戦して敵国となった。経済力のない移民たちが残され、スパイ容疑で逮捕されるものも続出したというから、森田家は間一髪で危機を回避したといえる。

「もんてびでお丸というの。三月に学校に入るために、向こうを出るときはちょうどお正月だった。スイカを食って海水浴していた。ブラジルは季節が逆だから」

開戦前とはいえ、すでに緊迫した空気が船上にも流れていた。途中アメリカの憲兵が乗船してきて日本人移民の大人はみな手を挙げさせられてチェックを受けた。子供たちはガムやチョコをもらってご機嫌だったが、大人たちの苦い表情を森田氏は覚えている。

後発の森田家が乗った船に、八十二歳の水野龍が同船していた。水野は開戦前からブラジルに大規模な「土佐村」を作ることを計画して、ブラジルと日本を行き来していた。補助珈琲はすでに大正十二年に打ち切られ、パウリスタも震災後閉店していたが、水野の殖民の夢は果てていなかった。パウリスタ社を従弟に譲ると大正十三年六十五歳でパラナ州クリチバへ移住していたのだ。日本の領土拡張とともに、政府内では移民は台湾、朝鮮、満洲へ送られるべきという小村寿太郎の意見が軍部の賛同を得て強まっており、ブラジルやアメリカなど西洋諸国への移民は「国賊」とみなされる空気が生まれていた（遠藤十亜希『南米「棄民」政策の実像』）。

「水野さん一人で土佐の人の働くところを作ろうと土佐村を作るために来て、日本の拓務省から補助（金）を出すからやってくれと言われていたが、そのころはもう拓務省も満洲、朝鮮、南洋になびいちゃって、お金は出せないという。それじゃ困るといって、拓務大臣をやった人なんかを動かして、土佐村の計画を進めていた」

森田家と同船した時期の水野について、森田氏はこう語る。帰国後から戦後の混乱期まで、氏は義姉のもとに身を寄せたものの、食べるものに困っていた水野のところに芋や米を持っていく役割を担い、次第に「ブラジル語もできる」ということで秘書のようになっていったという。水野は昭和二十五年九十一歳でブラジルへ戻った。船に乗り込む姿も森田氏は見届けた。翌年水野は望みどおりブラジルの土に還った。

森田氏のインタビューの終盤、思いがけない事実が判明した。森田氏は私の曽祖父・寺尾豊から手紙をもらったことがあるというのだ。森田氏が戦後水野をブラジルに見送った当時、土佐市で補助教員をしていたという。土佐市の教員は須崎市の集会所に教師のための「講習会」を受けに行くことになっていたが、そこで豊と会ったという。戦後は政治家となった豊は須崎市で一八九八年に白石純成の三男として生まれている。その後安芸の寺尾英吉のもとへ養子に行き、寺尾姓を名乗るのだが、森田氏と出会った頃はすでに日本自由党の政治家になってから

四、五年目のことだろう。その後豊が森田氏に手紙を書いたのは、ブラジル移民五十周年にあたる一九五八年のことだ。当時田村幸重という日系二世で高知出身の父を持つブラジルの連邦議員が来日していた。高知つながりということで、当時参議院副議長をしていた豊が東京での講演会実施に動いたようだ。田村の父・義則は高知市農人町《のうにんまち》の大工だったが、ブラジルへの第三回移民として渡っている。貧しい暮らしのなかからはい上がり、国会議員にまでなった田村の講演は、多くの日本の議員たちの胸に響くものだったようだ。森田氏は豊から送られた手紙の感想を覚えている。

「あんな立派な人が出ていたとは、驚いた。議員連中もみんなびっくりしていたよ、と。これから高知に行くようだから、よろしく頼む、というような内容でした」

田村は来日中の六月一日の高知新聞の取材に、

「はじめてきた父母の国だが、風土の美しさ、人々の勤勉さ、目をみはるようなことばかりだった。県民の中にはブラジル移民を志している人も多いようだが、私どもはそれらの人々が渡航してくるのを待っている」

と答え、東京で受けた取材では次のように答えている。

アメリカは日本が移民して九十年にもなり、邦人も四十万人いるが連邦議員は一人も出ていない。ブラジルは違う。人種的偏見も差別もしない。五十年後には日系人が大統領におされるようになるのも夢ではない。ブラジルは世界のあらゆる民族を吸収して、新しい民族をつくり出していく国です。

（岩田美郎「ブラジルの活躍男田村幸重」『実業之世界』一九五八年七月号）

時の政治や戦争に翻弄されてきたブラジル移民の歴史は、必ずしも田村の言うように輝かしいものばかりではない。しかし、田村の前向きな言葉は、ブラジルですでに足場をしっかりとかためた戦後の日系人社会の安定を意味し、ブラジルが本来持つ懐の深さを感受している。森田氏によれば、田村は「ブラジル人」を自認し、サンパウロ四百年祭（一九五四年）に日本の金閣寺の模型を作ろうとした日系人たちと対立したという。積極的に公立小学校建設に取り組み、鉱石採掘で日本企業との連携も取ったが、熱心なクリスチャンだった。日本人でありながら、ブラジルに眠ることを求めた水野。その水野の見た夢を田村が叶えたようにも見える。

森田氏は水野の性格を「国士風の」と評しながらも、水野の行為が誤解され、長年ブラジル移民社会でマイナス評価をされてきたことを気にしてきた。水野が皇国殖民会社をおこしてブラジル移民をなんとか軌道にのせようとした熱い思いの背景には、移民を食い物にしない、まともな会社を作ろうとした志があったということでしょうか、と確認した私に氏は声を強めた。

「その通りですよ、それこそあの人が目指したものです」

「狭い日本にゃ住み飽きた」とアジア大陸を目指した「国士」たちは、結果的に軍隊と運命を共にしてしまった。水野がそうした運命とたもとを分かつことができたのは単なる偶然だったのか否かについては簡単には答えは出ない。水野は忠君愛国の心を持ち、民衆が不満を持ってデモクラシーを叫び始めることを恐れていた。そうなる前に社会改良の必要性を痛感していたが、その解決策の一つが、水野にとってはブラジル移民だった。彼は一九二〇年の文章で「人口少なく、土地広く、我同胞の最良発展地であります」(「大挙海外拓植の事業を起す提議の案」『霧生関』32号)とブラジル移民を宣伝している。満洲移民奨励に際しても満洲は人口希薄であり、「満蒙の未開地は両手をひろげて諸君の移住を待っている」といった文句が使われていたことは知られている。満州移民は強力な国策だっただけに、自治体に割り振られたノルマを満たすため、生活に不自由がなくても半強制的に行かされた人々も多かった。(二松啓紀『移民たちの「満州」——満蒙開拓団の虚と実——』)。

中村茂生も水野の尊王主義に触れ、それが「どのようにブラジル移殖民に結びつくのか、また興味をひかれるのは、それが同時代に見られたアジアでの植民地拡大や支配のイデオロギーと通低するものであったか」と問題を提起している(「水野龍・前半生に関するノート」『自由民権記念館紀要』16号）。

戦後ブラジルに渡った藤原義隆一家は、日本軍の大陸進出を背景に満洲や朝鮮に移住していく大きな流れに与さなかった。藤原の母は当時「四億の人々がいつまでもだまっているはずがない。必ず中国大陸への移住は失敗する」と語った（藤原義隆『移民の風土』）。藤原は本の中で、小学校六年のとき、「満洲国と日本」という作文を書かされ、アメリカかブラジルに移住したいと書いて担任に国賊と言われた経験を回想しているが、ブラジル移住を考えた人々のなかに、国家の膨張主義と距離を置く人々がいたことは、注目されるべきだろう。

熊本の守子歌として知られる「五木の子守唄」は古関裕而が採譜し、音丸、照菊などが歌い発売されたことで、全国的に知られることになった。この歌がブラジルに伝わって、一九六〇年ブラジルで録音されビクターからレコード化された。編曲演奏はPortinho（ポルチニョ）楽団、作詞はS.Ohara、歌唱は久保幸江である。

おどま　かんじんちゅうて　あん人たちの　笑わす
好きでかんじんば　しとらんとに…

坊やつらかろ　おとっちゃんのなかけん
泣いてさささるる　後ろ指

母ちゃん　おとっちゃんな　どがんして死んだと
憎いいくさがつれていった

憎いいくさはどがん衆がさすの…
えらかお方の言いつくる

おどまふとって　えらかとになって
…いくさするんば　やめさしゅう

（ブラジル版「五木の子守唄」松田美緒『クレオール・ニッポン　うたの記憶を旅する』）

松田は日系人と思われる「S.Ohara」が書いた反戦歌のような歌詞に驚き「日本ではこんな歌詞は生まれなかっただろう」「遠く離れたブラジルだったからこそ、歌詞のなかでこんな本音が言えたのではないか」と書いている。時代を考えれば国内でも一九六〇年代は「死んだ男の残したものは」（一九六五年）、「自衛隊に入ろう」（一九六八年）などが生まれていく流れのなかにあるが、たしかにここまでストレートなお上批判は国内では見つけにくい。私はこの歌詞を読んで、戦前パラオなど南洋に移民として行き、戦後、引き揚げて北原尾《きたはらお》や環野《たまきの》といった新たな未開の開拓地で苦労した人々のことを思い出した。その土地で粘り、安定した戦後を築き上げた人々もいたが、台風や続く不作に音を上げて開拓地を去った人々もいた。彼らの新天地は南米であることが多かった。北原尾や環野の人々は戦後回想録を作っているが、そのなかで入植当時の人々の一覧表があり、中途転出者はペルー、ブラジルなど南米に渡っていることが書き込まれていた。それを見たときの驚きは忘れられない。流転、という言葉が浮かんだ。

南洋からの引揚者のなかには農業移民として渡ったのに、現地召集で父親をとられて餓死で亡くした人も多い。南洋に限らず、満洲から命からがら日本に帰り、南米を目指した人もいただろう。居場所を奪われ、家族を奪われた戦争。「S.Ohara」の生い立ちはいまだ知る由もないが、ブラジル版「五木の子守唄」には、流転と困難を強いられた人々の、静かな怒りが表出しているのかもしれない。

後日、歌の恩師・外山亘子から連絡があり、「S.Ohara」は「会津磐梯山」で歌われる「小原庄助さん」だろうとのことだった。怠け者の代名詞をペンネームにして戦争批判をしてみせた、一人の東北出身の移民の熱い心意気が伝わってくる気がした。

パラオ再訪

パラオ大使から電話がかかってきたのは二〇一九年五月九日だったと思う。そうはっきり言えるのは、世田谷美術館内のギャラリーで十一月に開かれる予定のパラオ独立二十五周年の展示などについて、スーザンという米国人女性と十日に二回目の打ち合わせをする予定だったのだ。彼女は、日本語会話はほとんどできないけれども、熱烈な土方久功《ひさかつ》の研究者で、私が二年前に出した『あのころのパラオをさがして』を辞書を引き引き読んで連絡をくれたという。

「とにかく、土方のことを知っている日本人は少ないから、あなたの本を読んだときに私がどれくらい嬉しかったかわかるかしら?」

初めての打ち合わせのとき、おそらく六十歳前後と思われる彼女はそう言って、少女のように目を輝かせてしゃべり続けてくれたので、私のたいしたことのない英語のリスニング力でも、なんとか七割くらいは彼女の言いたいことを理解したのだったと思う。土方が、日本文化が子供たちに教えられていくパラオにあって、パラオ独自の文化の保存を願い、それを書き残したことの偉大さ。今度の展示におけるテーマは「Peace & Friendship」だから、もちろん触れられないこともあるだろうけども、土方のすばらしさはぜひとも伝えたい、その為に協力を求めたい、というのが彼女の考えだった。彼女はその熱心さで、パラオ大使館ともコネクションを作り上げており、Uさんという日本人女性がスタッフとして今回のプロジェクトに関わっている、という情報も教えてくれた。一回目の打ち合わせを終えた私はとりあえず、知人のKさんに連絡した。埼玉の丸木美術館で偶然出会った彼女は私より少し年上で、正規の研究者ではないけれども、土方作品を通して南洋に魅せられ、在野で調査を続けている人だった。この二人を引き合わせようと予定したのが十日の二回目の打ち合わせだったのだが、前日に一本の電話が入った。パラオ大使館からだった。

「大使がお話をしたいと言っているのですが、お時間よろしいでしょうか」

と女性の声が言うので、通訳をお願いした。大使の用件は、今回のパラオ独立二十五周年にあたって東京のパラオ大使館として冊子を作成したいので、あなたに執筆をお願いしたい、ついてはひとまず大使館にお越しいただきたい、ということだった。候補日を聞くと、なかなか近いところでは都合が合わない、明日はスーザンと会うのですが、と言うと、それならぜひ一緒に大使館へ、ということになった。

「明日はバーベキューをするのです」

と大使は言った。大使館という公的な場所とバーベキューというのんきな言葉の響きのギャップが面白くて、つい笑いそうになってしまったが、大使の「ぜひいらしてください」という招きを断ることも無粋な気がして、スーザンとKさんと三人で大使館に伺うことにした。電話を切ってから、しかし、どうして私なんだ、という大きな疑問が湧いてきた。

翌日赤羽橋駅から五分ほどのパラオ大使館に着くと、四階建てだろうか、こぢんまりした住居の前の門をインターホンを押して開けてもらう。通された屋上には、白い大きなパラソルがふたつ開いてあり、テーブルに八人ほどが座れるようになっている。振り返ればすぐ近くに東京タワーがそびえていた。薄い水色のシャツにベージュのズボンの四十代前後のパラオ人男性が一人、大きな魚を二匹焼いている。二匹並べたら小学校の机がいっぱいになるくらいの大きさだ。すでに魚には焦げ目がつき、男性は焦げすぎた皮をトングではがしていた。香ばしいにおいをかぎつけて、ハエが数匹飛んできている。この人がまさか大使だろうか。なんとなく聞けないまま大きな魚を見つめる。テーブルの上には甲羅につめられたカニ肉のココナツミルク和え、葉っぱにくるまれたタピオカもち、なぜか餃子、肉などが並んでいる。やがてサングラスをした五十代くらいの男性が屋上にやってきた。彼が大使だった。やがてプロジェクトリーダーのUさん、スーザン、Kさんも到着した。料理はどれも美味しく、聞けば大統領夫人お手製の料理を空輸した、ということだった。魚ももちろんパラオ産だ。大使とパラオからの引揚者について少し話す。大使は、パラオから引揚者の開拓地として北原尾は訪れて知っていたが、宮崎の環野や種子島の原尾集落のことは知らないようだった。北原尾は名前にパラオを残し、存命の人が他よりも多いこともあり、二〇一五年、天皇も訪問し注目度が上がった。環野はあまり知られていないけれど、歴史を伝えようとバイ（パラオの伝統的建築、集会所）を地元に作った久保松雄さんが生きているうちに、行ってもらえたらなと思う。

結局、「若いし、本も出しており」、他に適任者がいないという理由で、私が執筆を引き受けることになった。パラオ研究者の人たちもいるので、そういう人のほうが公式の仕事をするならばいいように思われたけれど、そういう先生方は忙しいのでアドバイザーにまわっていただくということのようだった。これは大変だ、と思いながらも、もう一度パラオに行く機会ができたのは嬉しかった。もしかして大使館が飛行機の手配もしてくれるのかしら。そうだとするとビジネスクラスで行けたりするのかしら。一瞬湧き起こった俗っぽい想像はその後すべて外れたので、地道にツアーを探して予約した。

デルタ航空が直行便をやめてしまったので、羽田からパラオにいくのはとても大変になってしまった。前回五時間もかからずに行けたパラオは、韓国かグアム経由で行かなければならなくなり、私が取ったツアーは韓国のインチョン空港経由。このとき、サイパンとパラオ、中国と韓国しか行ったことのない私にとっては、乗り換えも初めてだった。インチョン空港は新しくて大きくて綺麗だった。免税店やみやげもの店の前で客引きをする男性はみな韓流スターのような顔立ちと長身で、ちょっと怖気づく。バイトも容姿重視で雇っているのかもしれない。これでもか、と整えられた状況というのは、警戒してしまう。韓国のダンキンドーナツで、ドーナツとコーヒーを買ってみる。クレジットが使えるので便利だ。一回も就職したことがないけれど、以前所属していたレコード会社の社長が、十年以上前、うちの会社の名前を使っていいから作っておきなさいといって会社の名前と書くべき適当な年収を教えてくれたことをありがたく思う。

パラオに着いたのは早朝四時頃だった。結局羽田を出てから十時間近くかかったことになる。前回、前々回は、到着後にサービスでガムやオレオを配ってまわる空港スタッフがいたが、今回は特に何も配られない。体格のいいパラオ人のお兄さんがやって来て、日本、韓国、中国語の三ヶ国語で呼びかけている。「ミナサン、イマイマパスポト！」各国語それぞれにちょっとおかしな表現なのだろう。韓国人らしき夫婦が笑っている。パスポートを出して入国審査の列に並んでいると、前回はなかったテレビスクリーンに、短編映画のようなものが流れている。パラオの海辺を巨人がパラオの子供たちと一緒に走っている、ＣＧと実写が混じった五分ほどの映像だ。それは繰り返し流れていて、字幕は中国語だったり韓国語だったり日本語だったりした。最後まで観ると、パラオの環境を守ってほしいという趣旨を理解してもらうためのプロモーションビデオだったとわかった。そういえばパラオでは、数年前から入国する観光客に対して「パラオ・プレッジ」という誓約書を書かせるようになったのだ。

パラオの皆さん、
私は客人として、
皆さんの美しく
ユニークな島を保存し
保護することを誓います。

足運びは慎重に、
行動には思いやりを、
探査には配慮を忘れません。

与えられたもの

以外は取りません。

私に害のないものは
傷つけません。

自然に消える以外の
痕跡は残しません。

私はこれを読んだとき、美しい詩のようだと感じた。特に最後の一連の、波が砂浜の足跡をさらって形を崩していくイメージが心に余韻を残して好きだった。訳については、ユニークな島は無二の島、探査は探索のほうが良いだろうなどと思いながらも、国としてこういう発信を徹底させられることはすばらしい、と思ってサインした。パラオは二〇二〇年に海を汚染する成分を含む日焼け止めを禁止にするなど、環境立国としてのアイデンティティを打ち立ててきている。製薬会社や大企業と政界がべったりのわが国では不可能であろう、小まわりのきいた政策は見ていてうらやましい。

ツアーを申し込んだので空港には旅行会社の人が迎えに来てくれるはずだったが、パラオでインタビュー通訳をやってくれる予定のSさんが、早朝にもかかわらずわざわざ来てくれていて恐縮した。旅行会社の女性二人とSさんは顔なじみらしく笑いながらしゃべっている。Sさんは写真もよくする人のようで、冊子用にカメラマンもつけてほしいと要望したところ、Sさんが通訳兼カメラマンとなったのだった。初老というにはもう少し若い。フィリピン人の奥さんと娘さんがいるということだった。コロール中心部のホテルまで送ってもらい、明日国務大臣マルグさんに会えるので朝十一時に、と別れ、顔だけ洗ってすぐに眠った。

一人で寝るには少し広い部屋で目を覚ます。私が今まで泊まったなかではいちばん豪華なホテルだが、時間帯のためかお湯の出が悪いので、シャワーもそこそこに着替える。カーテンを開けると岩山湾がコロールの目抜き通りの向こうに見える。日本統治時代は「パラオ松島」と呼ばれたように、小島がいくつも浮かんでいる。この湾に限らず、パラオの周りにはロックアイランドと呼ばれる緑の小島が無数に浮かんでおり、二〇一二年にこうした景観が世界遺産にもなった。昨日買っておいたパンを食べる。朝食を抜けるタイプでない私は、他のことはあれこれ忘れたり準備も適当だが、自分が飢える事態を防ぐことだけは、大抵いつも念頭にある。そのため翌日の朝食を買い忘れることはない。

今日お会いするマルグ大臣は女性だ。パラオの要職にある人は女性が多い。パラオ国立博物館の館長も今回訪れる予定のパラオ国際サンゴ礁センターのトップも女性だ。パラオが母系社会であることと無縁ではないだろう。中島敦がその小説に描いた「マリヤン」は戦後、違う相手との五人の子供を産んだ。父の違う子供たちにインタビューした河路由佳の本には「父が誰かは関係ありません。偉大な母から生まれたことが大事なのです」という子の一人の発言が載っていて、母系社会ってすばらしい、と思わず拍手したくなった。

マルグさんはちょうど先週、日本政府の河野外務大臣（当時）と会談をしたばかりだという。事務所を訪ねると、Tシャツ姿で出迎えてくれた。彼女は、「今夜ツバルに発たなければいけない」と忙しそうでインタビューも短い時間だったが、土方久功のこと、教育のこと、地球温暖化に際して南太平洋諸国と連携していることなどを語ってくれた。そのなかでいちばん私が面白く感じたのは、彼女がパラオの食を立て直そうとしていることだった。彼女は、アメリカ統治のなかで不健康な食に慣らされた人びとが、パラオ産のものを食べていけるように舵を切ろうとしていた。学校の自動販売機に入っているコーラを撤去したり、給食の食材からスパムを除くことから、その動きは始まっていた。

「慣れた味を奪うことは難しいのですが」

と彼女はつけ足した。私は大韓航空の機内で、韓国の人はよくコーラを頼むなあと感じていた。日本も男の人はたまにコーラの人がいるけれど、韓国の若い人は圧倒的にコーラ、という印象だった。それは二月に韓国に行ったときの機内でも感じたことだ。パラオももちろん戦後を通してアメリカの食文化にさらされてきた。

コーラだけではない、清涼飲料水全般はブドウ糖果糖液糖からなっている。糖分摂取過多ももちろん怖いが、これがトウモロコシのでんぷんから作られており、そのトウモロコシは遺伝子組み換えがほとんどと聞いたときから、私は甘い清涼飲料水を警戒している。こどもたちにも私のいるときは飲ませないようにしているが、前夫との面会時は好き放題おのおのペットボトルを買ってもらって帰ってくる。そのたびに、カロリーゼロはアスパルテームと教えたろう、ブドウ糖果糖液糖は……といちいち言っているが、今のところ馬耳東風といったところか。それでも、ほかのことは万事テキトウなくせに、体に入れるものにだけは口うるさい母親の口癖として頭の片隅に残っていてくれればいい、と思う。いつか、自分でふと疑問を持ったり、怖くなったときに、思い出してもらえれたらそれでいいのだ。基本的に企業も政府も将来の健康は守ってくれない。

しかし、目の前のパラオの政府要人マルグさんは率先してパラオの食にメスを入れていた。国の規模が小さいということは悪いことではない。まったくもって。その小ささがむしろ人びとや環境を本当の意味で守り、時代を切り拓いていく可能性すらある。すばらしいことだ。

Sさんとお昼にウドンを食べる。入った店のカウンターには、なぜか日本のよっぱらった狸（他抜）がおいてある。「SULANG THANK YOU」という張り紙がしてあり、SULANGの下に禁煙マークがついている。SULANGはパラオ語で「ありがとう」だ。パラオのウドンとはどんなものかわくわくしながら待っていると、関西のうどんつゆのような色の汁にゆでたスパゲッティが入っている。肉と野菜のいためたものがその上に載っていた。これは、想像できなかった……。おそらくは、日本統治時代にうどんを食べたパラオ人が、見よう見まね、パラオで手に入る食材で再現したのがこのウドンのように思われる。しかし、めんつゆは魚の出汁というよりは鶏の味がしたので、少しだけ沖縄のソーキそばに似ていると思った。美味しいでしょう？というSさんに、はいと答えるも、麺はただのパスタなのでへんてこりんなものという感じはぬぐえない。それでもまずいわけではないので完食した。戦前パラオにいた日本人移民のなかで数としていちばん多かったのは沖縄の人だった。なにかこのウドンも、その沖縄文化の残り香のようなものなのかもしれない。

Sさんは、日本がパラオとパートナーシップを組めば、太平洋諸国が日本の常任理事国入りを支持することができる、という話をしている。その話はさっきのマルグ大臣もしていた。私はこのパラオの人が一所懸命にぜひとも日本と歩んでゆきたいというのは日本人へのリップサービスを差し引いても、それでも何か片恋に似たような感覚があるのかもしれないなあと思った。そしてそれは日本の自民党の政治家が、いつまでも米国に幻想を抱き続けている、歪んだ日米関係にも似ているのかもしれない。日本の場合、実情は押し切られ、言いくるめられ、利用される都合のいい女状態になっている感もあり、自主性という意味では現在のパラオのほうが健全に見える。

「アメリカから独立してもいいんじゃないですか、そろそろ」

とSさんは日本について言うのだった。安倍晋三政権になって、長いものに巻かれろタイプの政治家がほとんどですから難しいかもしれませんね、と濁すとSさんは言った。

「石原慎太郎に任せればいい。僕は彼が大好きです」

昼食を終えて日本大使館でいくつか情報をもらったあと、イタボリのリン・イナボさんの工房へ行く。イタボリというのは英語ではストーリーボードという。彫刻家の土方久功がパラオで考案した工芸品だ。土方は一九二九年パラオに渡り、島民が通った公学校の図工教員をしながら、パラオやミクロネシアの島々の民俗学的な調査を行い記録に残している。一九二九年三月、コロールに到着すると四日後には「今日カラア・バイノ絵ヲウツシニ行ク」と日記に書いたように、パラオの伝統的な集会所「ア・バイ」（パラオ語ではバイ）に描かれた絵の模写作業を始めている。土方は日本のパラオ人への教育が、皇民化教育、日本人化教育であり、パラオ独自の文化は教えられないことに危機感を覚えていた。桃太郎の歌を歌えても、パラオの歌はろくに歌えない子供たちが生まれてきていたのだ。土方はバイに描かれた図案を参考に、バイではなく長方形の板にパラオの民話世界を彫り込んでいくことを子供たちに教えた。これが結果としてパラオ土産として定着し、パラオの工芸品として残っているのだ。

イナボさんはいかにも職人という感じの、眼光の鋭い人で、インタビューをさせてくださいと目の前に座る了承を得たものの、自分の作業の手を止めることはなかった。工房にはイナボさんの他に弟子らしき二人の若者が離れたところで机に向かって作品を彫っていた。工房の真ん中に立つ柱は草色に塗られ、濃い緑で柱の上から下まで一本の曲線が引かれて、その間に魚影が一尾ずつ描かれている。奥まった場所には、予備の板や大きな作品が置いてあった。マンタのかたちに彫った板に、ローマ字を彫りこんでいるイナボさんに、途切れ途切れに質問を始める。あまり顔を上げないが、写真を撮ってくれているSさんの要求に合わせて笑ってくれたりもする。見れば笑顔の素敵な人で、知的な感じがした。イナボさんによれば、イタボリの師匠のバリス・シルベスターは土方の弟子であったが、後半生はほぼ牢獄で過ごした人物だという。

「私は刑務所まで行き、バリスさんに絵を描いてもらってはそれを持ち帰って彫るというかたちで習ったんです」

あとでSさんが教えてくれたところによれば、バリスは酒癖が悪くレイプ事件なども起こしたことがあったようだ。私は興味深く思った。土方は誰にでも愛される温厚さを持っていた。その弟子にそんな荒くれ者がいたのか。彼はすばらしい彫刻家でしたが、とイナボさんは言葉を濁した。私の好きなカラヴァッジョを引くまでもなく、悪魔的で過剰なエネルギーは、芸術を生むエネルギーと重なりながら存在する。世間にあっては、さまざまな誘惑に溺れ、暴力性が誘発される人間にとって、案外塀の中は、不自由ながら創作に打ち込める、凪のようにおだやかな場所であったかもしれない。

イナボさんがストーリーボードに彫っている英語は何だろうと思っていたら、数ヶ月のパラオ駐留を終えて帰っていくアメリカの海軍部隊の隊員の名前だという。「パラオの思い出に」と受注を受けたイタボリに、隊員の名前と肩書きが書かれていく。現在もこのように土産物としてのイタボリは健在だった。土方の時代に始まったかたちは弟子たちによって自由に変えられていった。戦後パラオにやってきたアメリカのダイバーたちから、海の生き物のかたちに彫って欲しいと頼まれて生まれたのが、従来の長方形ではなくマンタや魚型の板に民話を彫りこんでいくスタイルだった。土方は弟子たち一人ひとりの個性を見抜き、それを伸ばす指導をしたという。イナボさん自身も土方伝来のコツや土方のポリシーのようなものは伝えられた覚えはなく、最低限のことをバリスから学び、あとは自己との対峙によって作風を確立したようだった。

「私が大事に思っていることは、絵を描けなければ彫れないということ。そして、私が描いた絵は、あなたには彫ることができないということです。あなたのアートであってほしいと思っています」

そう言って土方の孫弟子は優しく微笑んだ。

夕方はラジオ局に出かけた。アルフォンソ・ディアズの明日のインタビューを申し込むためだ。アルフォンソの名前は沖縄県立芸術大学の小西潤子先生から紹介された。小西先生はデレベエシールというパラオ歌謡についての日本でほぼ唯一の研究者だ。現地での採集もされて、楽譜集や音源を残してもいる。小西先生によれば、アルフォンソはラジオＤＪを長年務め、日本語交じりのデレベエシールを沢山紹介してきたということだった。大使館側に会いたい人として、アルフォンソの名前を伝えていたが、どうやらＳさんには苗字だけ同じ、違う人の名前が伝わっていたらしい。この人は誰？　とプリントアウトした紙を見つめるＳさんに聞かれ、改めてアルフォンソ・ディアズの名前を伝えると、

「ああ、ディアズ？　彼とは喧嘩友達だよ」

とＳさんが笑う。昔いざこざがあり長年会ってないが、と言う。ラジオ局に行くと彼は不在

だったが、奥さんがいて明日の面会を取りつけることができた。

翌朝、Sさんが近くのドーナツ屋さんに連れて行ってくれた。プレーンドーナツとコーヒーを頼む。地元のおじさんも何人か食べに来ている。大抵はSさんの顔なじみのようで二人のおじさんと話し込んでいる。あとから聞くと、近所で養鶏をやっているおじさんと、その隣にいたのは副大統領だ、という。コミュニティの小ささ、政治家と市民の距離の近さを思う。

「午前中はラジオ局、アルフォンソのところだね」

Sさんが会話を終えて戻ってきた。

「実は今回こうやって大使館の取材として彼と再会できることを嬉しく思っている。これは彼にとっても嬉しいことだと思う」

Sさんによれば、パラオでは今、安さのために冷凍魚が出回っているという。しかしティラピアを養殖すれば、新鮮な魚を安く食べることができる。そういうことを随分前から主張していたSさんだったが、当時アルフォンソとは意見がくい違ったらしい。気軽に再会するには、心理的な距離がある状態だったことがうかがえた。

「でも意見が違う相手でも、酒を飲んでこれがうまいとか辛いとかそういうことを言い合っているうちに人間としては仲良くなれるんだ。だから、今回これがきっかけで再会できることはとても嬉しい」

思いがけない二人の再会となるようで、私も嬉しかった。私自身、石原慎太郎が好きというSさんの言葉を聞いたときから、この人とずっと一緒か……と一瞬心が重くなったものの、彼とお茶や食事をするうちに、彼の考えやここに書くことができないほど波乱万丈な人生や、その痛みを感じることができて、いつのまにか彼のことを好きになっていた。彼は、アメリカ産の農産物を警戒し、自分で農業をする人でもあった。お茶や唐辛子も自分の農園で作っているという。私はパラオのスーパーの野菜棚を思い出していた。そこにはほとんど地元野菜はなく、アメリカやフィリピンからの輸入物が多かった。バナナなどのフルーツは庭になっているからスーパーにおいても売れないと聞いて地元のバナナが売っていないことは納得できたが、それにしても、独立から何年たっても、統治時代に固まったシステムというものは簡単には変わらないのだと思った。言葉も貨幣も食べ物も。それでも最新のパラオのガイドブックを買ってみると、それまでは載っていなかった自家農園で作った野菜で自然食を食べさせてくれるレストランが紹介されていた。こういう変化やSさんのような取り組み、マルグさんたちが上から試みる改革が、パラオを案外急速に変えていっているのかもしれない。

青いシャツに黒いキャップでどっしりとした印象のディアスさんのスタジオには、お孫さんと思われる子供たちの写真が並んでいた。マイクに音量調節の機械、電話、パソコン、そしてオンエア曲が表示されていくモニター画面。

「今日は土曜日で葬式のアナウンスが入ると途切れちゃうから、インタビューは急ぎ足でやりましょう。私は話がとにかく長いので適当に区切ってください」

と愉快そうに笑う。新聞の訃報欄よりももう少し身近な感じで、ラジオが葬式のアナウンスに利用されているのが面白い。思ってもみなかったが、ディアスさんは政治の世界にいたこともある人で、公用車を私用に使いまわす政治家についての批判をラジオで流していたこともあるのだという。

「それで四、五回殺されそうになりました。しかし今、生きています。独立前、パラオはとても汚かったし、環境を重んじるために戦う団体を立ち上げてやってきました。七、八年政治の世界にいて、いくつか法案も通しました。船籍登録によって税金が増えるような仕組みや、国民健康保険の創設もやりました。多くの法案を通したことによって、その当時はアンポピュラーと言われましたが、今、多くの国民が益を得ています」

Sさんと同じくらいに見えるけれどディアスさんは七十歳だった。南の楽園パラオとも、戦前の統治時代とも違うパラオの戦後の暗部をディアスさんは語った。

「とても政治がだめだった。誰か戦う人、経済的に裕福で、誰かに雇われているわけでもない、あやつられない人間が必要だった。政界に入って一年目に三台の車を焼かれました。麻薬の法律も変えて、六ヶ月の罰だったのを二十五年にするというきつい法律を通させました」

車を焼かれたり、殺されかけたり、マフィアの抗争を聞くような激しい状況がこのパラオであったというのがすぐには信じられない。いまや環境立国としてクリーンなイメージを確立しつつあるパラオにも、殺伐とした時代があったのか。それを少しでも変えたいと政界に飛び込んだ人の話を思いがけず聞くことができる幸運を感じた。

ディアスさんは祖母が日本人だったという。

「両親は日本語を話せたので、隠しごとは夫婦で日本語で話していました。多くの日本文化が取り入れられてパラオ文化として残っています。文化も、食べ物も日本式。家具やどんぶり、箸など、日本時代が終わっても、われわれの中では〝いいもの〟として育ってきました」

ディアスさんによれば、歌の中で「I Love You」と歌うよりも「Aishiteru」と歌われたほうが、意味がストレートに強調されるという。私が不思議に思ったのは、「デレベエシール」と呼ばれるパラオ歌謡に日本語が入り込むことはあっても、若い人が現在聴き、生み出す英語の歌のなかにパラオ語が入ることはないのだろうか、ということだった。ディアスさんはないだろう、と言った上でこう話した。

「若い世代は、パラオ語をアイデンティティの飾り程度にしか感じていません。大切なものでも必要なものでもない。どこもかしこも英語なんです。悲しいけど」

戦後アメリカに統治されたパラオにとって、英語が公用語になったことは当然のことではあっただろう。それでも、パラオ語話者が減っている現状については、戦前日本語教育が徹底して行われたことも無関係ではないように思われた。近代化と教育は密接な関係がある。そこでどの言語がどのように教えられるかというのは、きわめて重要な話だ。日本においても、明治のローマ字国字論争は、むしろローマ字表記派に勢いがあったことはよく知られているが、結果的に多くの外来語を入れながらも日本から漢字は消えなかった。パラオにおいては、日本の統治時代、パラオ人向けの教育機関である公学校で、日本語によって道徳が教えられ、農業が教えられ、算数が教えられた。その卒業後に、南洋群島全体から成績優秀者のみが進学できた高等教育機関、木工徒弟養成所では建築関係の授業以外に歴史などの授業もあり、もちろんすべて日本語で教えられた。卒業生は戦後のパラオで活躍した人が多かったと言われる。公学校では沖縄で使われた方言札のようなシステムが取り入れられていたが、米国統治が始まるとやはり同じような方法でパラオ語は禁じられた。制限され続けてきた言語が生き延びる道は、険しいことを改めて感じる。それでもパラオ語教育は近年力を入れられ始めているというから、そう暗い話でもないのかもしれない。

ディアスさんは、好きなデレベエシールとして「Arumi No Shingoto（アルミの仕事）」をあげてその場でオンエア曲に入れてくれた。カメラマンも兼ねているSさんが、ディアスさんをよく撮ろうと、光の具合を調整しては、ディアスさんに見せて相談しているのが微笑ましい。

「アルミの仕事」作詞／作曲：Eehuher Kaske

1. **アルミの仕事は評判**　**ケーブルカー**　**7時**の**サイレン**で**仕事**が**はじまる**
2. **山の上から**はNgerchetang川**が近い**　パラオのあちらこちらから若い人びとがやってきて採**鉱場の仕事**をしている
3. **休みの時間**に　東風が吹いてきて　私たちの体にあたる
4. グラウンドで　**仕事**の**帰り**が**待ち遠しい**　**皆さん**　川で**楽しく**水遊びをしましょう
5. その**後は合宿**に帰る　**夕飯済まして**　シンゲツ（ガラスマオの地名）まで遊びに行く

基本はパラオ語であるが、太字が日本語で歌われている。日本語が混じる歌はたくさんあるが、一番はほとんど日本語であるし、これは日本語混入率の特に高いデレベエシールの一つだ。「シンゲツ」のあったガラスマオには戦前、南洋アルミニウム鉱業が開発した鉱山があり、今もトロッコの線路の跡や、ガラスマオの滝の近くには水天宮の石碑などが残っている。ここは当時、朝鮮や他島からの労働者がパラオ人労働者と一緒に働いていた場所だった。小西先生はこれを「軍歌調」とコメントしているが、言われてみれば確かにそんな歌い出しではある。ただし、歌詞にはのどかさがあった。きつく危険な仕事だっただろうけれど、半面「休み」や「遊び」を忘れない生き生きした彼らの生活が浮かんでくるようでもある。南洋アルミに通訳として勤めていたのが、宮崎の環野で取材した久保さんのお父さん勇吉さんだ。勇吉さんはパラオ人女性と結婚し、子供もいた。その後沖縄の女性とも所帯を持った。それでも、正社員になるには沖縄人女性ではなく日本女性を妻に持たなくてはならなかった。そのために福島から久保さんのお母さんを迎えた。のどかな風景も、人びとの幸せも、ゆるやかに差別的構造のなかで息づいていた。

夕暮れどき、パラオでツアー会社を経営するAさんに海辺のレストランでご馳走になった。Aさんは、観光客だけでなく多くの慰霊団をこの地で迎えてきた人でもあり、高齢の今もなお自らペリリュー島ツアーを率い続ける人でもある。

「お父さんに読み上げる手紙とかね。こちらも涙が出ます。やっと念願叶いましてって。おとうさーんって、大の大人が叫ぶわけ」

「最後に一緒に食べたきびだんご、あのお店はもうないけど、買って来ました。もうすぐ私もいきますのでって。もうぼろぼろ」

同じく慰霊団に同行した経験のあるSさんも言葉をつぐ。私はパラオでの二回の取材と引揚げ者の取材を終えて本を出したあと、それ以降に情報を得て訪ねた国内の引揚者の一人、富士子さんのことを思い出していた。富士子、と名づけたのは彼女の父親だという。北海道からパラオに移民に出て、バベルダオブ島の清水《しみず》村に暮らし、富士子さんが生まれた。生まれた国を忘れないように、と富士の名を付けた。しかし富士子さんの記憶のなかの父は栄養不良でむくんでいた。現地召集でとられた軍隊から、やっとのことで抜け出して家族に会いに来た。それが最後だった。富士子さんはテレビで天皇のパラオ訪問を知り、堰を切ったように自分も行かなくてはとパラオ行きを決めた。団体行動だったため、本当に父が死んだジャングルの奥深くまでは行くことができなかった。富士子さんも大きな声で海に向って叫んだのだという。

「お父さーん」

富士子さんとは何度か手紙をやりとりした。去年父が亡くなったことを手紙に書くと、香典まで送ってくださった。同封の手紙には、富士子さんの和歌が一首書かれていた。

亡き父の　心に残る　おもかげは
吾れより若く　息子に似たり　ふじ子作

幼くして日本に残され、戦争で父を亡くしたという人はたくさんいたと思う。けれど、外地で生まれ外地で育った富士子さんのような人は、死の迫った父親と遭遇することもあった。最初で最後の父の記憶が、やつれ、むくんだ姿であったこと。それでも、その顔はどこか自分の息子に似ていると感じること。富士子さんの父の記憶と愛惜とを思った。

「昔は戦友会みたいな雰囲気でね。僕が少し微笑むと、遊びに来てるんじゃないって怒られるんです。戦友に会いに来てるんだと」

Aさんは困ったような顔をして言った。現地での焼骨式を終え、灰を入れた骨壺を箱に入れて飛行機に乗せていくとき積荷にするのに「罪人ではないのに、なんで縄をかける」と激昂した人もいたという。私は戦友会の人びとに接触したことはない。いろいろな人がいるのだろうが、Aさんが言うように軍隊的な厳しさを残し、軍歌を歌うような人々というイメージはあった。しかし、その厳しすぎるほどの感覚というのは、当然という気もした。友人は亡くなり、自らは生き残った。彼らにとってその事実の狭間で生き続けることがすべてだった。航空会社につけた難癖も、つけられたほうは大変だっただろうし、こんなに時代が変わってしまうと笑い話のようにも聞こえるが、彼らの鋭敏な感覚というものに、自分を近づけていってみると、友人を亡くしたことへの大きな悲しみと、そのリアルが後世には思うように届かない怒りが伝わってくるように思った。

「だから昔は笑っちゃいけないって気持ちでやってたんです。Aさんのツアーはハンカチもってかないと涙涙になっちゃうよって。でも、それぱっかりだとひいちゃうお客さんもいる。だから来ていただいたらありがとうって、今はそういう感じでやっています」

時代は移り、慰霊団も子や孫の代になっていく。Aさんによれば、いまや国の慰霊団は毎回のように参加する人が増え、同窓会のようになってにぎやかすぎるくらいで、そのために五年空けなければ再度参加できない規則に変わったという。

「ペリリュー島のガイドはマニュアルも作って、ガイドそれぞれの性格があるからそれはいいけど、伝えるのは同じことにしようってやっています。若いスタッフも涙ながしてガイドしてね。若い人がやってくれると嬉しいよね」

聞けば、Aさんは明日もペリリューツアーをガイドするというので、これを機に参加することにした。


ホテルまで迎えにきてくれたツアー会社の車に乗って、パラオパシフィックリゾート（PPR）裏の港へ向かう。助手席には独りで参加する若い男性がいる。「やっぱペリリュー島は見ておきたいと思って」と言う。港で船に乗るまでの間、話を聞くと、「パラオで中古車を売る仕事を考えている」ということで、今回は旅行というよりは仕事の下見。仕事モードだから海に入るつもりはないという。高卒で今は派遣の仕事などをしているという。大学生が海外に出なくなっている、などのニュースを聞くと今どきの若者は内向きで、と括りたくなるが、意外と高卒の若者のほうが、自立を真剣に考えて動ける子が多いのかもしれないな、と思う。ツアー全体は十五名ほどで、二十名ほどが乗れる水上バスのようなもので出発する。ここから一時間弱、水しぶきを上げながら真っ青な海を、小島を眺めながらゆく。かなり日焼けしそうで、腕に上着をかけた。スクリュー音が大きいのと風が強いので誰も話はできない。そのなかでAさんが声を張り上げて、この島は鯨に似ているとか、そのあたりはイルカと遊べる施設があるとか、解説をしてくれている。本当に頭が下がるが、風とスクリューであまり聞こえない。

ペリリューの港に入ると、日本財団の船があった。コロールと行き来する船で、島民の足になっているようだった。バスに乗り込んで千人壕など日本軍関係の遺跡で降りては渡されたペンライトを持って洞窟に入って見学していく。上陸してくる米軍を撃つためのトーチカもいくつも残っていた。

「ここの洞窟は、昭和二十二年、日本兵三十四名がでてきた場所です。彼らが終戦を信じないため、米軍が彼らのうちの一人の父親に手紙を書いてもらい、それを用いて投降を呼びかけたほどでした」

Aさんは、なんとその父親の直筆の手紙のコピーを参加者に配ってくれた。

拝啓、時下桜花開き多忙の期節となりました。お前には元気との事家内一同よろこび居ります。扨《さ》て日本は昭和二十年八月十五日天皇陛下の命によって終戦となり今は平和なる農業国となって居り御前と友人の根本祐治君や山口六郎君復員して職務に従事して居るのであります。君は米軍に抵抗して居るとの事でありますが、其のやうな事は寸時も早く止めて米軍の光栄により一日も早く帰国せられ楽しき生活をせられんことを家内一同待ち受けて居る次第であります。先は健康を祈る。

草々

昭和弐弐年四月十六日　父より

永へ

「米軍の光栄により」という箇所を潜伏していた三十四人はどのように受け止めただろうか。安堵、不信、虚脱感、憎しみを抱いた者もいただろうか。神経を張り詰め、息の根を止めることだけを考えていた相手が、突然「光栄」をもたらす存在になる。その馬鹿らしいほどの大転換をそれぞれがどんな顔をして受け取ったのか、想像することしかできないが、老いた父親の筆跡を見ていると、皆が回し読みしただろう風景が思い浮かび、自分が今この瞬間手紙を手にした兵隊になったような気持ちになった。同時にこの全員に直筆手紙のコピーを配るというツアーのこまやかさに改めて驚いた。

ペリリュー小学校近くに慰霊碑が集まった場所があった。「砲兵隊慰霊碑」や「英雄を称える」などと彫られた石碑がいくつもたてられており、真ん中に「みたま」と刻まれた背の高い塔が立っている。参加者一人ひとりが線香でお参りする時間がとられた。このとき、私は日傘を差した一人の女性が渡される線香を受け取るのを断るのを見た。日本人ではないんだ。彼女は相方がお参りするのを見ながら、離れた木のそばで独りたたずんでいた。こういうとき、日本人だとまわりに合わせるのが常である。ツアーに参加はするが、そこは一線を引くというはっきりとした姿勢が中国か韓国か台湾か、どこの国の人か分からないが印象に残った。相方がどうしても行きたい、というのにあんまり気乗りしないままつき合った人かもしれないし、歴史は知りたいけど、日本軍のために祈ることはできない、というはっきりした意志があるのかもしれない。日本人のみと思われたツアーに一人そうでない人が混じっていたことは意外だったが、どことなくほっとした。目の前の慰霊碑群はやはり、同質な崇敬を求める圧を放っていたからだ。碑に刻まれた文を眺めていくだけでも、愛国的な空気は十分に感じられた。いくつもある碑のなかにはもちろんそれぞれの団体の温度差というものがあるだろうが、死んだ兵隊たちに当然あったとされる「愛国心」については否定などできない空気が確かに流れている。そんななか、さりげなく線香を受け取らなかった女性の存在は、その自然さによって一気に現実に引き戻してくれるような、じっとりとした湿度の中で一瞬涼しい風が吹いて息がつけたような、そんな気分にさせられた。

次にまわった戦争博物館には日本と米軍それぞれの水筒などの遺品や軍で使われた飯ごうや、食器、空き瓶が展示してあった。アメリカ軍の持ち物のなかには電話もあり、戦前の文化レベルの差を感じる。銃弾がいくつも集められて展示されているところはガラスがなく、ツアーに参加していた幼い兄弟が触れようとして父親に止められている。写真も多く、「JAP DEAD」と書かれて、仰向けにたおれている日本兵の写真の下に「OUR DEAD」と書かれてアメリカ兵の死が写されていた。我々の死。訳すと「我が軍の犠牲」となるのだろうか。我々とＪＡＰ。終戦とともに夢のように雲散霧消する敵意。日本の老いた父親が息子に書いた、手紙のフレーズが蘇る。米軍の光栄により一日も早く帰国せられ楽しき生活をせられんことを。

その後も放置された戦車を見たり、砲弾で天井に穴があいて空がのぞく旧日本海軍基地や、そのそばの防空壕をまわった。防空壕は地元の人が台風のときに逃げ込む場所になっているという。裁判所やパラオ短大など、日本時代の建物がいまだに活用されている場所はあるけれど、防空壕もいまだに役に立つのだなあ、と感心する。

昼食は海のそばの風の心地いい休憩所でお弁当を食べる。目の前にペリリューで天皇・皇后が休憩したという水色に塗られた新しい小屋が見えた「天皇・皇后両陛下ご休憩処　２０１５年４月９日」と看板がかけられている。地元のおじさんが飼い犬なのか野犬のような犬と一緒にやって来た。興味をしめした兄弟のお兄ちゃんのほうが、犬に近づいた。犬は遊んでもらえると思って、お兄ちゃんのあとを追いかける。それがだんだん速くなって、怖くなった少年はとうとう泣きながら走ったので、笑ってしまった。おじさんは犬を叱って、蹴るそぶりをして遠くへ追いやったので犬を気の毒に思う。

昼食後はペリリュー神社へ。一九八二年に清流社という青年神職らの団体によって建てられたという神社は見るからに新しい。さきほどの「みたま」の碑のあった慰霊碑群と比べると、慰霊のために本殿のほうに上る人も少なかった。暑さもあり、みな少し疲れも見える。「ここの碑は事実の誤りもちょっと多いんですよね」と多くは語らないＡさん。米軍のニミッツ長官が語ったといわれる「日本兵がいかに勇猛に戦ったかこの島を訪れるすべての国の観光客に語られるべきである」という英文の碑もわざわざ建てられている。清流社はここを建てるにあたって、現地住民にあわせて宿泊施設の建設なども約束していたが、果されぬままであり、そのためかどうかは知らないが、何度か住民によって破壊され、そのつど修復されてきたという。ツアー参加者は誰も何も言わなかったが、それぞれに何を思っているのだろう。もちろん私も思うことは口にしない。

いよいよツアーの終盤、ペリリュー戦を率いた中川州男《くにお》大佐が戦旗を燃やしたとされる場所に向った。途中Aさんが話しかけてきた。

「寺尾さん、次、中川大佐の最後の地なんですが、そこでこれを読んでくれませんか」

Aさんは私のパラオの本も読んでくれていて、今回の大使館の独立記念の冊子執筆に関わっていることも当然わかっていたから、パラオの歴史に興味を持っている私が代読することで、少しツアーのラストに趣向を凝らそうと思ったのかもしれない。私は戸惑いながら渡されたプリントに目を通した。そこには中川大佐の最後の言葉が載っていた。

我々軍人は戦うのが務めだ。最後の最後まで務めを果さねばいかん。玉砕攻撃するよりも、最後の一兵になるまで戦い続けねばならん。軍人は最後の最後まで死を求めず、戦うのが務めというものだ。百姓が鍬を持つのも、兵が銃を握るのも、それが務めであり、務めは最後まで果さんならんは、同じこと。務めを果たすときは、誰でも鬼になる。まして戦じゃけん、鬼にならんで、できるもんじゃなか。

洞窟の入り口には鎮魂と彫られた石と「終焉の地」と彫られた石がうっすらと苔をつけていた。

水がいくつか供えられている。Ａさんが、中川大佐がいよいよ敗北を覚悟し、ここで旗を燃やしたときのことを話している。プリントを渡された私はそれどころではなかった。安易に玉砕に向わせなかった中川大佐は軍人のなかでは、合理的な精神の持ち主だったと評される。「玉砕攻撃するよりも、最後の一兵になるまで戦い続けねばならん」という部分の前半はだから、安易な玉砕を否定しており軍人としてはきわめてまともな人だっただろうと思った。しかし、農民が農業をするのと同じように、兵の「務め」を強調し、「最後の一兵になるまで」という語りにはやはり同意することは難しかった。

「それじゃあ、ここで寺尾さんに私に代わって読んでもらいたいと思います」

参加者の視線がいきなり私に集中した。話すしかない。

「ご紹介いただきました寺尾です。数年前、パラオの戦前の暮らしについて本を出しました。今回この中川大佐の言葉を読み上げるという代読について、さきほどＡさんより依頼を受けて、内容を読んでどうしようかと考えていました」

中川大佐を否定する気持ちはなかった。しかし、この場所で中川大佐の言葉を読み上げることは私にとってあまりに大きなハードルだった。まさにここに書かれたような念を抱いて彼が死を覚悟した場所で、その念に共鳴できないざらざらとした気持ちで私がそれを読み上げることは、亡き中川大佐にとっても不本意ではないかとも思われた。一方で彼の魂は、今、何を考えているだろうとも思った。多くの指導者が特攻や玉砕に疑問を持たなかった時代に、命を最後の最後まで大切に保存することを説いた人物が、現代の日本をどのように眺めているか、私は興味があった。もし彼が今の時代を生きる人だったら、まわりより一歩進んだ合理主義者になっていたようにも思われる。ごちゃごちゃとこんがらがった頭で私は言葉を継いだ。

「ここに書いてあることについて、私は理解はできます。中川大佐の心情というものも想像することはできます。けれど、やはり、共感することはできません」

私はできるだけ丁重に、やはりAさんに読んでいただくのが、いちばんいいのではないか、と代読を断った。みんな暑さのなかで大きく表情を変える人もいなかった。それぞれの胸にこの発言がどのように届いたか知る術もない。ああ、そうか、それでは私が、とAさんはプリントを読み上げた。

「なんだかすみませんでした」

Aさんが、バスに戻る途中、話しかけてきた。

「いいえ、私こそすみません。でも私があそこで読んだら中川さんに怒られちゃうなと」

「そんなことはないでしょう」

そんなことはないだろうか。ないかもしれない。でも読み上げることは私自身を塗りつぶすようで怖かったのだ。それから塗りつぶした私の声によって、参加者の人たちが「軍人さんも務めだった、立派な軍人だ」と決まりきったような思考に導かれるのが怖かったのだ。立派な軍人さんでした。日本のために戦ってくれました。そのおかげで今の私たちがあります。戦争は恐ろしいことです。けれどあの人たちは祖国のために死んでくれたのです。平和への祈りが、軍国主義と愛国心をさりげなくなでながらいつまでも上滑りしていく、そのループに巻き込まれることが恐ろしかった。アメリカから大量に戦闘機を買わされ、今また中東派兵の話も出てきた。平和平和とこの国では毎年言いながら。呪文のようにそう唱えられながら。私はとりげなく、線香を断った女性を探した。見つけたけれど彼女が私のほうを見ることも、何かを思って話しかけてくることもなかった。ただ早く涼しいバスに戻りたかったのかもしれない。

サンセットはPPR前のビーチで、Sさんとビールで乾杯した。Sさんがビールにタバスコを入れているのを見て、カウンターのおばちゃんが、オーマイゴッドと両手を上げてこっちを見るので笑う。こんなすばらしいロケーションには、恋人と来てみたいけれど、いろんな気持ちにさせられたSさんと今こうして並んで飲んでいるのも全然悪くないと思った。Sさんのお父さんはパラオ人、お母さんは沖縄人だという。お父さんはアメリカ兵として沖縄へ駐屯、そのときにお母さんと出会っている。Sさん自身はパラオ国籍だ。奥さんはフィリピン人だから、娘さんはルーツに沖縄、パラオ、フィリピンと三つの国を持つことになる。私は、以前通訳してくれたケルヴィンが知っていた「日本軍が島民を集めて殺そうとしたガスパンの防空壕」の話をSさんにもしてみた。この話のパラオ側の証言者Roman Tmetuchlの名前とともに。すると思いがけない返事が返ってきた。

「僕は若い頃、沖縄からこっちに来て彼のかばん持ちやってたのよ。面白い人だった」

優秀だったRomanは憲兵隊で通訳をしていたが、日本軍将校から出た島民虐殺案に反対した経験を持っている。ペリリュー戦が始まったこともあり、この案は軍内部で早々に闇に葬られたようだった。その後彼は弁護士から政治家になり、パラオ独立への布石を敷いていく役割も果たすことになる。その政治家としての手腕への人々の信頼は、彼の名前が現在パラオ国際空港の前に冠されていることからもわかるだろう。それにしても、SさんとRomanが繋がるとは思ってもみなかった。

「パラオに最初来てたのは海軍だった、海軍はジェントルマンが多かった。入ってきた日本兵はすごい悪さをする。陸軍はフィリピンの山下（奉文《ともゆき》）さんも、すっごい荒れ放題。陸軍は悪さしたでしょ」

フィリピン人の奥さんを持つSさんは、マニラでの日本軍による住民の集団殺害の話などもいろいろと聞いているのかもしれない。

「だからローマンさんはのちのちアメリカにもすごい尽くすんですよ。頭が良かったし、弁護士になって」

このあたりのことが、日本では知られていないし、これからもほとんど知られることがないだろう。石原慎太郎が好きだというSさんの口からこんな話を聞くとは思っていなかった。一人の人間の中には人間関係、これまでの経験、知識によってさまざまな考えや嗜好が混ざり合って存在している。目の前にいる人間の言葉を受け取ったら、自分の経験と知識から、その人が知りたそうな話や考えを用意してボールを投げ返す。考えてみれば当たり前のことだが、Sさんという人間もそれだけたくさんの引き出しを持っている。勝手なバイアスをかけて敬遠してしまうのはやはりもったいないことなのだと思った。

「日本兵は沖縄でも、子供がうるさいといって洞窟から放り投げたりした。母親はあわてて子供を抱きかかえにいった。そこを日本兵が銃で撃った。私の母と祖母がそうでした」

海に沈む夕日はすでに残り火のようにたよりなく、空は紫色に染められていた。戦争の時代とパラオ、フィリピン、そして沖縄。私は世界に散らばってそれぞれの経験を抱えた複雑な人間というものを、他者というものを、どこまで理解することができるだろう。この人に出会えたラッキーをかみ締めながら、細長いビールグラスを飲み干すと、陽の落ちたばかりの闇の中で、ただこのまま泣き出したいような気持ちになっていた。

III

山形　カブのわらべうた

数年前に山形のわらべうたを調べていて、面白いものにぶつかった。おかみさんが子供を産んだと思ったら、それはカブだったという設定なのだ。その先がさらにすごい。

お父つぁんに見せねで煮て食べた　よーいよい
よーいよい

というのだ。カブやダイコンというのは、形によっては先が分かれて、なんとなく人の足のように見えるときもあるし、そういう野菜の白い肌からくる連想なのだろう。しかし、それをおかみさんがこっそり食べてしまうというのは、なんだか怖かった。かつて行われていた「間引き」の暗喩のようなものが秘められているのだろうか。それにしては、メロディは生気にあふれて明るいので、まったく謎めいた歌だった。

去年、赤坂憲雄『性食考』を読んでいたとき、この謎をとくヒントをもらえた気がした。そのなかには、山形最上の「鳥食い婆」という民話が紹介されていた。これはおばあさんが雉汁《きじ》を作るが、あまりのおいしさに全部食べてしまい、代わりに自分の陰部の肉を使って汁を作り、おじいさんに食べさせるという話だ。そしてどうやらこの風変わりな話の背景には、自らの排泄物として取り出した小豆やアワなどの雑穀で料理を作りスサノオに食べさせたオホゲツヒメの神話が下敷きになっているようなのだ。しかし、オホゲツヒメは、料理が排泄物から作られたと知ったスサノオの怒りに触れて殺されてしまう。女神の死というのは、縄文の昔から、豊饒と再生の祈りをこめた儀式のモチーフになっていたようで、女性をかたどった土器が故意に壊されたものが、複数発見されていることはよく知られている。

もし、おかみさんとカブのわらべ歌にも、このオホゲツヒメ神話の系統の物語が隠されているのだとしたら、この歌詞には続きがあり、「鳥食い婆」のように、食べてしまったカブの代わりに自らの排泄物か肉の一部を使っておかみさんが料理をするのだろうか。お父つぁんが登場しておかみさんを殺してしまうのだろうか。おそらくそうではない。「鳥食い婆」の話も、最後は女陰を煮込んだばあさまの陰部をおじいさんが心配する、艶っぽい笑いも含んだラストになっているのだ。民衆の発想はどこまでも自由に、歌や物語を変化させていく。

おかみさんとカブの歌の来歴がなんとなく見えたような気がしていたところ、民俗の世界を、緻密で壮大な絵に表現する田中望さんの作品を見る機会があった。田中さんは山形の大黒様のお歳夜のときにお供えされる「二股の大根」を描いていた。そして、その絵に寄せた田中さんのコメントのなかに、山形の温海《あつみ》カブは焼き畑で作られることで有名であることも書かれていた。私はまたあれっと思った。焼き畑を司る者としての山姥の話が高知にあると読んだ覚えがあったからだ。

高知県土佐郡本川《ほんがわ》村越裏門《えりもん》の竹の川に川村右左衛門という男が住んでいたところ、そこへある婆さんがやってきて滞在することになった。老婆は今日はよい日だから焼き畑の木を伐れといって槌《つち》をもたせた。右左衛門がその槌で木を叩くとどんどん伐れて五斗ジリ（五斗蒔き分の面積）伐れた。それからまた、雨の日に、今日は日が良いから焼けという。こんな日に焼けるだろうかと思ったが、婆が〈ニギリ飯をもっていって焼き畑地の四隅と真ん中に投げ込んでみろ〉といったので、そうしてみると、大雨なのに焼けてしまった。雨降りなので防火帯を作る必要もなくうまく消えた。

この話の舞台である本川村の神楽のなかでは、小豆を握り「姥御前にッ」と天井に向けて投げる所作があったという。野本寛一は「焼畑文化の形成」という論文のなかで、こうした事例を紹介し、小豆や稗などの焼き畑作物が山姥に供えられ、それが芸能化していること、土佐山中において山姥は焼き畑の豊饒神として信仰を集めていたことを指摘している（『日本の古代10』）。小豆や稗、蕎麦などの焼き畑作物は、そのままオホゲツヒメの体内から出てきた穀物でもある。こうした女神の性質が山姥にも残されて様々な民話や歌になったのかもしれない。そう考えていくと、カブもまた焼き畑作物であること、それがおかみさんの体からでてきたという山形の謎の歌も、その意味がすっきりとつながってくる。

『まんが日本昔話』で山姥の存在が気になり始めてから、細々と山姥のことを調べてきたから、南国市の「山姥神社」も気になる場所だ。やはり焼き畑に絡む山姥かもしれない。旧本川村では、二〇〇五年八月に数十年ぶりに焼き畑が実施されたが、残念ながら継続はしていないそうだ。民俗学、歴史学、環境学、農業、観光などそれぞれの分野から焼き畑に関心を持つ者が集い、また同地に火入れの煙がのぼる日を待ちたい。毎年の継続が難しいのなら、宝物の御開帳のように何年かに一度でもいいのかもしれない、大切なのはその土地にかつてあった風景を伝えるために、新たな慣習、新たな伝統を作っていくことのように思う。

吉野　大蔵神社

先日吉野の国栖《くず》のお寺でライブをした。吉野は高校の修学旅行で十八歳のとき吉野山を訪れて以来、十八年ぶりだった。今回は吉野川を眺めることのできる山麓にある清谷寺《せいこくじ》の住職の息子のHさんが、ライブを企画してくれた。お天気も良く、鳥のさえずりが演奏の合間に聞こえ、とても気持ちのいい場所だった。Hさんは地域おこし協力隊としても活躍されており、奈良でしたらどこでもご案内しますので、と言ってくださったのだが、あいにく翌日、東京で打ち合わせが入ってしまい、十数年ぶりに再訪したかった長谷寺も見る時間はなさそうだった。しかし、大好きな奈良でどこも見られなかったというのも悔しい。さらにHさんや打ち上げに集った人々から、国栖というのは土蜘蛛と呼ばれた、朝廷側にはむかい征服された側の人々であると聞いて気になっていた。葛《くず》が取れるからそこに住む人も国栖と呼ばれたか、国栖の住む地域によく生えた植物だから葛と呼ばれたかどちらが先かは知らないが、吉野葛が有名で、清流を活かした和紙が古くから作られた地域でもある。谷崎潤一郎は『吉野葛』という作品のなかで、国栖の地について「田舎も田舎、行きどまりの山奥に近い吉野郡の僻地であるから、たとい貧しい百姓家であってもわずか二代か三代の間にあとかたもなくなるようなことはあるまい」と書いている。

高校で明日香を巡ったときは、飛鳥寺の飛鳥大仏の古風な趣にすっかり魅せられてしまったが、国栖の歴史はそれよりもっと遡るわけである。

Hさん曰く、清谷寺から山道を二十分ほど行くと大蔵神社があり、そこは国栖の遠祖石押分命《いわおしわくのみこと》が祀られているという。紀元前一七七年の創建で、その名のとおり石を押し分けて登場したという穴居生活を彷彿とさせるような国栖の祖が神となっているのだ。七時台の電車に乗らなければならないので、五時に起き、往復四十分かけて大蔵神社まで行ってみることにした。不思議と朝の冷え込みもなく、空気は生暖かいくらい。風もなく、まだ暗い。山に続く杉木立の細道を進むのはさすがに心細かった。しかし、ここからは次第に明るくなるのだ、と自分に言い聞かせて、『まんが日本昔ばなし』の怖い話の舞台になるような暗い山道を歩き始める。

吉野は杉も有名である。斜面のあちこちに切られた杉の木がころがり、さわやかな香りを放っている。そういえば昨晩打ち上げをした定食屋の割りばしも杉のいい香りがしていた。歩みを進めると、ときどき小さな立て札が立っていて、「ここより上、○○村」のように違った村の名が書かれている。杉の伐採の地区割なのかもしれない。朝を告げるために、時折響く鳥の声だけが、暗闇のなかの灯のように心強く感じる。二十分ほど歩いたように思うがまだ神社にはたどり着かない。視界がおぼつかないと歩く速度も落ちるのだろう。そのとき、左手に石碑があった。地蔵のような像が彫り込まれているが、「安永二年」と「智山優《ちさんう》婆塞《ばそく》」の字が読み取れる。今から二百五十年ほど前の真言宗智山派のものらしかった。修験に絡んだものだろう。手短に写真を撮って先を急ぐ。あたりもだいぶ明るくなってきて、鳥の声も増えてきた。やがて大蔵神社の境内らしきところにたどり着くと、いきなり林のほうでバキッと音がした。こんな早くに人が？　と驚いた瞬間、パーンと飛んでいくものがあった。鹿の尻だ。一匹いたように思う。野生のシカに会うのは大学時代丹沢を登っていたとき以来、十五年ぶりくらいだったので、嬉しい。社殿の前に立つと突然風が吹き上げるように起こり、髪が舞う。少し開けた場所ゆえなのだろうか。それまで無風だったため、急に起こった風に、少し怖くなり目を閉じる。風はまだ吹いている。

ふと、中東やチェルノブイリや福島の問題にもフォーカスしてきたフォトジャーナリストの広河隆一さんが、次に取り組んでいるのは日本各地にいたはずの「まつろわぬ人々」の足跡を追うことだと言っていたことを思い出す。「まつろふ」は「服ふ」「順ふ」と書く。国栖の民というのは常陸にもいたという。正規の歴史のなかでは「土蜘蛛」と表現された敗者の声なき声をどうとらえるか。現代社会を見つめてきた広河さんが目に見えぬ古代を射程にいれたことは、一見突飛に見えて必然がありそうだ(広河さんはその後、セクハラで訴えられることになったが、どのように反省され、それを表現されるのだろうか。このままフェイドアウトされるとしたら、いろんな意味で残念である)。

帰ってから古代史に詳しい知人に大蔵神社のことを報告すると「この国の歌舞にとっては聖地のひとつですね。観光客はあまり訪れない神社ですが、紗穂さんが参拝されたのなら、きっと神様も歓ばれていることでしょう」と言う。吉野を訪れた応神天皇に国栖の人々が献じた歌舞に国栖奏というものがあり今もこの地に伝わるという。土蜘蛛という語は蔑称のようにも響きつつ、土神、土着神の意も含んでいた。「まつろふ」「まつろはぬ」という二択を越えた、古代の「出会い」の残り香が国栖奏には残されているのかもしれない。

飯塚　炭鉱の光

先日福岡の飯塚市へ演奏に行った。二年前に行ったときと違い、今回は翌日に時間を取ることができた。飯塚に来る前日に私はたまたま埼玉の丸木美術館で、『山本作兵衛と炭鉱《ヤマ》の記録』という本を買っていた。丸木美術館は原爆の図を描いた丸木位里・俊夫妻の絵を中心に展示されているので、物販コーナーも戦争関連のものが多かったが、私はふと手に取ったその炭鉱の本を買った。帰りの電車で本を眺めていると、「戦前の炭鉱をめぐるポスターとパンフレット」というページに「市制記念　産業博覧会　主催　福岡県飯塚市」という昭和七年のポスターの写真を見つけた。それで、ああそうか、明日行く飯塚市は炭鉱の町だったんだ、と気づいた。

「小さい頃はボタ山におじいちゃんと登りに行って、石炭のかけらを拾ってたんです。『これは』っておじいちゃんに見せるんですけど、『つまらん』『それもつまらん』って言われて。そんなふうにして集めた石炭でお風呂を沸かしてました」

福岡空港から飯塚市に向かう途中、ライブ企画者のSさんはそんな思い出を話してくれた。年齢的には私より少し上くらいのSさんだが、炭鉱の町の風景が生き生きと彼女自身のエピソードに連なっていることに驚く。

Sさんは翌日、飯塚市歴史資料館に連れていってくれたのだが、ご懇意らしい館長さんが丁寧に解説し、質問にも逐一答えてくれるという贅沢な時間になった。飯塚は、古墳時代の死者を入れる甕棺《かめかん》が多く出土している土地でもあり、展示室にはずらりといくつもの甕棺が並んでいた。そのひとつに、ほぼ完全な男性の人骨が前漢の中国から贈られた鏡類とともに入っているものがそのまま展示されていて興味深かったのだが、引き込まれたのは展示の後半、筑豊の炭鉱を興した実業家伊藤伝右衛門やその家系図などが示されていた場所だった。飯塚は、麻生太郎の故郷でもある。麻生炭鉱というものもあり、これは太郎の曽祖父太吉が十五歳の頃から石炭採掘業に関わったことに端を発する。麻生家はそこから、この土地の一大勢力となった。伊藤も麻生も地元の産業を牽引した名士ではあるのだろうが。炭鉱の現場に入り、本当に汗を流し、命を落としたり貧しさのなかにあった人々のことは……と腑に落ちない気持ちが生まれた次の瞬間、見覚えのある絵が視界に飛び込んだ。山本作兵衛の図録、炭鉱内部を描いた絵がたくさん展示されていた。作兵衛もまた、飯塚の出身であり、彼が描き残した炭鉱のほとんどは飯塚の炭鉱だという。前日に偶然作兵衛の本を買ったというとSさんも驚いている。館長は、作兵衛の語っていたこととして、自分の絵にはひとつうそがある、それは、炭鉱内部が絵に描いたようには明るくなかったことだと教えてくれた。闇の中で女も乳をあらわに、はいつくばって労働力になった。作兵衛の展示の量は多く、そのことに救われる思いがした。本来であれば、経営者や実業家の太字の歴史しか残されないだろうところを、これだけ詳細な末端の労働を知ることのできる作品を残した山本作兵衛のなした仕事の大きさに改めて唸った。ライブに来ていた人に飯塚出身の有名人を聞くと、「そうですね、麻生さんくらいかな……」と首を傾けていたが、歴史に残る価値ある仕事をしたのは炭鉱労働の実態を詳細に後世に伝えようとした山本作兵衛だと思った。

驚いたのは、前日のライブに実は作兵衛の孫娘さんもお誘いしていた、という話だった。孫娘さんはピアニストで、ご都合が悪くあの日は来てもらえなかったのですが、とあとから聞いた。飯塚とのご縁はまだまだ続きそうで、いつかお会いできるような気がしている。

展示されていた作兵衛の関連本のなかには『王

国と闇』というタイトルの付いたものもあって、その言葉の余韻が帰りの空港へ向かう車中でも思い返された。炭鉱を経営して巨万の富を築いたわずかな人がおり、その陰で過酷な現場を生きた無数の人々がいた。そんな感想を言うとSさんは、「そうですね、光と闇みたいな……」と言ってから、「でも麻生さんが光ってわけじゃないですよね」と言った。

Sさんが車中から町の建物を指差して「あれもあれも麻生系ですね。あの病院もです」と教えてくれる。富を蓄え目立つことと、光であることは違う。闇の対義語が光であるなら、炭鉱の光はどこにあったのだろう。車窓にのぞいたボタ山が、川向こうに遠くなっていった。

足柄　金太郎の周辺

高校時代に地学の先生に恋をした私にとって、山や星や宇宙のことは俄然身近な問題になった。毎年登山をする学校ではあったが、女子校で登山部はなかったので、大学では登山サークルに入った。八ヶ岳や丹沢で鹿の親子にあったり、冬山も経験した。大学卒業後も、高校時代の友人を誘って山梨や箱根の山に出かけていた。箱根の矢倉岳は多分二月くらいに登ったのだと思う。麓の畑にはみかんがなっていた。この山が私にとって忘れられない山になっているのは、頂上に登りきった瞬間に、澄み切った青い空にそびえる真っ白な富士山が視界に飛び込んできたからだった。これほどに報われる経験もない、と思った。その後矢倉岳には二度登ったのだが、先日そこから少し箱根のほうに南下するとぶつかる金時山に登った。金時山と矢倉岳の中間にあるのが足柄峠で、このあたりが「足柄山の金太郎」の伝説の地である。

麓にある公時《きんとき》神社の周辺には五月五日の例大祭に行われる「公時まつり」のチラシが貼ってあった。湯立獅子舞やちゃんこ鍋のふるまい、こども相撲などが行われるようで楽しそうだ。登り始めて県道に出ると「金太郎ボーと見つめるゴミの山仙石原中学校生徒会」という標語の書いた看板が立っていた。なんともいえない気持ちで、歩みを進める。登山道を少し右にそれたところに巨石を祀った公時神社の奥の院があったが、さらに五分ほどゆくと、その巨石の数倍はある巨石が祀ってあり、「金時宿り石」と看板が立っている。巨石は真ん中からぱっくりと割れていた。この宿り石の下で金太郎が山姥に育てられたとも、雨宿りをしたとも伝えられている。非常に見事に割れているので、立山の姥石のように女陰に見立てて古くから祀られたものかと思いきや、割れたのは昭和六年のことらしい。かと思うと、石の割れ日から鬼女と怪童が登場したとする江戸期の古浄瑠璃もある（「清原右大将」）。ともかく巨石のエネルギーは、金太郎の怪力を連想させるに十分だった。

印象的だったのは、山道にときどき露出している真っ赤な土だ。言語学者の中島利一郎によれば、「アシ」という音は財物としての「カネ」をあらわしているとして次のように述べている。

> こゝに興味あるは、人形の金太郎が、必ず裸体で赤銅色を呈してゐることである。或は足柄、箱根に於ける火山地質が、銅色の地膚を露出してゐるといふやうなところから、こゝに足柄の足といふ言葉が、地名として加へられたものかも知れない。
>
> （『東洋言語学の建設』）

江戸期には山姥と金太郎母子像は多く描かれているが、確かに金太郎の顔は赤い。金太郎の前掛けの「金」は、鍛冶師、鋳物師、炭焼きなどの信仰になっただろうとも言われている。事実、金太郎の産湯にしたという伝説の滝といわれる内川は砂鉄の取れる酒匂川《さかわがわ》に合流しており、周辺にも製鉄に関連する地名が多いのだという。金太郎のまさかりも雷神の印ととれるそうで、火の神の意味合いが付与されているようだ。

　七十五分かかるとされる山頂までの行程の三分の二ほどは、それほど辛くなかったが、山頂までの三十分ほどはハードだった。遠足の小学生の列がいちいち「こんにちは」と声をかけてくれるのが嬉しいやら、答えるのが苦しいやら。それでも山頂は絶景で、これほど富士山が裾野まで美しく見える山頂も珍しいのでは、と思えた。山頂にもまた「金太郎みはっているよきみのゴミ」という標語が木柱にかかれており、怪力自慢はどこへやら、すっかりゴミ監視キャラクターになってしまっている金太郎が憐れに思えた。

　山頂には猪鼻《いのはな》神社と書かれた古い祠がある。金時山は昔は猪鼻山と呼ばれていたのだ。金太郎といえば熊にまたがり、のイメージだが、猪鼻山に熊はいたのか。地元の郷土史を調べている榑林《くればやし》一美は、同じく金時伝説を持つ長野の上水内《かみみのち》郡との比較を行い、戸隠信仰とのつながりを指摘している。全国的に広まった足柄の金時だが、もしかしたら長野から伝播してきたかもしれないのだ。

　足柄峠は更級日記のなかで見事な歌を歌う傀儡《くぐつ》女《め》が闇夜から現れた場所でもある。平安中期から鎌倉時代にかけて流行した今様《いまよう》の担い手にはこうした流浪する芸能者や巫女たちも挙げられている。何しろ「足柄」という今様もあるそうで、これは足柄明神の翁が歌った「恋せは」という歌が起源だという。そして調べてみれば、足柄明神は私の好きな矢倉岳山頂にも祀られていたというから不思議である。歌と山の神と千年前のさまよえる女たちの影、そして製鉄。金太郎伝説の周辺は、思いがけず文化の香りが漂っているのだ。

赤穂　海を眺めて

海辺で演奏する、というのがたまにある。初めは十年ほど前に西伊豆の岩地《いわち》という場所で。ここは日本のコート・ダジュールと言われる美しい浜だ。コート・ダジュールが南仏の美しい海岸のことだというのは、そのとき初めて知った。二度目は島根の大根島《だいこんしま》で。初秋の夕方から。水鳥や虫たちの声があちこちで聞こえ、蟹も演奏しているそばを通ったりしてとても嬉しかった。人間とおしゃべりするのも悪くはないが、どちらかというと、日頃から、虫や鳥の生き物の存在を感じられることが私には喜びだった。いろんな生き物に囲まれていること、電子音が出てもそばにい続けてくれて、逃げずに、ひととき、こちらの存在を認めてつき合ってくれている感じがとても嬉しかった。

そして、先日兵庫の赤穂《あこう》の御崎《みさき》海岸の目の前の宿、今井荘で演奏した。天気はあいにく小雨がちらついていたが、モノトーンの空と海に飛ぶ海鳥たちは凛と美しく、絵になった。あとから話を聞くと海鳥やトビが飛んできたというが、海を背に演奏しているのでこちらはわからない。ふと、途中でぴゅっと水が飛んできてピアノを弾く手にかかった。振り向くと何もないが、宿の天井からではなさそうだし、横方向に飛んできた水のようだった。これもあとからお客さんが教えてくれるには大きな魚が海で飛び跳ねたとのこと。浜からステージまでは十歩ほど。単なる偶然かもしれないが、メッセージを受け取ったようで嬉しい。「なかなかいいぞ」だったか、「うるさいからそろそろ終わりにせい」だったか、魚に聞かねばわからないが。あるいは、それがこちらへのなんの意思表示でなかったとしても、ああいう魚たちのなかには飛び跳ねることへの身体的な欲求、それを促すいくらかの感情のようなものがあるはずだ。そしておそらくは人間の個性の違いのように、よく飛びたくなる魚とほとんど飛ばない魚がいるに違いない。そういう生物一つひとつのことを考えたり想像してみるのは、現代社会においては時間の無駄のようにも思えるが、民話とかわらべうたに親しみ伝えてきた時代の人々は、今よりずっとそういう時間のなかに生き、自然や生き物に親しみを持っていたのだろうとも思う。そのなかで美しい歌や悲しい物語、人間と自然との関わりにまつわる叙情が口承で伝えられていったのではないだろうか。

今井荘は、同年代の今井さん夫婦が切り盛りしている。今井荘の歴史は昭和二十八年に海の家兼民宿として始まった。三代目の今井さん夫婦が民宿を継ぐにあたり、シンプルながらオーシャンビューを生かした素晴らしい空間に改装した。両隣もかつては海の家やボート貸しなどしていたようだが、すでに廃業しているようだった。その店の前でおじいさんが電動工具で、浜に立ててあったパイプのようなものを切っている。今井荘が新しい命を吹き込まれた脇で、継ぐ者が現れなかった店のおじいさんがパイプを切る音は、あるさびしさをまとって御崎の浜に響いていた。

前日今井荘に向かう車中、伊和都比売《いわつひめ》神社と書いてあるのが視界に入ったので今井さんに尋ねてみると、そう遠くないというので朝食後海岸を伝って歩いてみることにした。かさこそとフナ虫が隠れる道をゆく。開けた海と奇岩を眺めながら五分ほど歩いて、右に折れて階段を上ると神社だった。祀られている伊和都比売は海の神様で、御崎明神といわれて延喜式の時代から主に漁師らによって信仰されてきたという。東郷平八郎など歴代の海軍関係者も航海の安全を願って参拝したそうで、海に向かって立つ大きな鳥居には昭和五年九月吉日という日付とともに、赤穂で明治四十三年に木村製薬所（現・アース製薬）の工場を開いた創業者の木村秀蔵の名前が彫られている。昭和五年は創業からすでに三十八年経ち、地元の実業家として寄進したものなのだろう。鳥居の両柱には「連天海路平無浪」「終古神威儼有祠」と彫られている。海に大浪なくとも、人が荒波を起こして人を殺めた時代。虚しさがこみあげた。昭和九年、父方の曽祖父は高知で会社を興し、海軍に魚雷用計測器を納入した。母方の祖父の兄弟たちは戦争中フィリピン沖で沈んでいる。

曽祖母からの意志を受け継いだ今井荘の主人と違って、私には継ぐべき土地も継ぐべき職業も、職業について託された思いもなかった。まったくの白紙に描いたかのような自分の人生。あったことのない先祖たちと私との断絶。しかし、それが断絶と片付けてよいものでないことも私は知っている。海に沈んだ母方の大おじたちに、海の軍事産業に関わった父方の曽祖父に、私は語りかける言葉を探していた。鳥居の向こうに、遠く家島諸島が霞んでいた。家島の名は「波静かにして家の中に居るようである」と神武天皇が語ったことによるという。

札幌　父の残像

四月に札幌へ行った。パラオから引き揚げてきた何人かの証言者の方に会いに行ったのだ。北海道は移民によって開拓されていった土地だが、そこからさらに別の土地へ移民に渡った人々も多かった。パラオにあった日本人移民村の一つに朝日村というのがあるが、これは旭川から移った人が多かったことからついた名だという。

　お会いした一人、富士子さんとは非常に印象的な出会いをした。お宅の最寄のバス停で降りてみると、向こうからやってくるおばあさんがいた。お互いに近づくと、まあこんなに若い方、と富士子さんは両手を広げてやわらかくハグしてくれた。思いがけないフランクで温かいお人柄に、わずかにあった緊張もとけていった。

　富士子さんは、北海道から移民として渡ったお父さんをパラオで亡くしていた。現地召集されたお父さんは食糧不足のなか、南方戦線の多くの兵士がそうだったように飢えで死んでいった。それでも、ジャングルに避難していた富士子さんたちの所までお父さんがやってきたことがあったという。お父さんは、四、五歳だった富士子さんを見つけて抱きしめたが、脱走兵と思われては大変だったので、すぐに軍に戻った。それが最後の別れになった。栄養不良のために、むくんだお父さんが、富士子さんが最後にみた父親の姿であり、記憶に残る唯一の姿だという。富士子さんは数年前初めてパラオを訪れたときのことを話してくれた。

「海に向かって、お父さーーんって」

　父親が現地召集されたときは、一歳ほどだった富士子さんは、お父さんなんて言ったことしないんだけどね、と付け足しながら、本当にその場で呼びかけるような大きな声で、富士子さんはそう言った。驚きと悔しさと悲しさといろんなものがない交ぜになって、涙がこぼれた。富士子さんの名は、日本から遠く離れても忘れないとパラオから富士を偲んだお父さんの思いが込められているのだという。あとになって考えた。私はどうしてあのひと声で泣いてしまったんだろう。富士子さんの気持ちに心が共鳴してしまったのだとしたら、それはどうしてだろう。「お父さん」と叫んだ富士子さん。そのとき、私の中の「お父さん」ももしかしたら激しく揺さぶられてしまったのだろうか。

六月六日に父が死んだ。ホスピスに移る少し前に父の体は全身不随になった。死までの一週間少しは家族と交代しながら、父の横で過ごすことが多かった。やせこけた顔は浅黒く、ほおのあたりがわずかに光っていた。もはや、目を閉じる筋肉も麻痺してきていてほとんど白目になった父の顔を眺めながら、南方で飢えていった兵士たちのことを思い浮かべていた。人はこうして死んでいくんだ、と思った。ちょうど少し前にマーシャル群島のウォッチェ環礁という島で餓死した佐藤富五郎という兵士の日記を読んでいたから、余計に思い出された。富五郎は、寝たきりになってからも死ぬ前日まで毎日日記を書き続けた。それが奇跡的にご子息の手に渡ったのだ。富五郎の日記には、弱った兵士はもはや満足に食料をもらうことができなかったことが書かれていた。栄養のある魚が部隊に回ってきても、餓死に向かう寝たきりの人々にはおこぼれさえなかった。その無念さが書き残されている。宮崎の環野で話を聞かせてくれた元移民の久保さんも、パラオの野戦病院の様子を、重症患者の食料は軍医が食べてしまうと証言していた。弱肉強食が軍隊とはいえ、意識や思考は残るなかで、どれほど無念だったかと思う。

今、目の前で横たわる父は、私の幼い頃から家族と完全に別居して仕事に打ち込んだ人だった。だから、私の中の父親への思いは普通の人よりは、少し面倒くさく、けばだってしまっていた。自分が父を愛しているのかわからないまま、表向きは無関心を通しながら、心の中でいつまでも手放せない何かを握り続けていた。

　パラオで最後の抱擁以来、父親に会えなくなった富士子さんは、お父さんへの純粋な思いを持ち続けた。会おうと思えば会える距離にいながら、めったに会わずに生きてきた父と私は、父の死の直前でようやく少し向き合うことができた。それは相手に向き合うことであると同時に自分自身に向き合うことでもあった。今は父の死を迎え、正直なところ、悲しみよりも安堵の思いが強い。それは、ようやく父の存在を近くに感じられる安心感だった。

　数日して富士子さんに父の死を知らせて手紙を書いた。すぐに届いたお返事には、短歌が一首書かれていた。

亡き父の　心に残る　おもかげは
吾れより若く　息子に似たり　　ふじ子作

　みなそれぞれに、どうにもならなかったことがあり、訴えたいこともある。でも命がつながっていくということ、ただそれだけのことがどれだけ尊いことか。静かな心の震えを覚えながら、富士子さんに出会えたことに感謝した。手紙を持った手はいつまでも下ろせなかった。

福岡　降り止まぬ雨

先日ある大学で四日間の集中講義をした。外部からの希望者も含めて十人ほどのゼミ形式だった。そのなかに、私がその土地でライブをするとき、必ず来てくれては終わったあと、直接感想を伝えてくれる人がいた。彼女は研究者でもあって、いくつかの大学で授業を持っているということを授業最初の自己紹介で知った。授業の参加メンバーは何か感じたことがあると、それぞれが授業の途中によく発言してくれた。そのなかでも彼女のある発言は、あまりにも印象的で、いったいどういう流れのなかで彼女がそう言ったのか、私は正直なところよく思い出せないのだが、彼女が言ったのは「自分が人をさばくような物言いを、知らずにしていないか」よく考える、ということだった。

授業が終わったあと、私は彼女とゆっくりお茶をした。彼女の話は面白く、私は喜んで聞き役にまわった。彼女は少しの沈黙のあとに、また「人をさばくような物言いを、知らずにしていないか」ということに触れた。彼女は人に十分な配慮もできる人だったので、私はなぜそんなことを気にし続けるのか不思議な気がした。すると彼女は大学時代に自分が経験したことを丁寧に話してくれた。

それは教授からセクハラを受けた話だった。彼女以外にも多くの被害者が出ていた。彼女は別の教授に相談したが、かんばしい反応は得られなかった。女性教員は皆無だった。しかし、セクハラ教授の被害は続いていたのだろう、卒業後、彼女に当時の被害について証言してほしいという依頼が別の教授から来た。彼女のみならず、当時の被害全体を調べて声をまとめてほしいという。被害学生のなかには、大学の前を通るだけで震えが止まらなくなるなど、被害が深刻なトラウマになっている学生もいた。彼女はその重い仕事を引き受けることを迷ったが、最終的には、途中でセクハラ問題を放置してしまったという自責の念もあり、仕事を引き受けたという。

　被害学生は百人以上に及び、男子学生もパワハラを受けていた。彼女は一人ひとりの声をまとめるなか、教員と共闘できない部分に気づき、その後は学生たちで弁護士に依頼し、手弁当の戦いを始めた。しかし、彼女は自分が運動をひっぱって主張や訴えを繰り返していくなかで、自分の発する言葉に疑問を感じていくようになった。それはあたかも自分たちこそが正義であり、相手は不正義であると断定するかのような言葉だった。

　私は話を聞きながら、宮沢賢治「雨ニモマケズ」の「北ニケンカヤソショウガアレバ　ツマラナイカラヤメロトイイ」の部分を思い出していた。何が「ツマラナイ」か。それは負けて時間やお金の浪費になるかもしれない、という意味以上に、大切なものを失う、という意味のように感じた。市井の人びとが声を上げる手段として、訴訟が重要なことはもちろんだし、なくては困る。けれど、それでもなお、訴訟により失うものがあるとすれば、それは、「自分が正しい」という、極めてはっきりとした「迷いのない主張」を声高に伝えなければならない、という義務を抱えることではないだろうか。「事実」というのは人によって違う。人の心も本当は揺れ動いている。しかし、訴訟というのはそうしたあいまいなものは切り捨てて臨まなければならない。繊細な彼女は自ら発しなければならない言葉と実際の気持ちの齟齬《そご》に気づいて戸惑ってしまったのかもしれない。繊細すぎると笑い飛ばす人もいるだろう。正義は正義、真実は真実、という声も聞こえてきそうだ。それでもなお、私は彼女が躊躇する「人をさばくような物言い」への違和感を心に持っていたい、と思う。そうした「迷いのない主張」は、対話からはてしなく遠いところにあるようにも思うのだ。偉そうなことを書いても私にも心当たりがある。怒りに任せて発したり書いたりした言葉たち。しかし、現実も、人間も、本当はもう少し複雑であること、私たちには「別の道」もあるかもしれない、ということを忘れたくない。

羽田行きの飛行機に乗る前、オウム真理教の麻原を含む幹部ら七人の処刑を知った。それだけ大きな事件だった。大きな事件のあとはたくさんの「罪人」が死刑になる。大逆事件しかり、A級戦犯しかり。しかし、その強制的な「償い」を前に、私たちは何を手に入れたのだろう。どんな叡智を？　すばらしい教訓を？　死刑を伝えるヤフーニュースのコメント欄には「人をさばくような言葉」があふれてどこまでも続いていた。

日本各地で水の氾濫を伝えるニュースがいくつも目に留まる。なんの関連もなかろうに、神がいるとすれば、どのように今日の日本を眺めているか、と思った。雨降り止まぬなか、ふとランディ・ニューマンが皮肉をこめて書いた「I Think It's Going To Rain Today」という歌を思い出す。「Human kindness is overflowing and I think it's going to rain today.（人類の善意があふれて今にも雨が降り出しそうだ）」というフレーズがいつまでも頭の中で鳴っていた。

今村　キリシタンの教会にて

先日福岡大刀洗の今村にある今村天主堂でライブがあった。今村は潜伏キリシタンの人々が、一八六七年に長崎浦上のキリシタンたちにより発見された土地だ。今も敬虔なカトリックの信徒が暮らす地域だが、今回の私のライブは、教会を外部関係者に開放する初めてのイベントということで、百人以上の地元の方が駆けつけてくださった。福岡市や県外からも多くの方が足を運んでくれて二百人の定員が一杯になった。「演者も聴衆もノースリーブは禁止」など、厳格な信仰の場であることを感じながらライブは始まったが、途中教会のオルガンをお借りして、いくつかの讃美歌を聴いたなかで特に好きになった三二〇番を歌わせてもらった。

主よみもとに近づかん　のぼる道は十字架に
ありともなど悲しむべき　主よみもとに近づかん

あとから企画の鳥羽さんに、「シスターの方たち、何名か泣いてらっしゃいました」と聞いた。私が気に入って、なかば一夜漬けの練習で歌った讃美歌の歌詞を、彼女たちはどれほどの重みで受け止めたのだろう。鳥羽さんに頼まれたこととはいえ、気軽く歌った自分を恥じねばならぬような気にもなった。

陸の孤島のような場所で、信仰を守り続けてきた今村の人々には、苦い記憶があるという。浦上の司祭たちにお前たちが守ってきたものはキリスト教ではなく、お前たちはキリシタンではないと言い渡されたのだ。その理由は、先祖崇拝、マリア観音などの偶像崇拝、地元の殉教者をあがめる迷信信仰、復活祭がないこと、洗礼の祈禱文に重要な語が抜けていることなどだった。今村の人々は、正式なカトリックに戻るべきとされた。先祖崇拝と訣別するために仏壇や位牌を焼き捨て、偶像とされたマリア観音を砕くことを求められたのだ。どれほどの苦痛があったか、想像にあまりあるが、それでも中途半端な信仰のために祖先は天国にいけず煉獄をさまよっている、そこから祖先を救え、という形で説得をされ、彼らはそれを受け入れた。

しかし文化というのは、常に変化していくものであり、それが自然な姿だ。今村の信仰が独自の色を帯びたことも、日本でマリア観音が生まれたこともなんの不思議もないし、現在から見ればその多様な広がりは、文化的豊かさにさえ思われる。けれど、れっきとした「正統」が強調されるとき、それ以外の形は「異端」となり否定される。

日本文化の話になるときも、必ず、「正統」とか「伝統」に固執する側は存在する。伝統的「国技」である相撲の土俵に女性があがれないことも、しばしば話題になる。最近も人命にかかわる緊急時に、土俵に助けに入った女性を追い出そうとした相撲界の姿勢について騒がれたが、形式にこだわりたい人々が主張する「伝統」は意外と狭いものであったり、長い歴史のなかでみれば新しかったりするのだ。女相撲は日本書紀のなかに記述されていること、その一行が江戸時代から昭和にいたるまで実際に各地を興行していたことも知られている。

現在公開中の瀬々敬久監督作品『菊とギロチン』は大正期の女相撲一座を描いた作品だ。女相撲は男たちの好色な視線や偏見にさらされながらも、真っ向勝負で次第に観客を魅了していく。「色物」扱いされる異端の女相撲に、それでも「強くなりたい」と人生をかける女たち。しかし官憲に目をつけられた女相撲の未来は明るくない。異端を排除することに、どれだけの意味があるのか、女たちの真剣さを通して、見る側に深く問いかける作品になっている。

今村にマリア観音像はほとんど残っていないと聞く。鳥羽さんによれば、潜伏キリシタンは遺棄したり、破壊したりせざるを得ず、ほとんど物証が残らないこと、また残る地域でも、もともとある観音像をひそかに改造することなどによって信仰の対象としており、はっきりと「価値」がわかる形で残るものが少ないという。一八六〇年代の三回の摘発時もマリア観音は押収されなかった。唯一久留米市の安国寺の墓地に現存する石仏が今村にあったものらしい。元禄の年号を刻んだ観音像は遠目にみれば、普通の観音さまにしか見えない。しかし、耳部分が十字を思わせるように彫りこまれているという。今村の人びとにとって、「受難」は先祖の代から負った重要なテーマであり、シスターたちの会の名称「愛苦会」も浦上側から諭された「愛」と、先祖が負ってきた「苦」と両方を冠した名だと鳥羽さんは教えてくれた。先祖の信仰を否定されながらも、その二つをなんとか背負おうとしてきた今村の人たち。外部のクリスチャンでもない人間がその「苦」を想像するには、どれほどの想像力が必要だろうか。せめて次回訪れたら、安国寺のマリア観音の前に立って、その表情に今は亡き人々の寄せた思いを受け止めてみたいと思う。

本郷　アイヌと大神

文京区のルーテル本郷教会で行われたチロカニペ祭に参加した。『アイヌ神謡集』をまとめた知《ち》里《り》幸恵《ゆきえ》の命日に、彼女を偲ぶ会が今年で九回目になるという。教会の裏はかつて金田一京助の住まいがあった。金田一にユーカラの「文字化」を薦められ、幸恵は上京して金田一宅で翻訳を始めたが、一九二二年九月十八日『アイヌ神謡集』を完成させた直後に死ぬ。この日は、アイヌ文化を伝える素晴らしい財産が誕生した日であり、それを成し遂げた若いアイヌの才人を失った日でもあって、二重の意味で歴史的な日だ。

この日の集いの中心にいるのは舞香さんという役者さんで知里幸恵の生涯を一人劇で上演してきた方だ。毎回『アイヌ神謡集』から一つユーカラを選んで短い上演をしているそうで、この日はカワウソのユーカラをやってくれた。と、私はしょっぱなから驚いた。カワウソのユーカラのなかには「カッパ・レウレウ・カッパ」というフレーズがたくさん出てくるのだ。カワウソ＝カッパ説というのはよく聞く。石川では特にカワウソを妖怪のように恐れて、子供を、引っ張られるぞとおどすとも聞く。「かわわっぱ」を「河童」と書くが、音の起源はもしかしてアイヌ語にさかのぼるのかもしれない。

ゲストの結城幸司さんのお話が続いた。結城さんは曽祖父が宮城から北海道に渡ってアイヌ女性と結婚したという人で、アイヌの人に多い彫りの深い顔立ちをしていた。お父さんは庄司さんといって、民族運動家だった。

「おやじは運動屋と言われたけど、本人は感動屋だと言ってましたね。涙もろかったんです」

結城さんの肩書きには版画家、木彫作家、ロックシンガーというものもある。私も親交のあるアイヌのトンコリ奏者ＯＫＩさんも、もとは版画を大学で学んでいて、絵本も出しているので、似たものを感じる。アーティストだ。結城さんにはもう一つ、お父さんの志を継ぐようにアイヌ民族運動家という肩書きもついている。結城さんはざっくばらんな語り口ながら、胸に迫るお話をいくつもしてくれた。

たとえば、北海道で生涯学習の講座を持ってアイヌの話をしていると、差別の話などをするときに、大抵年配の人達から野次がとぶという。

「そうはいっても、日本人が汗水流して開拓を進めていたとき、アイヌは酒飲んで寝てただけじゃないか」

一人が言い始めると、次々に加勢してくるという。結城さんは、アイヌが酒におぼれるしかなくなったのは、猟をする場を奪われ、慣れない農業を強いられ、失敗した挙句のことであること、猟を奪われたということは、神との接触を奪われたのと同じであることを説明してくれた。アイヌは猟に入る前に、一頭の鹿を私にお与えくださいと神に祈り、無事しとめたならば、再び神に感謝をする。それらの活動を奪われたということは、神とのつながりを絶たれたに等しいと。さらに、「和人化」教育が進むなかでアイヌは滅びゆく存在、と目される呪われた状況にあったこと。そうしたことが少しでもその講座で、「和人」の年配者に伝わっていればいいと思って聞いていたが、あまりにひどいとそこで授業をやめて出てくることもあったそうだ。しかしある時、九州から北海道に入植したという家の出だという人が講座に参加していて、なれない土地での生活の中で色々なことを教えてくれたのは、アイヌの人達だったということを伝えてくれたこともあったという。

結城さんは、狼のユーカラを歌ってくれた。最初にアイヌ語、続いて日本語で。それは、アイヌの人が食べものがなく飢えかけていたときに、狼がしとめた鹿を村まで持ってきてくれたという内容だった。歌い終わって、結城さんは言った。

「そういう狼を人間は滅ぼしたということです」

狼はかつて本土でも「大神」といわれ、各地で畏れられる神だった。しかし明治の北海道では、狼の餌であったエゾシカが皮や肉のために乱獲された。狼が牛馬を狙うようになると、害獣とされて徹底的に駆除された。その殲滅は当時は、文明の勝利、のように謳われたのであろうか。時代を経て私たちに残されたのは「邪魔者」とされたひとつの種、かつては神として祀られてさえいた存在を絶滅させたという事実の苦い虚しさだけだ。アイヌの人びとの悲しみも想像にあまりある。私は結城さんが狼のユーカラを歌った意味がわかった気がした。これは狼の話だ。だが、人間においつめられて消えていったその軌跡は、アイヌの人びとの運命にも重なる。狼がアイヌを助けたように、アイヌもまた困った和人を助けることがあった。けれど、共に滅ぼされることになったのだ。もちろんアイヌは滅んだわけではないが、その文化や生活、言葉を奪われてきたという意味では、確実に一つの死を経ている。結城さんは二〇〇〇年に「アイヌアートプロジェクト」を立ち上げた人でもある。お父さんとはまた違うやり方で、死から再生、創造への役割を、アイヌ文化を伝え、自然と共に生きることを伝えながら担っていかれるのだろうと思う。

滋賀「売国」という言葉

十一月に塩竈へ行く。去年に引き続き塩竈市杉村惇美術館でライブをするのだが、ここ数年仙台ライブのときに、Hさんという仙台の販売者さんに『ビッグイシュー』を売ってもらっていた。ビッグイシューは、路上生活者が一冊三百五十円（現在は四百五十円）で売ることで、百八十円がその人の収入になり、自立を支援する趣旨でイギリスで始まった雑誌である。毎回私の物販の横で販売してもらい、細野晴臣さんが表紙の号を多めに持ってくるなど工夫していたり、私があがた森魚さんのカバーをやれば、懐かしいなあと喜び、私の曲についても『あの日』っていう曲がいちばんしみました」など感想をくれる。そんなHさんの出張販売だったが、毎年のことなので何か今年はひとひねりほしいと思い、Hさんに歌を歌ってもらえないか打診してもらった。彼が歌い、私がピアノと、入れられたらコーラスも入れる。希望の曲を聞くと、「明日に架ける橋」と「琵琶湖周航の歌」と返事が返って来た。不思議なもので、この返事をもらったとき、私は琵琶湖畔に立つ旧大津公会堂の楽屋でライブの始まるのを待っていたのだった。多分、十一月の塩竈で「琵琶湖周航の歌」を歌うので、来年また滋賀ライブに呼んでもらえたら、そのときはこの歌をお披露目できるだろう。

滋賀ライブの主催はOさんという男性で、過去に何度か私の関西ライブにも来てくれていた人だ。打ち上げで年齢を聞くと二十五だという。ライブの主催はまったくの初めてということだったが、会場をきちんと埋める集客を実現していた。私のライブを企画してから、退職し、求職中だったがなかなか決まらずに精神的に落ち込んだ時期もあったというが、最近ようやく京都で職を得たと聞いた。彼は関西のシールズの活動に関わっていた時期もあったらしい。会場には担架ベッドのようなものに乗せられて寝ながら私の音楽を聴いてくれていた障がいのあるおじさんを連れた青年がいて、「彼もシールズです」とOさんから紹介された。おじさんは懸命に口を大きく動かして何かを伝えようとしていた。ついていた青年が言った。

「生涯で二度目のライブだそうです。一度目は山口百恵、二度目は寺尾紗穂」

シールズの子たちは寺尾さんの音楽聴いてるよ、とは知り合いの音楽ライターからも言われたことがあった。多分土方のおじさんの歌や、光にあふれた都会の夜とは対照的に一人死んで行く原発労働者のことを書いた曲があるから、そういうところが入口になるのだろう。私自身は、原発デモのような場は、呼ばれて歌ったこともあるけれど、どうしても白か黒かの強いスローガンが怒鳴られていたりするので、自分の感覚からは少し距離があると感じていた。最近読んだ福島にとどまって放射線を測定して土壌と向き合い続けて農業を復興させてきた人々の本に、東京の反原発集会に呼ばれた農家さんが、福島の農業がなんとか前進してきたことを報告しようとすると、今日の趣旨と合わないので控えてほしい、と言われたという話も出てきた。福島の土壌をなんとか農業のできるようにできないか現地で試行錯誤を重ねていた土壌学者には、福島の放射線の危険性を強調する学者から釘をさされたという話も印象に残った。何かをデモで主張するとき、現場の感覚や思いと知らずに乖離していくのは仕方のない部分があるが、重要なのは現場を常に知り続けようという姿勢だと思う。

Oさんはシールズメンバーとしてデモに出ていたときのことを話してくれた。

「デモやってると反日とか売国奴とか言われるんです。それ受けて、『そうだよ。俺売国奴だよー』みたいな自虐的なノリで笑ってごまかしていました。だからこそ寺尾さんのツイートみて、心にしみた」

私がツイッターで少し前に書いたのは次の文だ。

プーチンとのやりとりについて「安倍は売国奴」という表現をちらほら見ますが、売国奴という言葉が溢れることに慣れてはいけないと思います。誰に使うにしてもです。怖い言葉だと思っています。

人の価値を、国に貢献しているか、国を害しているかで計る思考は、個人が国民である前に一人の個性を持つ人間であるということを隠してしまう。その人が何を愛し、何を信じるのか語れる自由は、すでに一部では侵されつつあるのだとしても、少なくとも「売国」という言葉をこれ以上のさばらせてはいけないと思う。

会津　たよりないピアノを前に

先日西会津の廃校になった小学校の講堂でライブをする機会があった。企画の主体は西会津国際芸術村に関わる若いスタッフたちで、その一人Yさんがライブが始まる前に芸術村の事務局にも車で立ち寄ってくれた。事務局もやはり廃校になった中学校の校舎を利用しており、センスよく改装されていた。この芸術村は十数年前に立ち上がったらしく、国内外のアーティストが滞在して芸術活動を行うアーティストインレジデンスの拠点として利用されている。

会場となる尾野本本造講堂は七十年前に地元の大工さんによって建てられたという。以前も取り壊しの話が持ち上がったが、地域の人たちの意志でなんとか残してきた。再び取り壊しの話が持ち上がり、芸術村に関わるスタッフのSさんが、講堂を使って音楽イベントを企画していく団体を立ち上げて、前回のイベントで町長に残すと公言させて現在にいたっているという。

「今日は『たよりないもののために』というイベ

ントタイトルにしましたが……ピアノもたよりないかもしれませんが、よろしくおねがいします」

とYさんから断りがあった。私の前は、谷川賢作さんのライブを企画したが、KAWAIのグランドピアノが古く、ライブ途中でペダルが壊れたり、音が出ない鍵盤も出てきたらしい。

ピアニストは身軽に移動できる分、会場にいってみないとどんなピアノかわからない。ある程度腹はくくっているから心配はしなかった。

廃校になっているということで、電気も水道も止まっている。楽屋は教室のなかにテントが張られ、そこに暖房器具を入れて暖かい空間を作っていた。椅子にはブランケットも置かれている。講堂の入り口脇には仮設トイレが置かれ、開場時点から明かりはスポットライトや電球のみ。それでも古いピアノは一度すべてばらして最善の状態にしてくれたとのことで、このライブのために、たくさんの人の手がかかっていることを感じた。

リハーサルでピアノに触れてみると驚くほど高音が美しい。ピアノもさることながら講堂の響きが異常によいことに気づく。音響さんによればほとんどリバーブはかけていないとのことだった。響きのよい会場は大体そうで、前日に演奏した塩竈市杉村惇美術館もそうだったが、お客さんが入ると音が吸収されて少し響きも弱まるだろうとも思った。

ライブが始まってみると、リハーサルと変わらない残響に驚いた。美しい高音の響きがやわらかく残っていくのは、湖水の上をまっすぐにやさしく吹いてゆく風のようだった。しかし、老体のピアノはやはり息切れした。静かな曲は目立たないが、はねる調子の曲で低音の三音ほどが鳴らなくなってきたのだ。次第に、対応を考えた。もう一オクターブ高い音で弾いたり、出ない低音を補うくらいの強さで上のほうの同じ音をアタックしたり。ただ限界も感じた。ジャズバーのピアノなどは散々弾かれていて、繊細な音が出なくなってしまっていたり、一音くらいやはりひっかかる音があったりもする。それでも三音も出ないピアノで弾く体験は初めてだった。私はピアノの「たよりなさ」に直面していた。

そして弾きながらいつのまにか人間の社会のことを考えていた。集団のなかで一人「役に立たない」とか「人と違う」とか「みなと同じようにできない」とされる人が混じっていることを考えた。私が思い出していたのは、『みんなの学校』というドキュメンタリー映画に出てきた大阪の大空小学校のことだった。この小学校は、障がいがあったり問題児とされる子供たちを積極的に受け入れて、教育していくことで注目された。キーパーソンは撮影当時の校長、木村泰子さんで、すべての子供の学習権を守りたいという熱い思いを持っている。なぜ学級崩壊が起きないのか。それは、問題のあるとされる子たちを教育したからではない。彼らを見つめる周りの子供たちを変えていったという。静かでなければ勉強ができない、立ち歩く人がいたら集中できない、そういった世間の常識を一つひとつ本当かどうか試み、みんなで覆していった。多様な人間がいる社会で生きていくうえでのやさしさと賢さを周りの子たちに教えたのだ。

私もまた、老体のピアノを前に自らの音楽を変えていかざるを得なかった。西会津の人々が大事にしてきたピアノだった。みなさん、また是非来てくださいと言ってくださった。だから私は再訪したとき、このピアノがどうなっているか興味がある。買い換えられずに同じまま大事にされているだろうか。そのときはリハーサルで入念に、奏法の作戦を考えよう。どんな音楽が生まれるだろうか。

「たよりないもののために」という曲のなかで「たよりないもののために　人は何度も夢を見る」と書いた。これは芸術のような曖昧なものに夢をみ続ける、という意味で書いたが、「たよりない存在のために」ととってもらってもいい。たよりない、弱いものを前に、人は寄り添おうとするけれど、それだけではないと思っている。儚さやたよりなさゆえの美しさや魅力を感じ、自分もまたそこから何かを受け取り変わっていく、そういう感性を人は誰でも持っているはずなのだ。

名古屋　再会

先月バンドの音源を発売した。反応はおおむね良好で、「ソロより好き」派の意見も多く、なかには「ソロは敬遠していた」と書く人までいて、少なからず微妙な気持ちにさせられた。私のソロの音楽が敬遠されるとしたら、静かで生真面目なイメージからかもしれない。あるいは、原発や土方などを歌った曲があるので、政治的なことを歌う歌手というイメージがあるのかもしれない。世の中には歌詞はあまり聞かないで音楽の雰囲気やアレンジを楽しむという人もいて、そういう人々にとって、歌詞が強く入ってきてしまう音楽というのは、「ちょっと強すぎる」のかもしれない。

私なぞは、ライブなどで歌を聴いても何を言っているのかわからない、という体験をすると、もうちょっとはっきりと歌ってはどうですか、と歌手の人に提案したくなるが、当人にとっては余計なお世話だろうし、その人のファンにとってもその耳に入ってくるときの曖昧さこそが、音楽に気持ち良く酔える大切な要素かもしれない。

少し前に名古屋の赤旗まつりからオファーをもらって受けるまでに一瞬躊躇したのも、「政治的なことを歌う歌手」のイメージを強めてしまうかなと思ったからだ。私のアルバムを聴いてもらったら恋の歌、別れの歌、猫の歌、彗星の歌などが並び、そういう「政治的」な曲がたいしてないことはすぐわかってもらえると思うのだが、レッテルを貼る側はごく一部の情報でもって判断するわけで、そんなファンはついてこなくたっていいじゃないかと心で思いつつも、ネットで左翼歌手とか赤いアーティストみたいなことを書かれたりしてそれが広まっても面倒くさいなという気持ちでいた。実際にＹｏｕＴｕｂｅの動画コメントにそういうことを書き込んでくる人もすでにいたからだ。

けれど結局引き受けたのは、「赤旗」に恩があったからだ。私が主催する『ビッグイシュー』（一冊三百五十円（現在は四百五十円）で売り上げの半額が販売者の収入になる路上生活者支援の雑誌）を応援するための音楽イベント「りんりんふぇす」をまだ始めたばかりで、赤字になったりしていた頃、いくつかの新聞社の記者に頼んでイベントの宣伝のために記事にしてもらっていて、「赤旗」もその一つだった。二度ほどインタビューしてもらった。おかげで、四年目あたりから集客も安定し、九回目を迎えた今年も無事に終えられたのだ。しかも赤旗まつりにはビッグイシューブースも出展するようで、そこに私が並んでも「自然」だなと思えた。そんなわけで引き受けたまつりの出演だったが、会場の鶴舞公園ではあまりにも思いがけない再会が待っていた。

当日、私の本やＣＤなどの物販はビッグイシューブースでしてくれることになったのだが、その隣で子供向けに駄菓子を売るブースがあった。ライブが終わり、ビッグイシューブースで購入者へのサインなど一段落して一息ついたとき、そのブースの男性が話しかけてきた。

「名古屋で『50円おにぎり食堂』というのをやっています。平日だけなんですがお惣菜などもついたランチに毎日百人は来ます。貧しい高齢者が多いです」

各地に子供食堂は増えたが、貧しい若者や高齢者は「子供」と名が付くと行きにくい。そういう人々も集えるような「大人食堂」が必要だと常々思っていた私は、興味をひかれた。

「主宰されてるんですか」

その男性は優しそうな、少し気の弱そうな感じに見えたが、「はい」と答えて続けた。

「実は、何年か前、寺尾さんのライブに突然押しかけました。ビッグイシュー販売者でした」

はっとして、四、五年前の名古屋ライブのことを思い出した。金山《かなやま》駅近くの「ブラジルコーヒー」でのライブで、始まる前にビッグイシュー販売者の男性とそのパートナーらしき女性がやって来たのだ。詳しいことは忘れてしまったが、それなら聞いていって、と入ってもらった。さらに終わったら物販で売りましょうといって売ってもらったか、詳細は忘れてしまったが、二人のことはすぐ思い出せた。別れ際、握手したパートナーの女性の手がかさかさで、胸を衝かれた。その感触をよく覚えていた。

「え、あの時の！　奥様は？」

と聞くと、あちらです、と駄菓子ブースでしゃがんでお客の子供の相手をしてニコニコしている女性がいた。二人で50円おにぎり食堂を切り盛りしているのだという。胸が一杯になった。不幸が重なって人がホームレス状態になること、それでもそこから這い上がる選択肢の一つとしてビッグイシューが十五年続いてきたこと、ビッグイシューを通して人の善意を受ける側だった人が立ち上がり、貧しい人びとの食を補い、日々集える場を作り上げたこと。人間の可能性というものに心が震えた。

別れ際、男性と奥さんと握手をした。その手はやっぱりかさかさで、あの日と同じように胸を衝かれた。それでも心は温かさでいっぱいだった。いつか必ず平日のお昼に名古屋で、二人の50円おにぎりを食べに行こうと思っている。

私への旅

どうしてだろう、昔から人と二人きりで話すのが好きだ。その場にいる人数が増えれば増えるほど、なんとなく楽しい感じは増しても、個人的な話はしにくくなるし、そういう雰囲気や会話がどうしても表面的な、どうでもよいものに思えてしまう瞬間が、私にはよくある。典型的な、親友が少ないタイプの人間だが、本当はすべての人と仲良くなりたいとも思っている。そしてそのための方法はやはり二人きりで話すことだろうとも思う。たとえ嫌いな人とでも二人きりで話してみたい、と思ってしまう。そうしたら、どこかよいところが見つかるはずなんだけども、と思っている。言ってみれば、一人でも多くの人と腹を割って話したい。そして、相手が腹を割って話してくれる人かどうかは、やはり二人きりになってみないとわからない。くどくど書いたが、見る人によってはおめでたい人と映るかもしれない。

ミュージシャンの友達はそんなに多くないが、それでも一緒のライブに出演する場合楽屋や移動の車で話し込むこともある。これから書くのはそういう音楽仲間の一人から聞いた話だ。

彼は学生時代いかに孤独だったかということを話してくれた。彼には友達もいなければ彼女もいなかった。そんな孤独をどうやって埋めていたかというと、誰に見せるでも、どこかに応募するでもなく、小説のようなものを書いていたという。私小説ではなく、まったく違う何者か、たとえばお婆さんになったつもりで、物語を紡いでいた。映画好きだった彼はそこからもインスピレーションを得て、鑑賞後にその登場人物の一人になりきったつもりで続編を書いたりもしたという。漫画も描いていたというので、今は楽器一筋の彼に実はいろんな才能があったのだと驚かされた。しかも、それは誰が見ることもない作品群だった。私はそうやってあてもなく何かを創作したことがなかったので、聞いていて不思議な気持ちになった。彼は未来の自分に宛てて手紙も書いていた。

「二十歳のときに四十の自分に宛てて。まあ、音楽をやっていたから、そういう方向に進みたいけども、どうやって生きていますか、という感じで」

今どき（といっても彼は私より年上で同世代ではないが）ちょっと珍しい人だなと思った。日記帳に名前をつけてあれこれを打ち明けたアンネ・フランクのようでもある。小学生の頃タイムカプセルを埋めるので、二十の自分に向けて作文を書いてみましょう、みたいなことは多くの人が経験していると思う。私もあったと思うのだが、何を書いたか覚えていない。そんなイベントのようにして書く手紙を真面目に書いたか、そのとき未来の自分に言いたいことがあったかもわからない。けれど彼は二十のとき、大真面目に未来の白分に語りかけた。そしてさらに驚くべきことに、四十のときその手紙を開封して二十の自分に返事を書いたというのだ。

私は大笑いしてしまった。なんだかイギリスのコメディー『Mr.ビーン』みたいな愚直さだ。しかし、かまわずに彼は続けた。

「その頃はもう音楽が仕事になっていたけども、辛い時期だった。だから、そう書いたんだ」

未来の自分に宛てて書くことはあっても、過去の自分に返事を書いたという人は初めて会ったし、これからそんな人に会うこともないだろう。しかし、彼の話を聞いているうちに、そうやって自分というものを通して、時間と向き合い、人生を見つめるという行為の美しさのようなものに気づかされた。辛い時期に辛いよ、と過去の自分に伝える手紙はひっそりと彼が生きた証として残っていくのだ。誰に読まれることもなく。

今、彼は四十のときに比べれば少しだけ孤独でなくなり、仕事もいくらか楽しくなったようだ。五十の自分、六十の自分、そして死の床にある自分から、二十の自分に語りかける手紙があってもいいのかもしれない。そんな映画か小説の真似事みたいなことが、自分という謎を解き明かすひとつの手段であってもいい。一人の人間がどのように変わり、過去をどう振り返り、自分の人生の意味を最後にどう見つけるのか。それは自分という人間を巡る一生をかけた旅だ。生きることに対する誠実さというものがあるとすれば、そのような内省と自らの表現との往来のなかで生まれるものかもしれない。

周防大島　尊厳と能動性

喪中の年だが、年賀状がぽつぽつと届くので、絵葉書や写真のはがきでさりげなく返事を書く。もらった賀状というのはやはり嬉しいものだし、一年に一度向き合ってその人に返事を書く時間は好きだ。夏にライブで行ったとき家族でお世話になった、周防大島の農家民宿のおかみさんからも届いていた。

昨年、周防大島は大島大橋に船があたって壊れたことで、風速五メートルでも通行止めになり、長期間の断水に苦しんだ。何をできるでもなく、それでも大島でライブを企画してくれたYさんにできることをたずねると、地元の経済が停滞してしまうのがいちばん苦しい、ジャム、みかん、オイルサーディンなど海産物の加工品、そうしたものを製造販売するお店の人々が協力してサイトを立ち上げているから、ぜひそこを紹介したり購入したりしてください、と返事があった。早速SNSなどで紹介して、以前Yさんからいただいたときに分けたら母も気に入っていたオイルサーディンをまとめて購入し、再度分けた。同時に聞きかじりの情報でも、周防大島が今いかに大変か、ということもニュース以上の内容を母に伝えることができて、本当に小さなことだが意味があることに思えた。

ライブをして全国を回っていると、地方の方が物産などを送ってくださることも多い。尾道でライブを企画してくれるNさんは地元で育てたれんこんやみかんなどをたまに送ってくれる。その時気のきいたお礼の品も送れていなかったこと、また尾道は七月に豪雨の影響で断水が続いていたのを思い出して、Nさんに断水中の周防大島の応援サイトから物産セットを送ると、Nさんから「物産品もすごいですが、哀しみのエネルギーを喜びと楽しみに向けて力を出されてるのがとても感動してます」と返信があった。普段はそれぞれにネットや店で個別の販売をして生きている人々が、苦境のなかで一つになってメッセージを発信することの大きさ、大切さを感じる。さまざまな特産品セットがあることで、送る側も贈答品として選ぶ楽しみも大きい。これから誰かに何かを贈るときにはこんな視点で贈り物を決めるのも素敵だ、と思った。

　年末年始はやはり「贈る季節」なのだろう。ライブの帰りに訪問した旭川のチーズ屋さんからチーズが届き、取材でお世話になった札幌のFさんから六花亭の詰め合わせが届く。どちらもなぜ、と思ったら、昨年出したエッセイ本にそれぞれ登場していただいていたので献本させてもらった本に対するお礼だった。続いて、ライブによく来てくれる因島の柑橘農家さんから柑橘の詰め合わせが届く。柑橘は周防大島のYさんからも大変な時期にもかかわらず送っていただいている。それぞれお礼をどうしましょうと考えながら、ふと各地の美味しいもの、それぞれにご紹介する意味で、と思い札幌に因島の柑橘を、周防大島に旭川のチーズを贈った。奮闘する各地の個人のお店を誰かに贈って伝えることで応援する、自らが俄《にわ》かに媒介になることもまた素敵に思えた。

　内尾太一『復興と尊厳　震災後を生きる南三陸町の軌跡』を読んでいたら、被災地で物資をもらい続ける被災者の心理について、現地に長く滞在した支援者にしかもらされなかっただろう被災者の本音の部分が描かれていた。ある被災者は語る。

> 本当にありがたいね。全国からこんなにご支援いただいて。だけど、与えられたものを食べて、与えられたものを着て生きていくだけなら私らは家畜と変わらない。

　いつまでも被災者としか見られないことへの苛立ちが「家畜」という言葉に鮮烈に現れているが、支援者として現地に入った内尾らはやがて、「支援のお礼に」と余った支援物資を被災者たちから逆にもらうようになったという。最初は遠慮もしていたが、受け取ることに意味がある、とすべて断らずにもらったそうだ。人が能動的に動くということ、それは窮地に陥ったときこそ必要であり、各々の日々を輝かしていく鍵になるのかもしれない。

大島の事故による長期の断水は、巨大な災害とも違い、マスコミでもそれほど熱心な報道はされなかった。その意味でも、地元の人びとが特設サイトを作り上げ、魅力的な商品セットを作り、連帯してSOSを発したやり方は、とても意味のある行動だったのだと思った。

Yさんがたくさん送ってくれた緑の橙《だいだい》が、だんだん綺麗なオレンジ色になってきたので、ジャムにして、バターケーキに使ったり、紅茶に混ぜたりして楽しんでいる。少し残る苦味を感じながら、断水の大変な時期にも東京の私に柑橘を贈ってくれたYさんのことをあらためて思った。彼の人格のすばらしさは言うまでもないが、またそれ以上に、育てることと収穫することが常に、分け与えることとともにある、農にたずさわる人の豊かさを、年末の東京で思ったのだった。

東京　ここには居ない誰かについて

先日面白いレコーディングに誘ってもらった。音声記述パフォーマンスと銘打った、グラフィックデザイナー、音楽家、ラッパーによる三人組のグループにゲストボーカルとして迎えてもらったのだ。リーダーの大原大次郎さんとは山形ビエンナーレという芸術祭でご一緒していて、彼は文字をモビールで立体的につるし重力を感じてもらう

作品を昨年も展示していた。この日三曲のレコーディングのうち、最後の一曲の一節には、

ここには居ない誰かについて、過去や未来の時間軸を越えて考えることは、僕たちは当然のことになりました

という文があった。「僕たちにとって」ではなく「僕たちは」というところに書き言葉としての微かな違和感がまず生まれるが、それが不思議と新しさをも感じさせて、何か生まれ変わった人々の高らかな宣言のようにも思えてくる。「読む」と題されたその曲は、始まりは朗読だった。自分を無にして、それぞれが途切れ途切れに読み、互いの響きを意識しながら、言葉をつないでいく。一緒に聴いているデモに音楽が入ってくる、それに反応して言葉が歌へ、少しずつ飛翔していく。そういう瞬間をとらえることも、この即興パフォーマンスの録音の目的の一つだったようだ。打ち合わせらしいものもなかったが、みなで聴きなおしてみると、面白く、美しいものが録れていた。

その翌日、土取利行さんのライブに行った。土取さんはパーカッショニストだが、古代の音楽や民族音楽、さらに大正の演歌師たちの歌までコアな音楽史に迫る方で、一度ライブを観てみたかった。この日は演歌師の祖・添田《そえだ》唖《あ》蝉坊《ぜんぼう》を歌うということで、楽しみにうかがった。ゲストはいとうせいこうさん。せいこうさんには十月に出したエッセイ集に帯文をいただいたこともあり、ご挨拶を兼ねてお会いできるよい機会でもあった。ライブの合間のトークゲストかと思ったら、土取さんは「もちろんラップだよね」というノリで、せいこうさんの熱いラップやポエトリーリーディングをいくつも聴くことができた。

社会主義者の堺利彦との出会いによって、唖蟬坊は「社会党ラッパ節」を作る。このラッパ節は全国の労働者に広まり、鉱毒事件の起こった足尾でも労働運動家の永岡鶴蔵が詩をつけて「足尾銅山ラッパ節」が生まれた。土取さんがこれを歌うとせいこうさんが田中正造の言葉をかぶせていく。

「真の文明は山を荒さず、川を荒さず、村を破らず、人を殺さざるべし」

一九一二年に田中が日記に書いたといわれるこのフレーズを聴いて、どうしても原発のことを想起した。それから水俣のことも思った。「村を破らず」というところまで田中は見据えていたのだ。人を傷つけ自然を汚すだけにとどまらない。人と人の当たり前のつながりを裂くところに、天災とも異なる、文明に似て非なる近視眼的文明の特徴があると言えるのかもしれない。

土取さんは「復興節」も歌った。関東大震災後に流行した、唖蟬坊の息子さつきの作だ。これにせいこうさんは、自作の詩で応えた。

デモ隊の諸君、君たちは路上の花だ　蛇行して咲く植物だ　瞬間ごと、路上にグラフィティアートを描き去るのだ　ツタからませ車止め葉を茂らすのだ

驚いた。これは二〇一一年九月に新宿アルタ前で行われた反原発デモでせいこうさんが街宣車の上で読んだ詩だった。私はこのとき街宣車の横にいて、本当はせいこうさんの前に歌う予定だった。主催者が逮捕された混乱でめちゃくちゃになった出演順と、あとから知ったが車が通行を止められて、そのためにいつまでも届かなかったエレピが手元にないことにやきもきしていた。結局エレピの届かないなか、大熊ワタルさんに声をかけ、サッ

クスと歌で演奏した。あらためて客席で聴くせいこうさんのシャウトはまっすぐに胸に刺さった。

だが諸君、私は問いたいのだ　悪の衝動があるならば、善の衝動もあるのではないか
悪がこの世を覆うならば、善もこの世に充ち満ちるべきではないか

終了後、土取さんに挨拶をしたあと、せいこうさんに挨拶をした。初めてお会いするせいこうさんがかけてくれた言葉は、「初めまして」でも「あの本良かったよ」でもなかった。
「今日寺尾さん来るんじゃないかなって気がしたんだよね。やっぱり来てたね」
びっくりして、でもなんだかそう言われるとすべてが不思議につながっていたような気がした。土取さんとせいこうさんが見せてくれた縦軸、大正と平成、そして二〇一一年と現在の往還、幻のような時間旅行を貫いた叫びのようなもの。――ここには居ない誰かについて、過去や未来の時間軸を越えて考えることは、僕たちは当然のことになりました――。前日レコーディングで吹き込んだ不思議なフレーズが一瞬耳によみがえった。

ソウル　こんなところで子供を産めない

韓国に初めて行った。一日目の公演は、旧ソウル駅構内にあるホールにグランドピアノを持ち込んで作ったステージ。旧ソウル駅は見るからに日本の明治期の建築然としていて、植民地期に辰野金吾の弟子・塚本靖が作ったものだという。会場は二百人ほどが入れる空間で、足を踏み入れるとイ・ランがチェロのイ・ヘジとリハをしていた。

イ・ランは私より五つ年下のシンガーソングライター、日本にも何度も演奏に来ている。国内でも数年前に賞を取ったが、お金がないからとトロフィーをその場でオークションにかけてしまったことでも有名になった。韓国の若者たちが、日本の若者以上に厳しい状況にあるということは知っていた。彼女は同世代の代弁者であり、現代に鋭い疑問を投げかける女性だった。そのことは、共演を経て、彼女の歌「ラッキーアパート」を一緒に韓国語で歌い、私の「楕円の夢」を彼女が日本語で寄り添って歌ってくれた公演の打ち上げでも感じたことだった。

イ・ランは多才だ。映画監督、イラストレーター、そしてシンガーソングライター。それでも生きていくのは簡単ではないし、仕事としての表現が増えすぎれば疲れる。純粋な芸術家ほどそうだろう。「四月は何もしないの。休む」と言って、イ・ランはかかってくる仕事の電話を全部断っていた。彼女は韓国の大気汚染について、心配していた。そして「子供は好きだけど、こんなところで子供を産めないの。産んだところで、その子が大きくなって生きることがこんなに大変なんだったら生みたいとは思えない」と言った。それから自分は悲観的な人間だ、とも言った。私は、彼女のユニークな性質が持つ意味を理解し始めた。社会を変えていくのは、楽観的な人とは限らない。徹底して悲観することは、現状に大きなNOを発することになる。私は、少し前に彼女の本『悲しくてかっこいい人』の書評を書いたのだが、タイトルの意味をあらためて考えた。悲しくて頼りない人でも、悲しくて惨めな人でもない。彼女は悲しくも努めてかっこよくあろうとしている。それはやはり疑問を疑問として社会に投げ込み、変革を諦めないということなのだと思う。

「植民地の話、さっきのＭＣでしたの。みんな笑ってた。ソウル駅の植民地時代の建物の中で日本のアーティストと私たちと歌を歌ってる。日本のアーティストにもそういうことは言うけどピンとこないみたい。日本のインタビュー受けても植民地の話出すと、しーんってなる」

イ・ランは屈託がない。日本人は空気を読む、だから直球でそんな話題を出されるとは思っていない。表向きの平穏だけ選び、問題の核心を避けるから相互理解はなかなか進まない。いくら日本の歴史教育がお粗末とはいえ、考えてみれば浅はかなことだ。

翌日の共演者エ・モンは中学の頃北海道に暮らしたことがあり、日本語が達者だった。彼女からは、従軍慰安婦の話も聞いた。韓国では「日本軍性奴隷被害者」というとイ・ランが教えてくれた。エ・モンは日本人である私にわかりやすいように「従軍慰安婦」と言ったのだろう。

「この間、従軍慰安婦の代表的な存在だったおばあさんが死にました。彼女たちの思いをこれからどうやって伝えていくのか。若い世代は日本の文化が好き、戦争のことなどいちいち持ち出さなくていいでしょうという人が増えてます」

日本のニュースを見ていると、韓国は「反日教育」という印象ばかり植え付けられてしまうが、そんな単純な話でもない。自国の歴史を忘れゆく世代が台頭してきているのは日本と同じらしい。

「日本は徴用工、慰安婦なぜ謝罪しない、そうやって責めるだけでは何も知らない日本の若者とのコミュニケーションは終わってしまう。だから知っている側がいかに知らない側に心を砕いて説明していけるかだと思うんです」

エ・モンは、韓日の狭間に立つ人らしく言った。私は戦争時代の話を少ししたり、取材にいったパラオで聞いた朝鮮の人の話をしたりもしたけれど、基本的に彼らの話を隣で聞いていた。そして、これほど日韓関係が冷え込んだ時期に、一緒に歌を歌ったり、こうして顔を突き合わせて話ができる幸せを思っていた。

帰国日は雪が降った。私は飛び立つ前の飛行機の中から雪がだんだん雨になっていくのを見ていた。イ・ランの「昔は冬に大気汚染の注意報が出ることはなかった」という話を思い出していた。光化学スモッグ注意報のように屋内にいるように注意報が届くのだという。「それだって、学校や会社が休みになるわけじゃないの」。状況に人々がなれていくなか、イ・ランは悲観していた。その姿は、まるで一人その悲劇を知る神のようでもあり、生きる場所を奪われてしまう精霊のようでもあった。こんなところで子供を産めないの、という彼女の言葉を思い出したら涙がこぼれた。彼女の悲しみの歌は、これからますます透明に力強く響くだろうけれど、世界は、水から茹でられていつのまにか死んでしまう蛙のように呑気な人々で成り立っているのだ。

帰ってきて、ネットニュースを見たら、新しい高校を作るという俳優の伊勢谷友介が「宇宙人の視点」を育てると打ち出していることを知った。これぞまさにだ。地球の汚染、終わらぬ国と国のいさかい。みんな一度宇宙人になるべき時代なのだと思う。

大阪「あかるさ」へ向かう

昨年は自費出版で『音楽のまわり』という本を出した。音楽家の知人たちに声をかけて音楽以外のエッセイを書いてもらったものだ。私も寄稿しているが、執筆陣を選んだので、編集者としての初めての仕事になった。きっかけは、私自身が普段から音楽のことばかり考えているわけでもなく（むしろライブの前日くらいしか考えない）、ひよどりがどうしてあんなに力強く大きな声で鳴けるのか、セキレイがあんなに速く歩きまわれるのはなぜか、どうしてクチナシはあんなに甘い濃厚なにおいなのか、柳の若芽はどうしてあんなに優しく繊細なのか、それからいつもいく喫茶店のメニューにあるチーズトーストのチーズの味が急に安っぽくなったのが許せないとか、そういうことを考えて生きているから、他の音楽家たちの感覚世界のことも知りたくなったのだ。この本が思いのほか売れた。仕組みは簡単で、ツイッターやフェイスブックでこんな本を作りました、と呼びかけたところ、センスのいい小さな本屋さんや雑貨店からぽつぽつと注文が入り、今では重版もして、全国四十店舗以上の場所で売られている。予想外の反響だったのだが、これによって私には新しい楽しみが生まれた。ライブで地方に行くときに、近くの取扱店を挨拶をかねて訪問してみることだ。

「blackbird books」を訪れたのは二月に大阪で折坂悠太さんとのライブがあったためで、リハの始まる前の時間に緑地公園駅に向かった。駅から歩いて五分くらいのところにある、古い団地のようなマンションは「ハッピーハイツ」と書いてあり、その一階が本屋になっていた。決して広い店ではないが、店主のセレクトした本が並び、絵本コーナーもある。レジ近くにはコーヒーマシーンと、大胆に活けられた植物が葉を広げている。山尾三省『新版　野の道　宮沢賢治という夢を歩く』という本が気になって手に取った。山尾さんの本は、以前写真家の飯坂大さんが貸してくれて屋久島で営む自然と共に生きるエッセイを読んでいた。その山尾さんが宮沢賢治を読み解く。明らかに面白そうだった。序文は真木悠介さんが寄せていて、そのなかで『春と修羅』の「青森挽歌」に出てくる詩句を引用していた。

おまへの武器やあらゆるものは
おまへにくらくおそろしく
まことはたのしくあかるいのだ

私の中に、日頃「くらさ」はほとんどない。けれど私の大事な人の中にはそれがあることを感じていた。その人は「くらさ」の中で格闘する人だった。私はその人と「あかるさ」のなかで笑いあうことができた。けれど、その人はやはりまた「くらさ」の中で煩悶する人だった。だから、この詩句が磁石のように心に吸いついた。真木さんはこの三行を「自我の外部に出てゆくということ」と解説していた。私はこれがよくわかるように思った。自我というのは自分のすべてであるようでいながら、まったくすべてではないということだ。シュタイナーは、思考と肉体と魂はそれぞれ別々のことを考えていると言っていたと思う。真木さんが自我というのはつまり思考のことだ。頭で考える思考と魂が感じている実感とはしばしば乖離する。頭で考えすぎて肉体の悲鳴を聞きのがせば過労死に至る。思考に縛られすぎれば、魂も輝きを失っていく。これらが離れすぎないようにバランスをとろうというのが、ヨガや瞑想など古来の知恵なのだろうとも思う。

真木さんはまた、「自我の外部に出てゆく」ことは、「山尾三省のことばでいえば、〈野の道〉をゆくということでもある」という。山尾さんはこんなふうに書いている。

野の道を歩くということは、野の道を歩くという憧れや幻想が消えてしまって、その後にくる淋しさや苦さをともになおも歩きつづけることなのだと思う。

山尾さんはこの本で、宮沢賢治が常に農村と町、農民と知識人、その狭間に立つ分立者であったことを明らかにしていくが、山尾さん自身もまた、屋久島で農民として生きようとしながらも、あえてよそからやってきて農を目指した者として、なじみきれなさを抱えて歩む人でもあった。〈野の道〉とはだから農的生活に身を置こうと生きた山尾さんと賢治にとっての対自然の道、であったことに違いはないが、同時にすべての人間にとって、自我を越えた「あかるさ」へ向かう道としても読むことができる。私が今、大切な人の「くらさ」に心ゆれるこの時間も、いつかの「あかるさ」へ向かう道程ととらえたい。山尾さんはこうも書いているからだ。私はこの希望を捨てたくない。

> 野の道とは、一体感を尋ねる道であると私は思っている。一体感とは、包むことと包まれることの自我が消え去り、静かな喜びだけが実在する場の感覚のことである。

店主にコーヒーをご馳走になって店を出ると、外は申し分のない日和で、駅まで五分歩く間もふわふわと多幸感に包まれた。電車に乗ってみると、短い訪問はまるで夢のようで、ハッピーハイツという本屋の入った建物の名とともに美しく、いつまでも心に残った。

阿賀　新潟水俣病

　昨年十月にエッセイ集を出したところ、新潟の阿賀町《あがまち》で社会福祉士をしている男性Wさんから連絡が来た。地元の包括支援センターで働くWさんは、お年寄りとの接点が多い。この地は昭和電工という会社が阿賀野川に流した廃水により、新潟水俣病と呼ばれる公害が起き、患者が出た土地でもある。Wさんがくれたメールにはこうあった。

新潟水俣病という紙面でしか見ることのない事案と、実際にその時代を昭和電工鹿瀬《かせ》工場とともに生きた人たちが生きている今、その生の声を聞いてほしくて。訴訟とかではなく、原因企業とともに生きていた方々の声をなんとか残せないかなと。

　訴訟とかではなく、とWさんが書いたのには、どうやら「そうした人々の声は比較的外に聞かれやすく、歴史にも残りやすい。しかしそうではない人々の声もきちんと記録されるべき」というニュアンスがあるようだった。私が、包括支援センターの仕事や社会福祉士という仕事にも興味があるというと、Wさんは三月にわざわざ上京して話をしに来てくれた。その後、四月に上越でのライブがあったので、ライブの前に阿賀に行こう、と決めてライブ当日、朝九時に新潟に着き、そこからWさんと二時間半ほどかけて福島県境に近い阿賀町まで向かった。

　Wさんが話を聞けるように呼んでくださっていたのは、Oさんという七十八歳の女性だった。もとは魚屋さんだったという民家「みんなの家」と名付けられた集い場の一室で、待っていてくださったOさんは、「なんの役に立つやら」と言いながらも昭和電工全盛期の頃の話からしてくれた。

「にぎやかだったよ。六月一日が電工の創立記念日で、お祭り三日間で。休んだときもあったな。お店が出るんさ、正門から踏切までずーっと両側に店。にぎやかだったし、仮装行列とかいろいろあった」

昭和電工の工場は今も規模を縮小して存在している。この土地に工場がやって来たのは昭和四年、阿賀野川のダムで生まれた電力を使って、昭和肥料の工場の操業が始まったのが前身だ。その後昭和十一年に昭和合成化学の工場ができ、それが昭和三十二年に昭和電工に吸収された。川崎、長野、秩父、福島など電工の工場のあった地域からの転勤者が多く、学校でも地元の言葉との違いがはっきりしていた。転勤していく家族も多かった。

「鹿瀬の駅で気をきかせて『蛍の光』かけてくれたの。偉い人が転勤するというといっぱい人がきて。悲しかったけどね。友達がいなくなった。毎朝毎朝『蛍の光』だった」

現在となっては、卒業式やデパートやスーパーの閉店をイメージする歌だが、それを毎日のように朝から聞くというのはどんなものだったのだろうか。土地に根付いたと思えば別れがやってくる、それがひっきりなしだったというところに当時の従業員数の多さが思われる。Oさんによれば、創立の祭りの際には、東京から笠置シヅ子や高峰秀子、エノケンなど錚々たる有名人がやって来て、他からもたくさんの人が観に来たという。映画館もあり、他より封切も早かった。いろんなお店もあった。今は出前をしてくれる店もなくなり、ランチを食べられる店さえない。しかし昔もいいことばかりではなかった。若くして電工の社員となり、定年まで勤めた父も、石灰を溶かす釜をかぶって全身火傷を負った。Oさんが小学生の頃、昭和合成の時代には、化学肥料の爆発事故もあったし、戦後の電工時代には山のほうで貯めていたカーバイドが町に流れ出したこともあった。それでも若くして小千谷から出てきて、昭和合成、昭和電工に勤め続けた父を持つOさんは添えた。

「電工があって潤ったみたいなもんでね、昭和電工に育てられたようなもんだ」

水俣の話はいちばん最後に出てきた。年中蟬が鳴いてているような耳鳴り、体の痛み、右手がきかなくなったこと。

「針を刺すのはできる。でも運針はできない。落ちた楊枝をつまむのも」

社員だった父親も症状が出たが、公表が伏せられた。検査記録が残されていて死後認定となった。Oさん自身長いこと症状に苦しんだ。国の認定から外れた人たちを対象に県が救済措置をとったとき、検査を呼びかけられた。

「町で、受けましょうって言われて迷ったけど、自分のためだとおもってさ、ぎりぎりに役場に電話した」

Oさんが見せてくれた「水俣病認定申請医療手帳」には平成二十三年と書かれていた。Oさんに症状が出てから五十年近く経っている。あまりに最近であることに言葉を失う。症状が出ていても検査を受けない人も多かった。手帳をもらっても黙っている人も多い。けれど、Oさんは公表している。

「わかんないで隠してるよりもね、堂々と名乗ったほうが。理解してもらえるように。でも悪く言う人もいるよ。お金もらうためにやったんだろうって。名乗らない人いっぱいいる」

川とともに生きてきた人々が、やがて川を汚す企業と生きるようになり、言うべきことを言えなくなり、当たり前のことを当たり前に言った人が妬まれるようになった。天災の悲劇が人と人を結びつけるとすれば、公害の悲劇は人と人を分断する。

「なんだかんだ言う人もいるけどさ、言わせとけばいい。反発してもしょうがない」

Oさんの諦観はそれでも決して暗くなかった。あっけらかんとした話しぶりに、長い年月困難や悩みを乗り越えてきた人だけが至れる徳のようなものを感じて、胸が熱くなった。

鎌倉　墓参り前後のこと

五月十三日、深夜バスで伊勢に向かったのは、伊勢神宮の風日祈《かざひのみ》祭《さい》が翌朝九時からあったためだ。これは、田植え前に豊作となるよう暴風暴雨などを除ける祈願をするもので、各地に残る風鎮祭や風祭とも関連がある。八時過ぎに宇治山田駅についてタクシーで伊勢神宮へ向かい、九時から風日祈祭を見て、十一時過ぎの電車に乗って帰った。いつもながら弾丸の行程だ。

　東京に戻った翌日、私は鎌倉に向かっていた。父の墓参りだ。父は去年の六月に死んだが、前月の五月十六日に二人で会う約束をしていた。癌を抱えながらもそこまでは父は自活して、残り時間の少ないなか、翻訳の仕事を進めていた。三月の終わりに父にインタビューをしたあと「もう一度会おうか」と言われて決めていたのがその日だった。父は長年家族と別居していた。遠くて遠い人だった。だからこそインタビューする必要があったのだ。父の不在を引きずっているのは、きょうだいの中でも私だけのようだった。父が家を出て行くまで中途半端に父の近くで過ごした時間があった。会う約束の前日になって、体調が悪いから中止してくれと連絡が来て、父はそのまま入院した。父が死んで、墓参りは一人で、ついに会うことのなかった五月十六日にしようと思った。

鎌倉からバスに乗って霊園に向かう。途中雨が降ってきたが、雲間に明るい空が見えている。日傘を差して長い階段をのぼるうちに雨は上がった。アルコール依存症を患ってから断酒していた父の墓には、友人たちが供えたらしきウィスキーとワイン、ビールが供えられていた。墓参りは一人で来るものだ、と思った。人目も時間も気にせずに心で語りかけることができるし、涙が流れても吹く風に任せていられる気楽さがある。私は普段から一対一で人と話をすることへの思い入れが強い。だから個人への弔いのときに集団でいることの違和感が強かった。その場にふさわしいことを言ったり、そういう振る舞いを求められることが本当に苦手だ。集団の中ではその人へ語りかけるということ、そのこと自体にまったく集中できない自分がいた。

母に頼まれていたので酒類を片付け、花を供えて墓前をあとにした。階段脇に植えられたトベラはクチナシに似た甘い香りを放ち、アオスジアゲハがひらひらと舞っていた。風はさわやかで、聞き慣れぬ声の茶色の鳥が懸命にさえずり、カラスがすぐそばを飛んでいた。山を崩し、見渡す限り墓地が広がる巨大霊園に、親近感は持っていなかったが、植え込みの木やそこに集う鳥たち、ささやかな自然のそばにあることが心を慰めてくれる。

東京に戻って、夜は京都ライブのリハーサルのためにベースの伊賀航さんとスタジオ練習が入っていた。近所のスタジオだったので、夕飯を早めに済ませて行ってみると伊賀さんがいない。私は今日が五月十六日だと思い込んでいたが、まだ十五日だったのだ。父と会うべき日だった十六日の一日前に墓参りしてしまった。この手のまぬけな失態はわりとあるのだけれど、ひとまずできてしまった自由時間、閉店まで本でも読もうかと近くのファミレスでハイボールを頼む。一時間ほど本を読んで、インスタグラムを見ると知人の写真家の飯坂大さんが、最近観たという映画『沈没家族』の感想を上げていた。これについては、ほかにも神蔵美子さんや植本一子さんといった知り合いの写真家から薦められていたので、見たかったのだ。まだ東中野のポレポレで二十一時から連日やっている。時計を見ると二十時。間に合う。バスで荻窪に出て、東中野に向かった。

『沈没家族』の監督加納土《つち》さんの両親は離婚している。共に写真家だった。土さんのお母さんはシングルマザーになったが、たくさんの人に子育てを手伝ってもらいながら共同生活を確立した。土さんが久々に訪ねた三重に住む父親とのシーンが印象的だった。土さんは「父親とは違う」と実父を「山くん」と小さい頃からの呼び名で呼んでいた。父親でいたかったが叶わなかったということ。土さんが変わった共同保育という家族の形のなかで、でも愛に包まれて育ったということ。その事実を余裕を持って受け入れきれない父親の姿は、観る者を揺さぶる。映画の中では土さんが両親にゆかりのある場所をいくつも訪れていたが、不思議だった。土さんの両親が一緒に暮らしていた場所は鎌倉。父親がそのあと一人で暮らしていたのは荻窪。そして現在は三重に住んでいるという。私の父も家族と別居後、最終的に長く暮らしたのは荻窪だった。だから土さんが週末、父親に会うために訪れていた荻窪に、私も父の家を数回訪れたことがある。土さんの母が共同保育を呼びかけるチラシを撒いたのが東中野駅であり、ポレポレでの上映はまさに必然だったらしい。三重から東京そして鎌倉、荻窪経由東中野。移動の多い二日間の締めくくりがこの映画であったことは単なる偶然であったかもしれないけれど、私が十五日を十六日と思い込んだことでいきなりできた空白の時間は、この映画の中で土さんの父親が「ゆれる」姿を目撃するためだったのかもしれないと思った。そして去年の今頃、父と会う約束をもし十五日にしていたら、父が倒れる前に会えていたのかもしれない、とも思った。まさか亡父の思惑でもあるまいが、慌ただしい数日間を経て家族を問う一本の映画と邂逅した不思議な出来事だった。

金沢　ローレンス

金沢に行ったらローレンスという喫茶店に行くべき。ただし、三時からしか開かないし、コーヒーは出てくるまでに一時間半かかったよ。そう教えてくれたのは音楽家の友人マヒトゥ・ザ・ピーポー。なんでも女店主がユニークな人らしい。幸いその日のライブ会場の「もっきりや」から近いようだったので、リハを早めに終わらせて向かった。この日のライブを企画してくれているMさんは金沢在住だが「僕はまだ怖くていけてません」と入口まで送ってくれて別れた。

お客さんはそこそこ入っていて奥の席に通される。斜め向かいには同世代くらいの男性が座っていた。おばさんというには少しおばあさんに近い、でももしかしたらとても若く見えるおばあさんかしら、そんなことを考えながら女店主からメニューを受け取る。

「こちらの方はトマトジュースのようなものを頼んだの」

と男性のほうを向きながら説明してくれる。

「トマトジュースのようなもの、というのはトマトジュースではないんですか」

「違うの。いろいろブレンドして。だってそのままではどろどろで飲みにくいもの。小さい子でトマトジュースが飲めない子にも好評で、お客さんもこっちのほうが美味しいっていうのでメニューに入れたんです」

私にはコーヒーを頼んで一時間半待つ時間の余裕はなかったので、トマトジュースならば早いだろうと考えた。

「じゃあ私もそのトマトジュースのようなもので」

女店主はそのままさがり、またあちこちの席のお客さんと不思議な会話を続けている。どうしてコーヒー一杯淹れるのに、一時間半もかかるのかだんだんわかってきた。

「あの、寺尾さんですよね。今日ライブに行きます」

なんと向かいの男性は私のライブの開始を待つお客さんだった。奈良から来たという。優しい目をした人だった。普段は理学療法士でリハビリの在宅介助をしながら、狩猟をしたり、出張コーヒー屋としてイベントに出かけることもあるという。

「実は最近寺尾さんの作品に救われていて。それで今回金沢で寺尾さんにコーヒーを淹れさせてもらえないかと思って奈良から道具一式を持ってきたんです。もし今日でも明日でもお時間があったらコーヒーを淹れに行きますので」

不思議なこともあるものだ。このローレンスで隣り合っただけでもすごいことのように思われた。明日の午前なら空いているので、出張で来てもらうことにする。

「なんとなく、今回ちゃんと飲んでもらえるだろうと、そんな気がしていたんです」

と、その人は言う。

「あらあらお話が弾んでいるようで」

と、女店主が両手になみなみ赤い液体が注がれた大きなカップを持ちながらやって来た。そしてテーブルにおくとき「四百十」と言った。このトマトジュースのようなものは五百円だったはずだけれど、割引してくれるのだろうか、と思っていると。四百十ミリリットルのことらしい。男性と目を交わして笑う。女店主はもう向こうのお客さんと話している。

「アイスティ？　それは本当に、今からでは四十分くらいかかってしまうわねえ。何せお湯を沸かして紅茶を煮出してそれを冷まさなければならないんだから。何がいちばん早い？　それはアイスミルクねえ。私の責任ゼロパーセント！」

また目を合わせて声を立てて笑ってしまう。一事が万事この調子なのだった。だから咄嗟にわかったのは、この喫茶店では誰も孤独を感じなくて済むということ。もちろん放って置いてほしい人はそれなりの意思をにじませるか、他の店に行くべきかもしれないが、そうでなければ、まったくもって憎めない魅力的な女店主が、親しげに話しかけてきてくれる。そして飲み物には誰でも一度は食べたことのあるチョコパイやおせんべいのようなその辺で安売りしているお菓子が添えられている。それらをつまみながら、面白い店主の話相手になっていたら、見知らぬ隣の人とだって思わずくすっと、微笑み合ってしまう。そうこの人は、そのユニークな話術と雰囲気で、人々の緊張を解いて自然に繋げることのできる天才なのだった。

「大体このおせんべい、随分一つひとつの大きさに差がなあい？　まるで人類みたいね。でこぼこで。でも、こんなもの一緒に出したらこちらが大きい小さいって喧嘩になってしまうわ」

そう言って彼女は彼女の目から見て「小さい」

おせんべいを会計のところでお客さんに渡していた。その後、さらに横に別の女性のお客さんが来たら、その人も私のライブ開始まで時間をつぶすお客さんだったので、女店主は「あらあらみなさんお知り合い？」と驚いて、私が今日もっきりやで歌うのだということを伝えた。すると会計のところで、「あなたのこと歌う人って存じ上げなくてごめんなさい」とチョコパイとおせんべいをさらに一つずつもらった。私はライブ前にしっかりご飯を食べないと途中でお腹がすいてしまうタチなのだが、この日はこうして計チョコパイ二つとおせんべい二枚がお腹に入ったので、それだけで最後まで歌いきることができた。

「アイスミルクに氷を入れるとただ薄まってしまうだけでしょう。どうせならその氷をブルーハワイみたいな青にしたらどうかしら。アジサイみたいな色になってとてもいいんじゃない？」

会計を終えてトイレから出てくると、店主はそんな話をしていた。そんな青い飲み物は絶対飲みたくないなと思いながらも、この不思議な愛すべき女店主と再会する気満々で店をあとにした。

阿賀　富と貧しさ

先日新潟の阿賀町の小掘で昭和三年生まれ、九十一歳のＩさんのお話を伺った。この地区で一九五〇年代まで行われていた風祭りの話を伺いたかったのだ。インタビューのなかでは炭焼きの話、材木を切っていかだで木を運んだ話なども伺ったのだが、特に印象に残ったのは、Ｉさんが小学校三年生頃から「不登校」になったという話だった。弟さんが頭が良かったという話をしながら、「勉強しないから俺はだめだった」と笑った。聞いていた私もなんとなく笑った。「ひっさんの割り算は今でもわからない」。Ｉさんはもう笑わなかった。当時Ｉさんの家には二十四、五銭した教科書代を出すお金がなかった。Ｉさんは何日かは「忘れました」と言ったが、「明日必ず持って来るように」と言われて「はい」と答えるしかなかった。

「先生が本代持って来いって言ったからって、そんな大金ねえから、用意してやるから今日は行って来いっていわれて。本代忘れてきましたなんていっても、いっそいがねえほうがええなと思って、生徒たちから曲がり角で隠れっと、今日はここが学校だなんて、教科書広げてみるが頭に入るもんじゃねえな。寝転んだり、腹が減ったらむすび出して食べて。知らない人にがっこ早かったなあなんて言われたら、今日、はえかったーなんてうそついてよ。借りてきてたかって（親に）聞いたら、本代貸す人いねかったわ、って」

私は来る途中の新幹線で、ライブのお客さんがくれた『あがの岸辺にて』という一九八一年に新潟水俣病安田患者の会によって出版された冊子の復刻版（二〇一六年発行）を読んでいたのだが、そのなかには小出《こいで》から三キロほどの距離の平堀の杉崎さんの回想にこんなことが書いてあった。

「明治の生まれは、ずでえ勉強なんかしね。親がこれなせって言えば休まねばならんし、兄弟おぶっていっから、だんぼう［きかんぼう］で、学校で勉強するようになったんは大正もんからだ」

わらべうたの守子歌を調べていくなかで、明治に入って小学校が設置されても、多くの農村では、労働力を失うのをしぶったり、弟妹をおぶったまま登校し、思うように勉学が叶わなかったことを知った。なかには山梨のほうで守子学校という形で、赤ん坊を別の大人がみて、フォローされた例もあった。それでも、教育の必要性がそれなりに理解されていくには「大正もん」の時代までかかったのだろう、と杉崎さんの言葉を受け取った。しかし、昭和生まれのIさんの時代でも、「本代貸す人いねかった」こと、そんな余裕はなかった農村があったことに改めて気づかされた。

いや、そういう貧しさというものは、時代全体のなかで見過ごされていってしまうけれど、確実にある、ということを私はすでに知っていた。修学旅行代を出せなくていけなかったというおじさんに山谷で出会ったことがある。母と同世代の戦後十年程経って生まれた世代だった。私自身は、中学高校と私立に通わせてもらい、大学で奨学金を借りることもなかった。そしてそのことはさかのぼれば、曽祖父が政治家であったことと無縁ではないと思う。そして曽祖父が政治家になれた要因の一つには、設立した会社で魚雷の部品を作って儲けを出したことも入るのかもしれないと思う。戦時中サイパンから日本に帰る船がアメリカの魚雷にやられて、兄弟を失ったという八丈島のおばあさんの話を聞きながら、曽祖父の会社が製作の一部を担って作られた魚雷はいったい誰をどれだけ傷つけたろう、と考えるしかなかった。そういういろいろを思い起こすと、いたたまれなさを感じる。それは私という存在への、それから社会の構造というものについての、やりきれなさだった。中学高校の同級生は、上場企業に勤める人も多く、自ら会社を興して女社長をやっている人もいる。今は都内の一等地とも言える白金に住んでいるという彼女に久々に会ったとき「なんだかんだいっても、日本でもう誰も食うに困らない社会じゃん?」と同意を求められて、何も言えなくなってしまった。このように書いている私も、大学時代に山谷という日雇い労働者の町に行き、おじさんたちと出会うことがなければ、彼女のように考えたのかもしれない。人は出会わなければ、気づけないことだらけなのだ。

教科書代が払えずに学校から遠ざかった、しんみりした話を打ち消すようにIさんは言った。

「でも今となれば、そろばんわかんなくても計算機で、ぜんぜん苦になんねえ。国語の本だって、いつもそこに辞書置くわね」

わからない言葉を前に、丹念に辞書を引くIさんの姿が目に見える気がした。言葉が深く心に沁みた。

「だから、何にも今、苦になんねえ」

パラオ　ひとまずおく

三度目のパラオ訪問で通訳をしてくれたSさんは、沖縄人の母、パラオ人の父を持つ。パラオは戦前日本が統治したが、戦後はアメリカ領となった。Sさんの父は米軍に入り、ベトナム戦争に参戦したが仲間を次々失い、戦争はいやだと除隊したという。沖縄に駐留していたことで、Sさんの母と出会ってSさんが生まれた。「日本も米国の影響下から独立すべき、僕は石原慎太郎が大好き」というSさんとは、日本の米国追従について批判的な点以外は、随分政治的な意見が違いそうで、現在こじれている日韓関係についても「あれはこじれなきゃいけない関係。中国・韓国はだめ」、九条についても「変えていい。パラオや太平洋諸国と結んで、中国に対抗したらいい。戦争はよくないけど起きるもの」と言いきるので閉口した。

前回のパラオ訪問時、日本の戦前の皇民化教育を受けたおばあさんに話を聞いたときもそんな調子でびっくりしたのだが、今回は戦後生まれのSさんが同じようなことを言うので、考え込んでしまった。そしてもちろん、日本が好きだという。

私はパラオの人たちが日本が好きだという話は、ありがたく聞かせてもらうけれども、そのことを日本国内でことさら強調する人たちのことは好きになれなかった。パラオ人の多くは「日本が戦争前にパラオでしてくれたことと、日本軍が入ってきてパラオでしたことは違う」「戦時中のことはあれこれ言わない」という意識で話をしてくれる。これはSさんも同じだった。けれど、日本国内でパラオの親日を強調する人々は、そうではない。日本軍も素晴らしい関係を島民と築いた、と純粋に信じているのだ。なかでも、ペリリュー島で島民を隣の島に移し、自分たちは戦って死んでいった、という中川州男大佐らの話はドラマ化もされたし、美談調でネットにたくさん上がってもいる。しかし、島民たちが集められた隣のバベルダオブ島では違っていた。農民たちの畑は軍に取り上げられ、逆らえば殺されても仕方がなかった。自分が育てた畑に命がけで盗みに入ったり、飢えかけた人も多かったと聞く。魚を捕っているところと大した理由なく殴られた人もいるし、米兵捕虜、宣教師、ハンセン病患者も殺されている。もちろんなかには島民に友好的だった兵士もいて、その善悪を一概には言えない。

Sさんははっきりと「日本の軍隊、特に陸軍はよくなかった」と明言したが、それ以上は語らなかった。パラオでは子供たちはみな英語で、パラオ語は滅びつつあるという話をしていたとき、Sさんは自分の子供たちのことを話してくれた。

「僕は子供たちに日本語は教えなかったんです」

意外に思った。日本が好きだというSさんには沖縄の血が流れていて、ルーツの言葉を話せるように子供に教えるのは当然のようにも思えたからだ。

「故郷をパラオにしてやりたかったんです」

Sさんは、自身の話をしてくれた。沖縄で育ち、当時は世帯主しか出生届を出せないため、米軍兵士との間に生まれた子供たちの多くは、父の戦死などの事情によって、出生届すら出すことができなかった。そういう子がいっぱいいた。一緒にぐれてつるんだ。警察署を燃やしたこともある。警察に殺された仲間もいる。

「出生届が出ていないということは、殺されてもこの世にいないと同じことなんです。健康保険もない、学校にも行けない、結婚もできない、免許も取れない。人権がなかった」

勉強が好きだったSさんは、一念発起して名古屋大学に入学する。おかしな法律の不備を直したい、そんな思いを抱いていたという。しかし、入学がゴールというような感覚の日本人学生の多さや、それを当然のように見逃す教授たちを見て失望し、一年で退学した。

「僕は日本人であるというのは三つあると思うんです。一つは国籍、一つは血、もう一つは心。でも日本人は国籍がなければ、どこまでも冷たい。その後航空学校に入りましたが、日本の国籍を持たないので、就職はできず、結局船乗りになりました」

子供たちの帰る場所はパラオでいい。自分のような理不尽な思いはさせたくない。そんなSさんの思いが痛いほど伝わってきた。

Sさんは、私がパラオでインタビューしたい人の名前を挙げると「喧嘩友達だ」と笑った。一五年ほど会っておらず、かつては、いくつかのいざこざがあったと話してくれた。

「それでも、一緒に会って、ご飯を食べてこれは辛いとか、美味いとか、酒を飲んで、馬鹿言ったり、一緒の時間を作っていくことは大事。今回、あなたのおかげで会う機会を持てて感謝している」

政治的な考えの異なるSさんに対して私が最初に抱いた違和感は、ほとんど消えていた。一日いろんなインタビューにつき合ってもらい、朝食を食べ、お茶を飲み、個人的な痛みを含んだ話を聞くなかで、それはなくなっていた。そして、立場の違う相手でも、どこか共通の話題や楽しさを見つけて一緒の時間を持つことが大切ではないか、というSさんの考えが好きだと思った。その健全なほがらかさはパラオ人ゆえか、と最初思ったけれども、本当はパラオと日本という二つの国の狭間で苦い思いもしながら、物事を眺めてきた人のバランス感覚ゆえなのかもしれない。勿論Sさんの政治についての考えはそのままだ。一度その人に入った思考というものはそう簡単に変わらないし、私たちの考えは簡単に交じり合うこともないだろう。それでも、それをひとまずおいて、心と心を通わせることはできるのかもしれない。そんな希望に満ちた体験となった。

札幌　奥井理ギャラリー

先日札幌の奥井理《おくいみがく》ギャラリーで歌う機会があった。札幌の高校の先生をしているTさんが企画してくれたのだ。場所の名前を聞いて、札幌に住んでいた画家の作品が置いてあるのだろうと想像していたとき、老年まで生き、札幌の風景画を多く残したようなイメージが私の中にあった。何度かライブをさせてもらった宮城の塩竈杉村惇美術館はちょうどそんな場所だった。しかし、ライブ前にTさんから奥井さんの絵と文章を収めた本『地球人生はすばらしい　奥井理画文集』が送られてきて、奥井さんが一九九五年に十九歳で亡くなっていることを知った。目の前に現れた絵の数々は異様なエネルギーに充ち、添えられた文章は、これでもかというほどじりじりと自己と対峙したかと思うと、ぽーんと空の上から自己を見つめるようなおおらかさを孕んでもいて、不思議な魅力を持っていた。

そして驚いたことに、美大受験を目指して奥井さんが上京して通った美術予備校の名前を私はよく知っていた。立川美術学院、ここを経営するご夫妻の娘さんMちゃんと私は同じ中学高校に通っていた。在学中はクラスが一緒になったことが一度あったかなかったかだったが、接触は高校三年のときに生まれた。女子校だった私たちの学校は体育祭で異様な盛り上がりを見せることで有名で、そのなかでも注目を集めるのは応援合戦だった。マスゲームのようなものに音楽や歌を取り入れつつ、ラストで巨大な幕を屋上から一気に降ろすなど、高校三年の応援は特に注目される場面だった。その応援を作り上げる委員の一人がMちゃんだった。「音楽を任せたいんだけど」と連絡が来て、私は当時好きだった映画『スワロウテイル』で流れる一曲を合唱用にアレンジして、屋上で三百人の歌の指導をしたりすることになった。そんなことをきっかけに、Mちゃんと仲良くなったのは卒業後で、彼女が書き溜めていた詩に曲をつけるようになった。私の初期のアルバムには私の曲に混じって、Mちゃんの繊細で色鮮やかな世界がちりばめられている。Mちゃんとは最近は会っていないが、以前から関わっていた立川美術学院の経営に携わっているはずだった。縁の不思議を思った。

訪れたギャラリーは、ガラス張りの向こうに外の緑が美しく、光の加減でいろんな表情を見せた。ピアノは茶色のヤマハのグランドピアノで、バックの緑の景色と美しく調和していた。リハを済ませて、会場の壁に飾られた奥井さんの絵や文章を見ていく。「テレビと死」という絵があった。ブラウン管の前で顔を隠して泣いている体育座りの人がいる。その隣りに黒いひもでがんじがらめにしばられ苦しむ男性。テレビの裏側になる画面の手前には頭蓋骨の山が描かれている。私たちが時とすると数字としてとらえ、無感覚になってしまうこともある、ニュースから流れるいくつもの死。それを奥井さんが、鋭敏な感性でこのように感じていたのか、ということに心打たれる。こんな文章があった。

生は死に向かう。
魂は消え、ただの肉と骨と臓器になる。
日常、生というものが輝き過ぎて、死など予想すらもできない状態で死は突然やってくる。

奥井さんが事故にあったのは、美術予備校の友人たちとクラスのスケッチキャンプに行くときに待ち合わせ、遅れてくる友人を迎えに行く途中だったという。自分の死を淡々と描写したかのような文章を残していたことに驚く。奥井さんはある文章で、自分は宇宙から間違えて地球に生れ落ちて、なかなか慣れないというようなことも書いていた。反対に「地球人生」は本当に楽しい、生まれてきて良かったということも書いていた。十九歳のときにこれほど人生に対して濃密な感覚を自分が持っていたかわからない。だから、本当はすべてを知っていたような奥井さんの言葉が不思議に響いた。短い人生の中で悩みつつ、それでも生を謳歌した、そのことが強烈に伝わった。

ライブの最後に「たよりないもののために」という曲を弾いているとき、同時に私にはMちゃんが作詞し、この日のライブの最初にやった「うすばかげろう」という曲を思い出していた。

あなたの住む世界におしまいなんてないのよね
うすばかげろう
だってまた次の夏
舞っているのはうすばかげろう
私に燃え方を教えて　本当の生き方を教えて

会場で奥井さんがふわふわと踊っているような気がした。ライブ前にギャラリーを営む奥井さんのお父様が「死んだら終わり、それまでなんです」とおっしゃった。その言葉の重みの裏で、奥井さんが、永遠に生きていると思った。

モンゴル　シベリアマーモット

九月中旬、娘三人を連れてモンゴル旅行に出た。彼女たちにとっては初めての海外旅行だ。この頃は、夏休みも南国リゾートに連れて行ってもらうクラスメイトも多いらしく、「うちもハワイに行きたい」と娘たちが言い始めたのを苦々しく聞いていた。それならば、と私が二十年以上行きたいと願い続けてきたモンゴルに行くことにした。満洲やアジアに漠然と興味を持ち始めた中学時代から、広大な草原と満点の星空を見られることにひかれ、七夕の短冊に「モンゴルへ行けますように」と書いたりするほどあこがれてきた国だ。幸い、知人の伊藤洋志さんが現地とコネクションがあり、毎日馬に乗り、ゲルで暮らすという「モンゴル武者修行ツアー」というユニークな企画を運営していた。これに昨年参加した友達から「三日目くらいにはみんな馬に乗れるようになったよ」と聞いていたこともあって、ぜひとも体験したくなったのだ。一週間四人で渡航となればそれなりにお金はかかるが、連れて行きたいと思い始めた春頃から、ＣＭ音楽制作の仕事が立て続けに入り、「渡りに船」と決断することができた。

韓国のインチョン空港経由でウランバートルのチンギス・ハーン空港に降り立ったのは夜。車に乗り込んで一時間半ほどで草原のキャンプに着く。カーラジオからはモンゴルの歌謡曲や、日韓台湾のアイドルグループ「ＴＷＩＣＥ」の曲も流れている。道路をしばらく進むと踏切があり、ここを長い貨物列車が通っている。丸いタンク型の貨車は石油でも運んでいるのだろう。運転手のモンゴル人スタッフによれば、石炭はモンゴルで採れるが、石油にする工場はないので、中国に一度送って石油になったものをロシアのほうに運んでいるという話だった。しかしこの貨物列車、のろのろとしたスピードでいつまでたっても途切れない。ゆうに十分は過ぎている。やがてタンク型ではなく、後部に繋がっていたらしい四角い貨物列車に変わり、それでも貨物列車は続いている。一キロ以上あるのではないかという長さだ。暗がりの中ゆっくりといつまでも通り過ぎ続ける列車を見ながら、日本ではありそうもない事態に、最初のうちは面白くて笑っていたが、次第になんだか映画か夢を見ているような気分になってきた。と、そのとき、貨物列車が止まり、もと来た方向にバックし始めた。これではいつになったら踏切が開くのかわからない。気長に待とうと、隣に座っている参加者と再び笑う。やがてまた進行方向に進み始めたのでほっとする。スタッフによれば、前のほうで別の車両を連結したのだろうという。二十分ほどが経ってようやく踏切は開いた。

次第に町の灯が遠ざかり、暗闇が濃くなっていく。草原に入っていくと、道路の脇の明かりばかりになり、そこに時たま馬が数頭見えたり、未舗装の草原の道になるとぴょんぴょんとウサギのように飛ぶネズミが見えたりした。これはタルバガンとかシベリアマーモットとか言われるリス科の動物らしい。キャンプ地には十ほどの宿泊用ゲルが並んでいて、その一つに案内された。まあるい空間は四角くしたら八畳ほどだろうか。そこに四つのベッドが置かれており、ベッドですぐ眠りについた。

翌朝、目覚めて草原に出ると、チチチチチという秋の虫のような声があちこちから聞こえた。どうやらそれは、地面のあちこちにある巣穴から聞こえるあのマーモットの声らしかった。しばらくじっとして観察していると、一匹が穴から半身を出して鳴いていた。人の気配を感じると、さっと垂直に穴に消えるので、まるで高速のもぐらたたきのようで面白い。数日後、馬に乗って草原を移動するようになると、このマーモットたちをたくさん馬上から眺めることができたのも楽しかった。

マーモットの他にも、草原にはブーンとホバリングして飛ぶ虫がいた。これを私は音をたてて飛ぶトンボかと思ったのだが、伊藤さんに聞くとバッタだという。ホバリングバッタと呼ばれる彼らは、本当に長い時間空中を飛んでいる。ビイイイイン、ビイイイインという独特の響く鳴き声は、離れたところまでよく聞こえる不思議な音だった。それはどこか遊牧民の得意とするホーミーの振動にも似ていて、ホーミーはこのバッタたちの羽音の真似をするところから生まれたのでは、とも思われた。

馬に乗ることに慣れると、一～二時間走らせ、遠いところまで行くこともできた。八歳の三女もめげることなく、一頭の馬に乗ってこれについて来られたのは、私にも本人にも大きな喜びだった。途中、逃げていく狐や、悠然と飛ぶワシたち、馬のように速く走る駱駝の群れを見た。私は見られなかったが、遊びに出かけた森で、長女と次女は白兎にも出会ったという。カラスは声の高いがちょうのような声で鳴き、オナガはブルーと灰色ではなく、白と黒にわずかに鮮やかな緑が混じった美しい色合いをしていた。すずめもこころなし日本よりふっくらしている。初めて出会う生き物たちに心からわくわくした。

　帰国後、あの虫のように鳴く、シベリアマーモットについて調べていて、７３１部隊がペスト菌を撒くのに使った動物がこれだったことを知った。彼らがペスト菌を撒き、部隊が去ったのちも地元に被害が続いたことは知っていた。事実のほんの細部であり、モンゴル滞在ののどかさの対極にあるような事件だが、対極にあるような、それでも遠い歴史と自身の見聞とがつながった、その重みを感じる体験となった。

玉川上水　あるダンサーの話

　私にとって最も気軽な旅、というのは歩いて四十分ほどの井の頭公園まで歩くことかもしれない。土の道が残る玉川上水の緑道を歩く。懐かしい友人と、恋人と、初めて会う人と、子供たちと、あるいは一人で。緑道の終わりから少し歩くと、ガレットが食べられるお店があるので、誰かといるときはそこでお昼のガレットを食べ、おやつどきならブラウンシュガーとバターのクレープを頼んで半分こにする。

　今日そこで一緒にお昼を食べるために歩き始めたのは、初めて会うasa microという人だった。一ヶ月ほど前彼女からメールが来た。そこには踊りを踊っていること、私の音楽で踊ることが多いこと、いつかもし共演が叶ったら嬉しい、といったことが書かれていた。私は思い当たった。私の音楽をよく使って、踊っている動画をいくつか挙げている人がいることを私は知っていた。ダンスの良し悪しはそこまでわからないけれど、この人は多分何かを抱えて無心を手に入れようとして踊っているんじゃないか、そんなことを感じた。高知が舞台の安藤桃子監督作品『0.5ミリ』の主題歌になった「残照」で踊っている動画もあった。大抵動画はモノトーンになっていて、歌の雰囲気が大事にされている気がした。メールには、彼女が長年不登校であった末にダンスに出会ったことが書かれていた。

私は現在、ダンサーとして活動しながら、自身の経験を生かして「不登校について」取り巻く環境や当事者に伝えて行きたいことがあり動いています。今日9月1日は若者の自殺率がとても上がる夜です。何ができるかもわからないですが、できるだけ嘘がない自分でしっかりと生きて踊っていく、そして形はどうであれ一生表現をしていこうと思っています。

会ってみたい、と思った。私がひかれてやまない路上生活経験者のおじさんたちによるダンスグループ「ソケリッサ」のように、彼女の踊りは型のかっちりとした踊りではなかった。動画で見る限り、基礎をしっかり学んだ人だろうという感じはした。でも、踊りはどこかで見たものではなくて、彼女の動きだった。そこには余白があって、それゆえ惑いもあるように思われた。緑道を歩きながら彼女の話を聞いた。

「私キングオブ不登校じゃないかと思うんです。一年生の最初の2ヶ月目からずっと学校に行きませんでした」

と笑う。幼稚園が楽しすぎたこと。一年の担任が抑圧的なタイプだったこと。いくつかの原因が重なって彼女ははっきりと学校を拒否した。

「吐きながら給食を最後まで食べている子もいました。教室で誰も笑っていなかった」

繊細な子が不登校になるには十分な理由に思えた。しかし彼女の自己分析はそこで終わらなかった。

「両親は一所懸命に家族を演じようとしていた。そのことを昔の私は、感じ取っていた気がするんです」

彼女はこうも言った。

「子供が不登校になると子供に問題があるように思われる。でも本当はその周りの環境が自然なものであれば、そこで子供は自然体で育つことができる。そんな気がするんです」

私が別居していた父親に対して、複雑な思いを持ち続けたように、彼女もまた少し前に相談もなく再婚した母親を許せないという。それでも、母親はしばらく父との不和に苦しみながら、「よい家庭」を崩さないように生きてきた末、父と別れて、再婚を選んだ。小さな彼女が起こした不登校という反乱が、「お母さんは幸せでない、何かがおかしい」という子供なりのアンテナが、発動した結果だったとすれば、彼女は長い長い年月をかけて、母を解放したことになるのかもしれない。

不登校が家庭の問題、というつもりはないし、いろんなケースがあるだろう。最近は繊細さんと呼ばれるHSPの人も増えていたり、一見普通に見える軽度の発達障害がある生徒も不登校になりやすい傾向があるともいう。それでも、彼女のエピソードは子供の、シンプルながら刃物のように鋭い感性というものについて考えさせてくれる。「何かがおかしい」。そこに、大人はいつもふたをしようとする。子供はそれを感じ取る。

彼女が教えてくれた「朝」についての話も印象的だった。彼女は今「朝食」を写真に撮り続けている、と教えてくれた。それは不登校時代、朝食を食べることが怖かったからだという。これを食べたら、学校に行かなくてはいけない。彼女の朝はいつも灰色だった。ダンスに出会い、自立した今、自分のための朝食を作って撮り続ける彼女は、失った「朝」を取り戻しているのかもしれなかった。どれほどの子供たちの朝が、絶望の色をしているのだろう。それを思うと胸がつぶれそうな気がした。すべての子供たちの朝が青空になること。あるいは青空に向かうこと。大人はそれを基準に何かを選ぶべきではないだろうか。そうすれば誰も間違えない。誰も苦しまない。

彼女は通っていたフリースクールの保護者や関係者の前で、最近トークとダンスを披露する機会があったと教えてくれた。彼女が紡ぐ言葉、舞う姿。「彼女の朝」が、これからたくさんの人の心に希望の灯をともしていくんだ、と思うと胸が熱くなった。

長島　愛生園

先日岡山・長島の愛生園でライブをした。一九三〇年に国立で初めてのハンセン病の療養所として作られ、八十九年の歴史がある。ハンセン病については神谷美恵子さんの本を学生時代に読んで知った。その後大学院を出てから、少しの間大学時代に学んだ南雲智《なぐもさとる》先生の大学院のゼミに参加していたことがあり、満洲国で出版された文学雑誌を講読していた。そのときに、内地の歌人として明石海人《あかしかいじん》という名を知り、ハンセン病だったことを知った。海人はいくつかの療養所を移り、最後は愛生園で一九三九年に亡くなるまで歌作に励んだ。一九〇一年生まれの海人は私より八十歳年上、曽祖父にあたる世代だ。今年はちょうど海人没後八十年にあたる。海人は三十七歳で逝き、私は先週三十八歳になった。縁のようなものを感じた。

　岡山駅に迎えに来てくれた同世代の森山幸治さんは、岡山市議だ。以前から廃校を利用した音楽祭の仕掛け人として、名前は聞いていた。愛生園に関わることになったのはこの数年だという。最高齢の九十四歳のきよしさんと出会い、人が集える場所が欲しいと言われて愛生園の一角に「さざなみハウス」を開いた。お昼はここのカフェで、と店に入ると噂のきよしさんがカウンターに座っていた。隣に座らせてもらって、ランチのカレーを頼む。きよしさんは、一見普通のおじいさんだ。顔に症状がない。けれど指先はやはり欠けていた。

　聞けばここに来る前は船乗りで、戦争中はニューギニアやパラオなど南洋方面に兵隊や食糧を運んだという。やせこけた日本兵に何も言わずきつく抱きしめられた。食糧を積んだ船がいくつも向かったが、魚雷にやられ、到着できることは稀だった。現地の日本兵たちは、米軍の爆撃を待ち望んでいたという。爆弾が落ちれば魚があがる、という訳だった。もはや敵との戦いではなく飢えとの戦いだったのだ。

　カウンター前にはきよしさんの描いた大きなバラの油絵が飾ってあり、アップライトピアノのわきの大きな窓からは瀬戸内海と島々と青い空が見えている。

「昨日は岡山のジャズバーに行って十二時半まであそんでたの」

と、きよしさん。森山さんが「きよしさんは異端児。二次会も三次会も来るよ」と言っていたのが合点がいった。一九二五年生まれのきよしさんは終戦時二十歳。終戦後まもなく愛生園に来た。

「今、流れてるのあなたの歌でしょう？　私も歌うのは大好き、谷村新司は特に。『昴』とかね。あとで聴きに行きますよ」

ライブが始まると、歌いながらこの選曲でよかったのだろうか、という思いがつきまとった。たとえば「新秋名果」という鳥取出身の尾崎翠が二十世紀梨と母について詠んだ詩に曲をつけた歌。「ふるさと」という言葉が何度か出てくる。そして母。愛生園で暮らす人のなかには、もはや「ふるさと」に帰れない人、親の死に目に会えなかった人も多い。そんなことを考えると、この選曲が残酷なものに思えた。あるいは、安藤桃子さんと作った「そらとうみ」には、「よみがえるのは命の響き　終わり始まるいつまでも」という命の連なりを歌う箇所がある。これも堕胎や断種をされたハンセン病の人たちはどのように聴くだろうか。普段のライブではなんということもなく歌ってきた歌詞につまずき、一曲一曲迷いながら歌うことになった。彼らが奪われたものの多さにあらためて気づかざるを得なかった。

アンコールの「楕円の夢」という曲の前に海人の言葉に触れた。「深海に生きる魚族のように、自らが燃えなければ何処にも光はない」。二つの解釈ができると思う。深海という場所にたとえられる隔絶した島、失った家族との暮らし、病の過酷さ。その一方で、その闇の中で灯をかかげて生きていくんだという強い意志。苦悶の末のたくましさこそ、私があこがれた姿勢でもあった。状況の過酷さは比ぶべくもないが「楕円の夢」はそんな思いで作った歌だった。

ライブ終演後、愛生園の歴史館を案内してもらった。ハンセン病は顔が崩れ、手の指が落ちるというイメージがあったが、必ずしもそうではないこと。もともとは、感覚麻痺と筋肉のこわばりが最初にあり、それによって瞬きができなくなり、視力を失う人が多いこと。手も感覚がなくなるため、切り傷などに気づかず放置してしまい、壊死が始まって落とさざるを得なくなることなど。とりわけ、愛生園は当初から住人たちによる農業、建設作業など重労働をさせられ、傷を作ることも多かったのだと解説員の方が教えてくれた。

途中、ライブを見てくれていたという自治会長の中尾伸治さんが、明石海人の歌集『白描』を持ってきてくださった。中尾さんの片目はよく見ると、まばたきをすることがなく、おそらくもう視力が失われて久しいのだと思った。それでも中尾さんは普段は精力的に講演をこなし、ほとんど島にいないという。

車で打ち上げ会場に向かう途中、森山さんに、「ふるさと」や「母」という言葉を歌うときに迷ったことを告げると、思いがけない言葉が返ってきた。

「その問題、前もあったんです。何かのコンサートで最後に『ふるさと』をみんなで歌っていいか、という問題。中尾さんたちとも話し合って、結局歌おうということになった。園の人たちもみんな歌ってくれて」

如何にいます父母　恙《つつが》なしや友がき
雨に風につけても　思いいずる故郷

それぞれの思いの色合いまで知ることはできない。けれど海人がそうであったように、人間って本当は強くて美しい生き物ではないだろうか。そして音楽もまた、いろいろな境を超えて場を包み得る、美しいものなのかもしれない。

東京　山谷ブルース

塩竈杉村惇美術館で初めて演奏をしたのは四年ほど前だ。大きな牛舎のようなカーブを持つ赤い屋根の美術館。冬のホールは寒いけれど、いつもどおりストーブが焚かれて、音の響きのすばらしさもそのままだ。ライブの企画はSさん夫妻。震災後から仙台市内でライブを企画してくれていたが、塩竈杉村惇美術館のあまりの音の良さに、こちらが恒例となった。最初の仙台ライブから、Sさんは「仙台の『ビッグイシュー』販売者さんに販売に来てもらおうと思うのですが」と提案してくれた。私が、路上生活者支援の雑誌ビッグイシューを応援する音楽イベント「りんりんふぇす」を始めたことを知ってくれていた。こうして、毎年仙台や塩竈でのライブには販売員のHさんが参加してくれた。Hさんは川沿いに暮らす、現役路上生活者のおじいさんだった。最初の頃は、会場で売ってもらったビッグイシューも順調に売れた。しかし、Hさんの存在が毎年当たり前になると、次第に売れ方が鈍った。そこで、去年からHさんの得意な歌を一曲歌ってもらい、私がピアノで伴奏する時間を設けてみたところ、これが奏功し再び売上が上がった。つくづく、その人を身近に感じることが、その人に関わろう、協力しようという気持ちにダイレクトにつながるのだということを実感した。去年は「琵琶湖就航の歌」を歌ってもらったが、今年は「山谷ブルース」だった。

Hさん自身は、日雇いの仕事ではなく「事務方でした」ということだったが、その時代の空気は懐かしいようだった。Hさんはいつも、娘さんたちとどうぞ、とおいしいお店のどらやきやお菓子をお土産にと用意していてくださり、今年は大きなコロッケを十個もいただいた。家で揚げ直すと子供たちが大喜びしたが、「これが一つ一四〇円としても七、八冊のビッグイシューを売ってようやく買えるもの、一日の売り上げの半分くらいは使ってくれているんだよ。ありがたく食べなさい」と言っていただいた。

その日のHさんの歌と私のピアノは少しずれながらも、追いついたり追い越したりそんな感じであの淡々とした曲を演奏しおえた。

人は山谷を悪く言う
だけどおれ達いなくなりゃ
ビルも　ビルも道路も出来ゃしねえ
誰も解っちゃくれねぇか

塩竈から帰って三日後、私は山谷の玉姫公園で三月二十九日に開催する予定の「りんりんふぇす」について台東区の文化振興課の人たちと話していた。玉姫公園は「特殊な公園」で、一般には貸し出しておらず、開催のために場所を借りることがまずひと苦労だった。そして「台東区文化芸術助成金」を獲得できれば使用許可が下りるということで、申請をして無事に開催が決定していたのだが、この日、折り入って呼ばれたのは、どうやら開催にあたってあらためて役所として、注意点を伝えたいということのようだった。

「つまり、玉姫公園というのは、ながらく労働運動の現場であって、地域住民からすると負のイメージが強いわけです。役所としてはそれを長い時間をかけて、不法でそこに住んでる方に出ていってもらえるよう働きかけてやってきました。そういう区としての努力があるので、今回のビッグイシューのイベントをここでやることで、再びそういう拠点としてのメッセージを出されてしまうと困るんです。私たちも今回のイベントには期待していますし、運動色がほとんどない開かれたフェスであることは承知しているんですが、それでもそういうふうに受け取られないように十分注意してほしいということなんです」

なかなか難しい注文だ。「地域住民」のなかには、どうしたってクレーマーみたいな人が少しはいるだろう。しかも玉姫公園は、普段閉鎖されていて子供が遊んでいることもほとんどない。いまだに特殊な空気はそのままのようにも思えた。いくらかのホームレスを追い出したことで公園が「正常化」した、という考えなのだろうか。同行してくれていた「りんりんふぇす山谷開催実行委員会」のメンバーで、僧侶でもある吉水岳彦《よしみずがくげん》さんが、「台東区は台風のとき、路上の方の避難所使用を拒否して問題になりましたよね。その方々が、安心して生きていけることを考えることが先ではないですか」と切り込むと、その点は反省をしているようだったが、とにかく福祉課のほうから、上述の点に気をつけてほしい、という要望が出ているということを伝えられて打ち合わせは終わった。

「人は山谷を悪く言う」、そういうイメージ、心の距離がまだあるのだと思った。しかしかつてのおじさんたちももう老人だ。私が初めて山谷に行った十八年くらい前の夏祭りでは酒も入ってセクハラはあたりまえに起こっていたが、今はそんな人もほとんどいないという。かわりに身寄りのない彼らを支える団体が、この土地で活動をつづけてきた。今、公園のまわりを歩くと、新しいマンションもちらほら建っている。この変化をうまく次につなげたい、と思う。東京ロマンチカという コミックバンドにいた望月けん一さんが今、山谷のホスピスに入っている。彼との数曲のセッションも予定しており、楽しみの一つだ。

ここで音楽フェスをすることで東京の西からもたくさんのお客さんが来る。山谷に出会う。カルチャーショックも含めていろんな出会いがあってほしい。同じ場所で同じ音楽を聴いてほしい。近くなった分「悪く言う」人が減っていくことを信じている。

大阪　そのままを認める

先日、大阪でライブがあった翌日に渡邊洋次郎さんのお話を伺った。渡邊さんは、アルコール依存症と薬物依存症を抱えて、それを克服しながら、今は福祉施設で依存症を抱える人々に当事者の職員として向き合う仕事をされている。私は彼の著書『下手くそやけどなんとか生きてるねん。』を読んで、彼がどんな子供であったのか知りたくなり、お会いしにいった。渡邊さんは、今でいえば発達障害なのかもしれない。「物事を関連づけられない」と言う。学校の勉強は小学校から苦労し、言葉で何かを説明するよりも、感情があふれてしまうタイプだった。私が本の中でいちばん心動かされたのは、そんな渡邊さんの小さい頃のエピソードだった。まわりに気色悪いと言われながらも、ひからびて死んだみみずを集めて、口びるで温めてから土に埋めてあげたという話だ。両腕を出して「蚊にえさをあげる」ような子供だったという。子供はもともと純粋なものを持っているが、そのような優しい少年が、ドロップアウトし、何年も刑務所と精神病院を行き来してきたことの意味を知りたかった。中学からはシンナーを吸うようになり、そのまままともな道からそれていったとも言える彼は、当時をこう振り返る。

「待ってくれるというか、まわりはできるけど、おまえはできへんなってつきあってくれる先生がいたらよかったのかな」

この言葉の「あたりまえさ」が胸に響いた。日本の教育では「みんな一緒」があたりまえだ。「みんながおきるんだからあなたもできるよね」「伝えたいことは暴力じゃなくて言葉で伝えようね」。多分教師たちはそんな言葉をかけたのではないだろうか。それは、相手を見捨てる言葉ではなく、期待をかける言葉だ。少なくとも教師たちはそのような意識でいると思う。一方「まわりはできるけど、お前はできへん」ということは、一見残酷だ。相手を見捨てる言葉のようにも響く。相手の可能性を否定する言葉にも聞こえる。けれど、自分のままならなさを抱えた子供だった渡邊さんにとって、どれだけ「できないというそのまま」を認めてくれる大人が必要だったかが、伝わってきた。そして、今現在、たとえば小学生である娘たちのクラスのなかで、渡邊さんのように思うように伝えられない自らをもてあまし、寂しさを募らせている子供がいるとしたら、と思った。これから発達障害の子供たちは増えることはあっても減ることはないだろう。すでに投薬をされている子供もいるというが、それが根本的な解決にならないことは予想がつく。柔道を教えている知人が、そういう投薬をされた子供が道場に来て、その見るからにおかしな状態に気づいて、その子の母親に投薬をやめるように言った、という話も思い出す。一時的に何かの症状を抑えられたとしても、どこかに副作用が出るのだろうし、小さい頃から自分は薬がなければ社会でまともに暮らせない病気である、という意識を持つことが、その子にとってプラスに働くだろうか。適切に薬を利用できるケースもあるのかもしれないが、疑問が浮かぶ。

私たちの社会は、できないこともできるようになることを是としてきた。ことに日本人は努力という言葉が好きだ。精神論が好きだ。できないことができないままなのは、本人の努力不足とみなされがちだ。けれど、できないことはできないままでいい、という考え方がこれからますます求められていくだろう。私には発達障害の子供たちがこの社会に増えつつあることが、何かのメッセージのようにも思える。それは、これまでの社会や教育が是としてきたものから、もっと大きく緩やかな理想への価値転換を促す。従来の見方では、マイナスとされてきたもの、排除され、異端とされてきたものたちが、もはや声なきマイノリティではなくなっていく社会。近年のフェミニズムや性的少数者の人々への理解の広がりをみていても、それが未来であると確信する。

「先輩たちは（酒を）二十年、三十年やめてる人、めちゃ愚痴言ってます。でもそれ聴くとほっとする。こんなんでいいんだって。社会復帰してバリバリ働いてってイメージも崩してくれて。いろんな生き方があっていいんだって」

渡邊さんは笑いながらそう言う。アルコール依存症を生き延びた人々のなかには、働けない理由があって生活保護の人もいるのだろう。社会復帰こそが、依存症脱出の唯一のイメージではないということ、それぞれが無理のない形で生きていける社会であるということ。他罰や排除とは別の次元の、人が人を包摂していく社会を、渡邊さんも当事者という立場で依存症者に関わりながら、今まさに作っているのだと思った。

東京　コロナ

　コロナ騒ぎで大阪の弁護士会のイベントも、山形の音楽祭出演もなくなり、向こう数ヶ月の現金収入はあてにできずシビアだ。音響さんやイベント関係の仕事をしている人たちも同じだろう。そんななか、先週の沖縄ライブは決行されたし、これからある東京のライブハウスでのイギリスのアーティスト、レイチェル・ダッドとのツーマンライブも行われる予定だ。でも、東京ライブ決行を発表した椎名林檎も東京以外の公演は中止としたようだし、規模が大きいほど当然のように中止やむなしとなっている。「熟考の末」とか、「協議を重ね」などと発表されるけれど、結局「上の会社」「関係企業」に迷惑がかかるからやめましょうというパターンも多い。迷惑がかかるからやめましょう、というのは日本人が小さい頃から言われて育つ言葉だが、曲者だ。特に非常事態において、政府に迷惑がかかるからやめましょうとか、非常事態なのに逆らうなんてとんでもない、といった感覚に市井の人々が慣れていくのは、本当は怖い。全体主義の自主練習をしているようなものだ。「熟慮」とか「協議」といっても、結論ありきで思考停止しているケースも多い。

　この反対は、安易に中止にはせず、できることを考え、注意点を共有し、自助努力の協力を求めること。これが可能なのは、企画者が個人の場合だ。三月の私の沖縄ライブもそうだった。沖縄の気温もあって会場は外の空気が入ってきて密室とはならず、受付には性能のいいマスクがご自由にとおかれていた。コロナ不安を理由にしたキャンセルもわずかしかなく、それも新たな希望者で埋まった。百人を超えない小規模なものだった、ということもあるだろう。人々は静かに集い、投げ銭は予想額を大きく超えて、無事に終了した。

かくいう私も、発起人として三月に山谷玉姫公園で予定していた「りんりんふぇす」の延期を決定した。公園のある台東区側からは三月のイベントはすべて中止の方向で、と強い要請が来ていた。実行委員会の空気としては安易にそちらに流れるつもりはなかった。しかし、結果的にはふたつの理由で中止を決めた。一つは、「理想とする祭りの雰囲気が出ないこと」。これだけ社会の空気が過敏になるなか、屋台を出しての飲食の提供は控えたほうがいいだろう、という意見が出た。りんりんふぇすは毎年、ベトナム仏教信者会の方たちが春巻きなどの炊き出しをしてくださったり、生活困窮者支援に携わるNPOによる「カフェ潮《しお》の路《みち》」のフェアトレードコーヒーが販売されたりする。今年は山谷の福祉系の団体さんにも出店を呼び掛けており、一段とお祭りらしくなるはずだっただけに、それらがなくなったり、厳しい制約のもと縮小して実施するといったイメージは浮かびにくかった。

もう一つの理由は「山谷のおじさんたちのなかに被害が出る場合を考えたこと」だ。実行委員会のなかには山谷で長年野宿者支援に携わる人やビッグイシュー関係者としておじさんたちを見守ってきた人もいる。彼らが憂慮したのは、実施して、健康状態がいいとは言えない彼らのなかの誰かが感染した場合、死に至る可能性もあること。さらに、そんな事態になった場合、山谷周辺住民が彼らに向けるまなざしが厳しく差別的なものになっていくだろうということだった。部外者である私には後者の理由はとっさには予想のつかなかったことだったが、山谷やホームレス支援に関わり続け、これからも関わっていく人の言葉は重みがあった。

三月四日に新しいアルバムを発売し、発売記念のライブが八月頃まで各地で続いていく。人体が個人のイベンターさんの企画なので、中止にはならないだろう。この頃よく「こまわりがきく」ということを考える。それなりに小規模に活動しているといっても、現在はレコード会社に所属している。そこでは制作費も決められていて、そのなかでやりくりが必要だ。そのために、この額でアーティストに参加を頼むのは心苦しいという場面も結構ある。今やアーティスト個人でも宣伝や発信をすることが可能になっている。自主制作はある程度売れれば、レコード会社に所属しているよりも利益を上げていくことが可能だ。

あるいは、ミュージックビデオの公開予定日の金曜に、なんらかの理由で公開が遅れてしまった場合、それが土曜になるのではなく月曜になってしまうこともある。それは「ミュージックビデオをネットに上げることのできる担当スタッフを残業させたり土日出勤させることができない」からだ。去年の二月に初めて自主製作盤を作ったが、そういうときにチームを組んでくれた仲間たちだったら、「会社の事情」に引きずられることはなく、金曜の夜中とか土曜の朝にはネットにアップできることだろう。何を捨て何を選ぶのか、私自身もここから数年は自問自答が続く気がする。

SMAP騒動で始まったジャニーズ体制の瓦解は今も続いているけれど、この傾向はおそらくいろんな場所で進むだろう。大きなものに縛られることから解放され、身軽になっていく未来。マスコミの情報に不安をあおられすぎず、淡々と日々を生きること。情報を頭に入れつつ、どこに行き、何をどのように楽しむかは決める。この国ではあまりに容易に、的外れに、投げつけられてしまう「自己責任」という言葉は、本来、このようないくつもの選択の自由についてこそ、使われるべきなのだろうとも思う。

あとがき

二〇二一年十一月四日、前日の福島での「冬にわかれて」のライブから夜行バスで帰って来た日の夕方のことだ。近所の石神井川を通りかかると、見渡す限り油が浮いて虹色に光っている。橋のところまで行って水の上流、西の方を眺めてみるが、川面一面ずっと油が流れてくる。これは大変だ、と思い市役所に電話をすると、都の河川管轄の事務所に電話をということで、そちらにかけ直す。すでにいくつか通報があったようだった。無事収拾がつくといいけれど、鴨たちはどこに避難しているかなと思う。避難しようのない水中の生き物たちは大丈夫だろうか。

ツイッターで調べてみても誰も石神井川の異常を投稿していなかった。私は一枚撮ってあった現場写真をツイッターに上げてみた。するとそれが瞬くまに拡散し、いわゆる「バズる」という状態になった。一週間経つ頃には、一万五千リツイート、いいねが四万三千つく事態となった。百人以上の人々がコメントで絡んできたり、質問を投げかけてきたりしたので、このバズった期間というのは日常がハッキングされたかのように、ペースを乱されることとなった。ツイッターでの第一通報者となってしまった以上、無視するのもどうかと思い、最低限賛同できるものだけは「いいね」を押していくが、やがて「これは油ではなく鉄バクテリアだろう」という意見が散見されるようになった。確かに、沼や池のあまり流れがないようなところで、油のようなものが浮いていて何だろうと思ったことがあった。それが鉄バクテリアだったのだ。しかし、川面全体が覆いつくされるほど一斉に鉄バクテリアが発生するなどあり得るだろうか。やはり油だろうという気がした。しかし、鉄バクテリア説の人のなかには、実際鉄バクテリアなのに市民団体がうるさくて、自然を知らないくせに騒ぎ立てて迷惑だと田んぼやってる知人が言ってた、という意見を書く人もいて、なるほど、と思うと同時に、その「市民団体」を揶揄する感じがその人の右寄りの思想も表しているようにも思った。つまり、今回もたかが鉄バクテリアなのにこんなに騒ぎ立てて、というスタンスで彼はこの投稿を眺めているのだろう。

私は翌日、もう一度河川管轄の事務所に電話をし、調査の結果を聞いてみると、下水の雨水管から出ていることがわかったので、人為的なものだろうという答えだった。やはり鉄バクテリアではなかったのだ。その事実を続けてツイートしたが、このツイートは最初のセンセーショナルな画像ツイートよりはゆっくりとしか広がらなかった。だから、最初の投稿に対していつまでも「鉄バクテリアだろう」とつぶやく人が生まれ、それにいいねをする人たちが生まれていた。私はこの情報拡散の時間差を恐ろしいと思った。これがたとえばデマだったらと考えると、発信者がたとえ訂正ツイートをしたところで、最初のデマは急速に広まっていってしまうのだ。誰もそれを止めることができない。

バズった投稿者である私に、ただそれゆえに絡んできたと思われる人たちもいた。「加工上手いなクソ乞食」と書いた人物Aと「知った風なこと言っちゃうw　兎に角気持ち悪いわ」と書いた人物Bだ。Aの投稿は全般にエロ系、Bの投稿は右翼的で嫌韓ツイートや二〇二一年三月に入管で死亡したスリランカ人女性・ウィシュマさんを犯罪者と書くものもあった。私の投稿は、「知った風なこと」は何も書いていないつもりだが、「加工上手いな」というつっこみは少し笑ってしまった。確かに、私以外に油だらけの川の写真を上げている人が誰もいなかったから、見方によっては私が愉快犯で加工画像を上げて世間を騒がせているというふうにみられる可能性もあった。それにしても、「クソ乞食」と言われるとは思いもせず、まるで小学生男子の罵り合いみたいだと最初面白くさえ感じたが、次の瞬間、「乞食」に「クソ」がつけられ、相手を貶める言葉として投げつけられていることに悲しくなった。乞食があなたに何をしたというのだ。あなたに暴力をはたらくことも、暴言を吐くことも、難癖をつけてくることさえなかっただろう。なぜそこまで憎むことができるのだ。弱い立場にいる人間を。人に憎悪をぶつけることで、かろうじて生きる意味を見つけようとするものか。残念ながら生きる意味にはなりえない行為の反復。エロと憎悪。ただ淋しさをまとった虚無の風が吹いてくる。そう投稿の多くないAのタイムラインを遡る。二〇一九年八月十日深夜二時四十五分「通話したい」というツイート。この人は誰の声も聴いていないのではないだろうか。カラカラに乾いた言葉をネット上の誰かに投げつけながら、誰とも会話をしていないのではないか。

鳥取にある「汽水空港」は面白い本屋だ。店主の森哲也さんは、「Whole crisis catalogをつくる」と銘打って、本屋に出入りのある人々十人ほどを集めて、それぞれの困りごとをシェアしてみなで考え合う会を立ち上げている。それを毎回カタログにして販売しているので、私も何部か買い取って物販で売ったことがある。この社会は無数の人が行き交い、関係し合いながら成り立っているけれども、腹を割って話せる関係や場所となると限られてしまう。だから、日頃感じている違和感や、淋しさや苦しさは吐き出される場所を見つけられずに放置されていく。それを忘れたように生きることはできるかもしれないけれど、無視された魂はうずくまって涙を流している。そのことに気づけていない人も多い。私たちはもっと自分の中の子供を大切にしなければならないし、感じていることを丁寧にすくい上げなければいけないのだと思う。森さんのまとめたカタログを読むと、思いもつかなかった困りごとにあふれている。立場が違えばまったく見えていないものがたくさんあることに気づかされる。そして、その多くはこの社会システムの理不尽さや不備によって生まれていることにも気づかされる。しかし私たちが、それが変わるのを待っているだけでは時間ばかりが過ぎてしまう。その間に誰かが我慢をし、誰かが蝕まれていく。だから、今、集まろうということなのだ。実際に、森さんの取り組みを受けて、ぽつぽつと同じような会が各地で波及して生まれていったと聞く。私も、カタログを物販で売るばかりでなく、やってみようか、という気持ちに最近なった。たとえば、いつもは仲間やスタッフで行うライブの打ち上げを、その日は外に開いてみる。希望者が丸くなってぽつぽつ語り合えるような、そういう輪。本当は、東京にこそ、語らいの場は必要だと思う。話を聞いてもらいたいと参加した人も、別な誰かの悩みごとに耳を傾け、ときにはアドバイスや感想を投げかける。大事なのは、私たちは本当は何者でもなく、何者にでもなれると気づけることではないだろうか。誰かの悩みは、別の誰かからみれば別な意味を持つ。鏡が光を反射し合うように、私たちは集って語ることで、もっと多面的に事実を照らし合えるはずだ。シュタイナーが書き残した、未来において宗教は人間にとって不要になる、という言葉は希望に満ちている。一人と一人の人間の邂逅がそのまま宗教的に重要な意味を持つ、そんな日を夢見る。それは小さな出会いの場から実現されていくことだろう。

本書は二〇一七年から四年ほどの間に書いたものたちによって構成されている。コロナ禍では、改めて私の人生は、取材をしたり音楽を届けたりする旅先での出会いに大きな活力と新たな関心をもらっていたのだ、ということを思い知らされた期間だった。そうした移動による出会いのいちいちを書き留める機会を、紙上での分量のある長期連載という形で作ってくれた高知新聞の天野弘幹さんには特に感謝したい。天野さんとは、連載時にきぬが見た天使のことをどう描くかで侃々諤々の議論になったことも思い出深い。天野さんは、「幸福の科学」などの新興宗教が、悪魔や天使の登場するアニメ映画を作って教義の宣伝をしていることも踏まえ、新聞紙上で、目に見えないものを実在のもののように描いてしまうことの危険性を危惧していた。そしてそれはある程度理解できた。霊感商法などもそうだが、目に見えないものは都合よく利用され、人をだましたり、お金を引き出させたりすることにも利用されてしまう。

けれど、スピリチュアルと呼ばれるもの全体を同一視して排除することも私には極端に思われる。目に見えぬものたちの世界は確かにある、それは私の身近な人々が見せてくれた世界だ。

この世界の何も信じられない
そう言うあなたに一番綺麗な夕焼けをあげよう
歌の彼方　耳に届くざわめき
気づかぬふりはしない

（寺尾紗穂「歌の生まれる場所」）

目に見えるもの以外あるわけない、という断定は、シュタイナーが説いたように理想主義の否定でもある。人が今あるもの、手でつかめるものしか信じられなければ、愛がいったい何であるかも捉えることはできないし、世界をより良く変えていくこともできない。自分には聞こえていない声があり、見えていない世界があるかもしれないと振り返ること、まっさらな心で自然に向き合い、人に向き合うこと。現代を生きる私たちがそれを忘れ、何かに流されるように生きているのだとしたら、立ち止まりたいと思う。そのことにすでに気づいた人々にならって、私は人と一緒に生きたい、と思う。

最後に『彗星の孤独』に続き、時間のないなかでエッセイ集をまとめてくれたスタンド・ブックスの森山裕之さん、子供たちの成長に伴って頻度は減ってきたとはいえ、地方仕事の折は子供たちを預かってもらい、もうしばらくはお世話になり続ける母にあらためて感謝したい。

二〇二一年十一月十四日　寺尾紗穂

初出一覧

Ⅰ

子供でいること　『心がなければ幸いだ if you don't have a heart, you are very lucky.』SAME OLD SERENADE ／ 2021年7月21日
北へ向かう　『北へ向かう』P ヴァイン（タワーレコード特典・エッセイ草紙）／ 2020年3月4日
スーさんのこと　書き下ろし
目に見えぬものたち　書き下ろし
歌とジェンダー　『世界思想』世界思想社／ 46号　2019年春／ 2019年4月10日
遠くまで愛す　『She is』sheishere.jp ／株式会社CINRA ／ 2018年12月4日
霧をぬけて　『She is』sheishere.jp ／株式会社CINRA ／ 2018年11月9日
闇と引力　JAXA機関紙　『JAXA's』／ 82号／ 2020年12月28日
天使日記　書き下ろし

Ⅱ

あくたれラルフ　『どんな絵本を読んできた？』平凡社／ 2017年8月28日
馬ありて　『映画「馬ありて」パンフレット』グループ現代／ 2021年11月30日
タレンタイム　『映画「タレンタイム　優しい歌」パンフレット』ムヴィオラ／ 2009年3月26日
モンゴル民謡　『羊と自分が同じ直線上にいる』伊藤洋志／ 2021年1月15日
それでも言葉は優しくひびいて　『寺尾紗穂オフィシャルウェブサイト』sahoterao.com ／ 2019年8月26日
聞こえざる声に耳を澄まして　『ユリイカ』青土社／ 2015年7月号／ 2015年6月27日
おあずけの抒情　矢野顕子の童謡　『ユリイカ』青土社／ 2017年2月臨時増刊号／ 2017年1月6日
市子さんとモランのこと　『ユリイカ』青土社／ 2020年3月号／ 2020年2月28日
異端者の言葉　『図書』岩波書店／ 2021年2月号／ 2021年2月1日
ブラジル移民をめぐって――水野龍からブラジル版五木の子守唄まで　『霧生関』佐川史談会／ 54号（通刊87号）／ 2020年3月
パラオ再訪　『すばる』集英社／ 2020年1月号／ 2019年12月6日

Ⅲ

山形　カブのわらべうた　『高知新聞』（連載「時には旅に」くらし面）2018年3月14日朝刊
吉野　大蔵神社　『高知新聞』（連載「時には旅に」くらし面）2018年3月28日朝刊
飯塚　炭鉱の光　『高知新聞』（連載「時には旅に」くらし面）2018年4月11日朝刊
足柄　金太郎の周辺　『高知新聞』（連載「時には旅に」くらし面）2018年5月9日朝刊
赤穂　海を眺めて　『高知新聞』（連載「時には旅に」くらし面）2018年5月23日朝刊
札幌　父の残像　『高知新聞』（連載「時には旅に」くらし面）2018年6月27日朝刊
福岡　降り止まぬ雨　『高知新聞』（連載「時には旅に」くらし面）2018年7月25日朝刊
今村　キリシタンの教会にて　『高知新聞』（連載「時には旅に」くらし面）2018年9月12日朝刊
本郷　アイヌと大神　『高知新聞』（連載「時には旅に」くらし面）2018年9月26日朝刊
滋賀　「売国」という言葉　『高知新聞』（連載「時には旅に」くらし面）2018年10月10日朝刊

会津　たよりないピアノを前に　『高知新聞』（連載「時には旅に」くらし面）2018年11月14日朝刊
名古屋　再会　『高知新聞』（連載「時には旅に」くらし面）2018年11月28日朝刊
私への旅　『高知新聞』（連載「時には旅に」くらし面）2018年12月26日朝刊
周防大島　尊厳と能動性　『高知新聞』（連載「時には旅に」くらし面）2019年1月9日朝刊
東京　ここには居ない誰かについて　『高知新聞』（連載「時には旅に」くらし面）2019年1月23日朝刊
ソウル　こんなところで子供を産めない　『高知新聞』（連載「時には旅に」くらし面）2019年2月27日朝刊
大阪　「あかるさ」へ向かう　『高知新聞』（連載「時には旅に」くらし面）2019年3月27日朝刊
阿賀　新潟水俣病　『高知新聞』（連載「時には旅に」くらし面）2019年5月8日朝刊
鎌倉　墓参り前後のこと　『高知新聞』（連載「時には旅に」くらし面）2019年6月12日朝刊
金沢　ローレンス　『高知新聞』（連載「時には旅に」くらし面）2019年6月26日朝刊
阿賀　富と貧しさ　『高知新聞』（連載「時には旅に」くらし面）2019年7月24日朝刊
パラオ　ひとまずおく　『高知新聞』（連載「時には旅に」くらし面）2019年8月14日朝刊
札幌　奥井理ギャラリー　『高知新聞』（連載「時には旅に」くらし面）2019年9月11日朝刊
モンゴル　シベリアマーモット　『高知新聞』（連載「時には旅に」くらし面）2019年9月25日朝刊
玉川上水　あるダンサーの話　『高知新聞』（連載「時には旅に」くらし面）2019年10月23日朝刊
長島　愛生園　『高知新聞』（連載「時には旅に」くらし面）2019年11月27日朝刊
東京　山谷ブルース　『高知新聞』（連載「時には旅に」くらし面）2020年1月22日朝刊
大阪　そのままを認める　『高知新聞』（連載「時には旅に」くらし面）2020年2月26日朝刊
東京　コロナ　『高知新聞』（連載「時には旅に」くらし面）2020年3月11日朝刊

引用曲
「骨壺」（作詞／作曲：寺尾紗穂）
「くちなしの丘」（作詞／作曲：辻村豪文）
「森の小径」（作詞：佐伯孝夫／作曲：灰田有紀彦）
「A Case of You」（作詞／作曲：ジョニ・ミッチェル、訳：寺尾紗穂）
「失敗の歴史」（作詞／作曲：マヒトゥ・ザ・ピーポー）
「湘南が遠くなっていく」（作詞／作曲：七尾旅人）
「Memory Lane」（作詞／作曲：七尾旅人）
「ヘヴンリィ・パンク：アラマルチャ」（作詞／作曲：七尾旅人）
「戦前世代」（作詞／作曲：七尾旅人）
「みっつめ」（作詞／作曲：七尾旅人）
「あわて床屋」（作詞：北原白秋／作曲：山田耕筰）
「サッちゃん」（作詞：阪田寛夫／作曲：大中恩）
「アルミの仕事」（作詞／作曲：Eehuher Kaske）
「I Think It's Going To Rain Today」（作詞／作曲：ランディ・ニューマン）
「うすばかげろう」（作詞：都守美世／作曲：寺尾紗穂）
「そらとうみ」（作詞：安藤桃子／作曲：寺尾紗穂）
「新秋名果」（作詞：尾崎翠／作曲：寺尾紗穂）
「山谷ブルース」（作詞／作曲：岡林信康）
「歌の生まれる場所」（作詞／作曲：寺尾紗穂）

引用文献

『子猫物語』（畑正憲 監督／谷川俊太郎 詩）フジテレビ
石牟礼道子『苦海浄土』講談社文庫
米国海軍省戦史部 編／史料調査会 訳編『第二次大戦米国海軍作戦年誌 1939-1945年』協同社
一ノ瀬俊也『特攻隊員の現実』講談社現代新書
『シモーヌ』（VOL.5 ／特集「私」と日記：生の記録を読む）現代書館
『旧約聖書 創世記』（関根正雄 訳）岩波文庫
アウグスティヌス『アウグスティヌス著作集 神の国 上』（金子晴勇ほか 訳）教文館
『ヨハネの黙示録』（小河陽 訳）講談社学術文庫
ミルトン『失楽園』（平井正穂 訳）岩波文庫
マルコム・ゴドウィン『天使の世界』（大滝啓裕 訳）青土社
ルドルフ・シュタイナー『天使と人間』（松浦賢 訳）イザラ書房
『夜想』（vol.21 ／特集：天使）ペヨトル工房
カール・グスタフ・ユング『ユング自伝 2 思い出・夢・思想』（アニエラ・ヤッフェ 編／河合隼雄・藤縄昭・出井淑子 訳）みすず書房
笠井叡『天使論』現代思潮新社
ローズマリ・エレン・グィリー『図説天使と精霊の事典』（大出健 訳）原書房
岡田温司『天使とは何か　キューピッド、キリスト、悪魔』中公新書
ジャック・ガントス 作／ニコール・ルーベル 絵『あくたれラルフ』（石井桃子 訳）童話館出版
服部龍太郎『モンゴルの民謡』開明書院
ライフ・エスパ・アナセン『かあさんは魔女じゃない』（木村由利子 訳）偕成社
奥山義人 版画／伊藤博文『こうひい絵物語　版画珈琲小史』旭屋出版
『日本の名随筆 別巻 3 珈琲』（清水哲男 編）作品社
青柳郁太郎『ブラジルに於ける日本人発展史　紀元2600年記念 上巻』ブラジルに於ける日本人発展史刊行委員会
『実業之世界』（1958年7月号）実業之世界社
『霧生関』（32号）佐川史談会
二松啓紀『移民たちの「満州」　満蒙開拓団の虚と実』平凡社新書
『自由民権記念館紀要』（16号）自由民権記念館
藤原義隆『移民の風土』北添朧本堂
松田美緒『クレオール・ニッポン　歌の記憶を旅する』アルテスパブリッシング
赤坂憲雄『性食考』岩波書店
谷崎潤一郎『吉野葛・盲目物語』新潮文庫
『山本作兵衛と炭鉱の記録』（作兵衛事務所 協力／コロナ・ブックス編集部 編／コロナ・ブックス 198）平凡社
中島利一郎『東洋言語学の建設』古今書院
内尾太一『復興と尊厳　震災後を生きる南三陸町の軌跡』東京大学出版会
山尾三省『新版 野の道　宮沢賢治という夢を歩く』新泉社
『あかの岸辺にて　1981年新春号　復刻版』冥土のみやげ企画
奥井理『地球人生はすばらしい　奥井理画文集』求龍堂

寺尾紗穂
SAHO TERAO

写真：大沼ショージ

音楽家。文筆家。1981年11月7日東京生まれ。大学時代に結成したバンドThousands Birdies' Legsでボーカル、作詞作曲を務める傍ら、弾き語りの活動を始める。2007年4月、ピアノ弾き語りによるメジャーデビューアルバム『御身』（ミディ）が各方面で話題になり、坂本龍一や大貫妙子らから賛辞が寄せられる。林宣彦監督作品『転校生 さよならあなた』(2007年)、安藤桃子監督作品『0.5ミリ』(2014年／安藤サクラ主演）の主題歌を担当した他、CM、エッセイの分野でもなど活躍中。新聞、ウェブ、雑誌などで連載を多数持つ。2009年よりビッグイシューサポートライブ「りんりんふぇす」を主催。坂口恭平バンドや、あだち麗三郎、伊賀航と組んだ3ピースバンド「冬にわかれて」でも活動中。2021年、「冬にわかれて」および自身の音楽レーベルとして「こほろぎ舎」を立ち上げる。
著書に『評伝 川島芳子』(2008年3月／文春新書)、『愛し、日々』(2014年2月／天然文庫)、『原発労働者』(2015年6月／講談社現代文庫)、『南洋と私』(2015年7月／リトルモア)、『あのころのパラオをさがして 日本統治下の南洋を生きた人々』(2017年8月／集英社)、『彗星の孤独』(2018年10月／スタンド・ブックス)、編著に『音楽のまわり』(2018年7月／音楽のまわり編集部）がある。

2006年3月　1stミニアルバム『愛し、日々』(MS Entertainment）発表
2007年4月　2ndアルバム『御身onmi』（ミディ）発表
2007年6月　1stシングル『さよならの歌』（ミディ）発表
2008年5月　3rdアルバム『風はびゅうびゅう』（ミディ）発表
2009年4月　4thアルバム『愛の秘密』（ミディ）発表
2010年6月　5thアルバム『残照』、2ndシングル『「放送禁止歌」』（ミディ）発表
2012年6月　6thアルバム『青い夜のさよなら』（ミディ）発表
2015年3月　7thアルバム『楕円の夢』(Pヴァイン・レコード）発表
2016年8月　アルバム『私の好きなわらべうた』(Pヴァイン・レコード）発表
2017年6月　8thアルバム『たよりないもののために』(Pヴァイン・レコード）発表
2020年3月　9thアルバム『北へ向かう』(Pヴァイン・レコード）発表
2020年11月　アルバム『わたしの好きなわらべうた2』(Pヴァイン・レコード）発表

天使日記

寺尾紗穂

二〇二一年十二月二十八日　初版発行

編集発行者　森山裕之

発行所　株式会社スタンド・ブックス
〒一七七-〇〇四一
東京都練馬区石神井町七丁目二十四番十七号
TEL　〇三-六九一三-二六八九
FAX　〇三-六九一三-二六九〇
stand-books.com

印刷・製本　中央精版印刷株式会社

978-4-909048-13-4 C0095